JN004919

帰ってきた
K2
池袋署刑事課　神崎・黒木

IKEBUKURO POLICE STATION
CRIMINAL DIVISION
KANZAKI, KUROKI

横関 大

DAI YOKOZEKI

講談社

目次

第一話　不穏　5
第二話　上京　50
第三話　晩餐　90
第四話　変身　125
第五話　誤解　165
第六話　街角　207
第七話　初恋　244
第八話　真実　277

帰ってきたK2

池袋署刑事課 神崎・黒木

装幀：大岡喜直（next door design）

装画：龍神貴之

第一話　不穏

「お疲れ様でした」

「あ、お疲れ様でした。また明日」

後ろから顔見知りの女性に声をかけられ、矢部結衣《やべゆい》はジャケットを羽織《はお》りながら返事をした。時刻は午後九時になろうとしている。片づけを終えたスタッフたちが続々と引き揚げてきているため、ロッカールームは大変混み合っていた。

ここは池袋《いけぶくろ》西口にある大手百貨店の地下バックルームだ。地下の食品・お惣菜売り場で働くスタッフたちが仕事を終え、各々が制服から私服に着替えているのだ。店ごとのコンテナが置かれていて、脱いだ制服はそこに放り込む決まりになっていた。

矢部結衣は洋菓子店〈フローレンス〉のテナントで働いている。関東一円に支店のあるタルト系の洋菓子専門店で、池袋店の売り上げも上々だ。今、結衣の隣で化粧を直し始めたのは雇われ店長の岡部裕子《おかべゆうこ》だ。スタッフは岡部店長と結衣、それから大学生のアルバイトの三人が基本フォーメーションだ。休日やフェア開催時は本部から応援スタッフが増員されることもあるし、シフトの関係で新宿《しんじゅく》店の子が手伝いにくることもある。

「結衣ちゃん、ラーメンでも食べにいかない？」

「いいですね。お供します」

店長とは週に何度か、仕事終わりに夕飯を食べにいく。店長は無類のラーメン好きのため、大抵の場合がラーメン店に行くことになるが、結衣も嫌いではないので不満はない。

「じゃあ行こうか」

「行きましょう」

ロッカールームを出て、従業員専用通用口に向かう。二名の警備員が立っているので、彼らに向かってバッグの中身を見せる。まるでライブやスポーツ観戦並みの徹底ぶりだが、もっと厳しいところもあるらしい。盗難や商品持ち出しの減らない百貨店では空港に近い警備をおこなっていると店長から聞いたことがある。

バッグ内のチェックを終え、ようやく通用口から出た。池袋は今日も人でごった返している。池袋に来る前は中野《なかの》に住んでいた。三ヵ月ほど前に引っ越してきたときは中野に比べて人が多いなと驚いたものだが、最近ではようやく慣れてきた。ホテルメトロポリタン裏手の細い通りを店長と並んで歩く。

　不意に背後に気配を感じ、結衣は後ろを振り返った。しかしこちらを見ているような人影はない。仕事帰りとおぼしき二人組のサラリーマンがこちらを見向きもせずに歩いているだけだ。

「結衣ちゃん、どうしたの？」

　立ち止まった店長に訊《き》かれ、結衣は首を傾《かし》げた。

「ちょっと……気配のようなものを感じて……」

「例のやつ？　気のせいじゃないの？」

「だといいんですけど」

　誰かに見られているのではないか。そんな風に感じるようになったのは三日ほど前からだった。仕事をしているときはもちろん、通勤時や帰宅のときにも視線のようなものを感じるのだ。だからと言って誰かがこちらを見ている決定的な瞬間を目撃したわけでもない。怖いし、何だか気持ちが悪い。

　目当てのラーメン店に到着する。店長は生ビールとつけ麺、結衣は醤油ラーメンを注文した。店員が食券を持ち去るのを待ってから、店長が訊いてくる。

「もしかして別れた彼氏じゃないの？　結衣ちゃんに未練タラタラで電柱の陰から結衣ちゃんのことを観察してるとか」

「それはないと思います」

結衣は今年で二十三歳、富山県《とやまけん》富山市の出身だ。高校の頃から付き合っている同級生の彼氏がいて、彼はお笑い芸人志望だった。絶対にデビューしてやる。それを口癖にバイトをしながらお笑い芸人の養成スクールに通っていた。

二人の関係に変化が生じたのは一年ほど前だった。当時、中野のアパートに同棲《どうせい》していたのだが、彼が結衣の目の前で電話に出るのをためらうようになったのだ。それまでは結衣の前でも平気で友達と電話していたのだが、着信があっても電話に出ようとせず、しばらくして煙草《たばこ》を買うとか言って外に出ていくようになった。これまでにも浮気の兆候《ちょうこう》を感じとったことは何度もあった。問い質《ただ》すと彼は素直に白状した。相手は打ち上げで出会った女子大生のようだった。

別れはあっけないものだった。三ヵ月前の結衣の誕生日、彼が約束をすっぽかして帰ってこなかったのだ。誕生日にアパートの部屋に一人とり残され、何だかいろいろなことがどうでもよくなってしまい、その三日後には荷物をまとめて部屋を出た。一週間ほどカプセルホテルに泊まった。バイト紹介サイトで一番最初に斡旋《あっせん》されたバイトが池袋の大手百貨店の売り子だったので、迷わず結衣は面接を希望した。すぐに採用が決まり、ネットで部屋探しを始めた。そうして現在に至っている。

「警察に相談してみたら？」

「そんな大袈裟《おおげさ》な」

「早めに相談した方がいいってあそこに書いてあるわよ」

店長の目が壁に貼られていたポスターに向けられていた。警察が作製したストーカー被害撲滅《ぼくめつ》のポスターだった。お困りのことがあったらお気軽にご相談くださいとそこには記されている。

「交番に行っても相手にされないと思うから、池袋署に直接行っちゃった方がいいかもね」

生ビールを美味《おい》しそうに飲みながら店長が言う。池袋警察署の場所は知っている。結衣は西池袋三丁目に住んでいるため、通勤途中に必ず池袋署の前を通るのだ。十階建てくらいの大きなビルだ。

「へい、お待ち」

威勢《いせい》のいいかけ声とともに若い男の店員がラーメンを運んできた。「さあ食べよう」と店長が言い、生ビールのグラスをテーブルの上に置いた。香《こう》ばしい醤油の匂いに食欲が刺激される。結衣はシュシュで髪を後ろで留《と》めてから、割り箸《ばし》を手にとった。


翌日、結衣は普段より三十分早めに自宅を出て、池袋警察署に向かった。署の内部は雑然としており、中に入っただけで落ち着かない気分になってくる。結衣は運転免許を持っていないため、そもそも警察というところに馴染《なじ》みがなかった。警察署の建物に足を踏み入れたのも生まれて初めてだ。

「あのう、すみません」

女性の警察官が通りかかったので、結衣は思い切って声をかけた。短めの髪をしており、上は水色の制服、下は紺のパンツスーツだ。結衣よりわずかに年上といった年齢だが、その印象はだいぶ大人びている。

「どうかなさいました？」

「ええと……」

言葉を選びながら結衣は説明する。最近誰かの視線を感じるのだが、思い当たる節はない。

女性はうなずきながら結衣の話に耳を傾けてくれた。

「……本当に気のせいかもしれないんですけど、何か気持ち悪いっていうか」

「なるほど。わかりました。今、担当を呼ぶので、あちらにおかけになってお待ちください」

女性警察官が指でさした先にベンチがあったので、結衣はそこに腰を下ろした。女性警察官はスマートフォンを出し、何やら話しながら奥へと姿を消した。結衣は改めて警察署の内部に目を向ける。

壁には交通違反や麻薬撲滅のポスターが貼られ、警視庁のマスコットキャラクターであるピーポくんの巨大なぬいぐるみが飾られている。目の前を通り過ぎるのは制服を着た警察官が半分、残りは普通の格好をした男女なのだが、いったい彼らが何の用で警察に来ているのか、結衣にはわからなかった。

入り口から一人の男が入ってくるのが見えた。男は見た感じからして怪《あや》しかった。黒いズボンに紫色のジャンパーを着ており、髪は金色に染められていた。鼻には金色のピアスが光っている。こっちに来ないでくれ。結衣の願いも空《むな》しく、鼻ピアスの男は真っ直ぐこちらに歩いてきて、結衣の隣に腰を下ろしてスマートフォンを耳に当てる。

「……おはっす、俺です。コウジっす。今、池袋署に来ました。そうっす、車がレッカー移動されちゃって、ったく面倒っすよ」

鼻ピアスの男はやけに大きな声で話している。周囲の者たちを威嚇《いかく》するかのような声だ。

「……そうっすね、昼までには終わるんじゃないすか。わかりませんけど。……えっ？　ゴールドって何すか。ちょっとわからないっす」

さきほど去っていった女性警察官が戻ってくる気配はない。不安が首をもたげてくる。そもそも誰かの視線を感じるという内容だけで、警察が本当に相談に乗ってくれるかどうかも微妙だった。やはり警察に相談するというのは早計だったかもしれない。それに隣の男も何だか怖い。

立ち上がろうとしたときだった。通話を終えた鼻ピアスの男がいきなり話しかけてきた。

「もしかしてお姉さんも駐車違反したの？」

「いえ、あの、私は……」

「よかったら今度飯でもいかない？　俺、旨《うま》い店知ってんだよね」

「すみません」

結衣はそう言って立ち上がった。背後で男の声が聞こえたが、それを無視して池袋署から飛び出した。歩いていた通行人とぶつかりそうになり、バランスを崩して足がよろけてしまう。何とか転ばずに済んだ。

さっきの男が追ってこないとも限らないのでぼやぼやしているわけにはいかなかった。警察に行っただけで変な男に絡《から》まれる。何て私はついていない女なんだろう。そう思って歩き出そうとしたところ、背後で声が聞こえた。

「ストーカー被害の相談に来られた方ではありませんか？」

振り返ると一人の男が立っていた。紺色のスーツを着た清潔そうな男だ。仕事のできるサラリーマンといった雰囲気の男だった。男の背後にはもう一人の男が立っており、そちらの方はダークグレーのスーツにピンク色のシャツという、やや派手めの格好をしている。

「ご相談に来られた方ですよね？」

もう一度訊かれ、結衣はうなずいた。「はい。そうです」

「お待たせしてしまって申し訳ありません。私、池袋警察署刑事課の神崎《かんざき》と申します。こちらは同じく黒木《くろき》。中に戻りましょう。詳しいお話を聞かせてください」

※

「具体的にどのような被害を受けているんですか？」

「具体的って言われると困ってしまうんですけど……」

女性の名前は矢部結衣といった。西池袋に住んでおり、池袋駅西口に隣接したデパートの洋菓子店でパートで働いているという話だった。神崎隆一《りゅういち》は彼女の話を聞きながらメモをとっていた。同僚である黒木は壁にもたれて腕を組んでいる。場所は署内にある面談室だ。

年々増加するストーカー被害。池袋署も例外ではなく、窓口での相談件数は右肩上がりに増加傾向にある。担当部署の生活安全課だけでは対応できず、今年度から刑事課にも協力要請が来た。神崎の事務分掌《ぶんしょう》の中に『ストーカー被害者に対する事前対応及び生活安全課との連携』という一文が加えられ、生活安全課の担当者不在の場合、神崎のもとに連絡が入る手筈《てはず》になっていた。

「なるほど。仕事中や通勤途中に誰かの視線を感じる。そういうことですね」

「ええ、そうです」

矢部結衣の言葉の端々《はしばし》にかすかな訛《なま》りが残っている。関西か北陸あたりの出身だろうか。都会的に洗練されているとは言い難いが、素朴《そぼく》で可愛らしい女の子だ。

「仮にあなたのことを見ている何者かが実在したとします。心当たりはありますか？」

「……わかりません」

「たとえばポストの中身が紛失していたとか、そういうことはありませんか？」

「……ありません」

今の段階では被害を確認できないため、こちらとしても動きようがない。近隣の交番にパトロールの強化を要請することくらいか。

「君、彼氏はいるの？」

ずっと黙って話を聞いていた黒木が突然口を開いた。その口調は刑事というより街角でナンパをする若者のようでもある。

「彼氏、ですか？　今はいません」

「そんなに可愛いのにもったいない。いない歴はどのくらい？」

「三ヵ月くらいですね」

　本来であれば黒木は関係ない。興味があるから同席しているだけだった。こと女性が絡むと張り切るのが黒木という男だ。

　黒木とは警察学校時代の同期で、腐《くさ》れ縁《えん》だ。三年前に神崎がここ池袋署刑事課強行犯係に配属されたとき、すでに黒木は同係に在籍していた。自分の直感を頼りに捜査をする手法で結果を出し、池袋署内でも一目置かれる存在だった。

　スーツや革靴にも金をかけ、とても刑事らしからぬ風貌《ふうぼう》だ。それでも事件を解決に導く決定的な証拠を拾ってくるのはいつもこの男だ。同期であり、友人であり、良き好敵手《ライバル》。それが黒木という男だった。

「まだ三ヵ月。別れたばかりじゃないか。失恋の痛手からは立ち直った？」

「何とか。新しい生活に慣れるのに精一杯って感じですかね」

　キャバクラ通いで培った黒木の話術は巧《たく》みで、結衣の口から情報をするすると引き出していく。同郷の彼氏と別れたのは三ヵ月前のことで、それまでは中野のアパートに同棲していた。彼はお笑い芸人を目指すフリーターで、別れた理由は男の浮気だった。

「向こうはせいせいしてると思いますよ。私の方も未練《みれん》はないし」

「その元彼氏は君の住所を知っているのかな」

「知ってます。忘れてしまった衣服を送ってもらったので」

別れた男がストーカーに変貌《へんぼう》するという可能性もなくはない。しかし彼女に関してはそれはないように思われた。百貨店の売り子をしていると言っていた。そこで見かけた彼女のことをいたく気に入った男がいて、遠巻きに彼女を観察しているのだろうか。

「私、そろそろ行かないと」

そう言って結衣が立ち上がる。時刻は午前九時三十分だった。十時が百貨店の開業時間なのだろう。面談室から出ていこうとする彼女に向かって神崎は言った。

「スマホで防犯ブザーのアプリをダウンロードすることをお勧めします。何かあった場合、簡単な操作でブザーが鳴るアプリがあります。どうかご検討を」

「わかりました。ありがとうございます」

「これ、私の名刺です。何かあったらすぐに連絡してください」

名刺を受けとり、結衣は面談室から出ていった。その姿を見送ってから黒木が言う。

「名刺の渡し方が自然だな。あとで飯に誘うつもりなんだろ」

「お前と一緒にするな」

そう返してから神崎は手帳を見た。そこには彼女の名前と住所、連絡先が記されている。誰かに見られていると訴える、二十三歳の女性。現時点では事件性は一切認められなかった。

「それより神崎、昼飯は何を食う？　たまには天丼なんかどうだ？」

「お前に任せる」

「じゃあ決まりだな。俺は穴子を追加してもらうことにしよう」

まだ十時前だ。それなのに昼飯のことを考えているところが黒木らしい。自称グルメの黒木のスマートフォンには池袋中の飲食店がブックマークされているようだ。

「神崎、今日の予定は？」

「特にない。溜まった報告書を片づけようと思ってる」

「俺のも手伝ってくれよ」

「自分でやれ。俺だって自分の分で手一杯なんだ」

神崎は黒木とともに面談室を出て、廊下を歩き出した。

※

グリーングラス西池袋。結衣が住んでいるアパートの名前だ。築十五年の二階建ての木造アパートで、一階と二階にそれぞれ八部屋ずつある。結衣は二階の二〇七号室に住んでいる。三ヵ月前に今の職場で働くことが決まった際、ネットで検索して見つけた部屋だ。池袋という立地条件にしては家賃が六万円と比較的安いので助かっている。

池袋の繁華街から離れているため、周囲はごく普通の住宅街といった感じだ。以前住んでいた中野とさほど変わりはないが、池袋の方が高層マンションが多い気がした。結衣の住む地区は立教《りっきょう》大学の南側にあたり、学生たちも多く住んでいるという。

午後九時三十分、結衣は帰宅した。今日は店長と夕食を食べてこなかったので、右手にはコンビニエンスストアのレジ袋を持っている。この時間になるとスーパーも営業を終えているので、どうしてもコンビニのお弁当になってしまう。

アパートの前でいったん立ち止まり、周囲の様子を窺《うかが》った。不審な人影はない。池袋警察署に相談に行ったのは昨日のことだ。あの神崎という刑事の忠告に従い、防犯ブザーのアプリをダウンロードした。実害は出ていないのであまり気にすることはない。そう自分に言い聞かせているが、今でも時折視線のようなものを感じる気がする。

アパートの外階段を上り、廊下を歩いた。廊下の突き当たりには幼児用の三輪車が壁に立てかけられている。隣の二〇八号室の住人のものだ。親子が住んでいるらしく、たまに幼児の声が聞こえてくることもある。壁が薄いのか、朝には幼児が駆け回る足音も聞こえてくるが、目覚まし代わりだと思って気にしないようにしている。

隣の二〇八号室には手書きの表札がかかっていて、そこには『木原・藤本』と書かれている。なぜ二つの名字が並んでいるのか、最初に見たときは疑問に思ったが、自分も似たような表札を使っていたことをすぐに思い出した。中野で彼と同棲していたときだ。子持ちのシングルマザーとその恋人が同棲しているのではないか。それが結衣の推測だ。

鍵を開けて中に入る。殺風景な部屋だ。同棲していた中野の部屋から持ち出してきたのは服や靴だけだったので、家具や家電はここに引っ越してきてから最低限のものだけ買い揃《そろ》えた。テレビもないし、ベッドもないのでフローリングの上に直接布団を敷いて寝ているが、今のところは特に不便を感じない。スマートフォンがあれば大抵のことは何とかなる。

グラスにお茶を注いだ。隣の部屋で子供の声が聞こえた。「ママ、ママ」と呼んでいる。母親に強く叱られたのだろうか。

スマートフォンを動画配信サイトに繋《つな》いで、お気に入りのバラエティ番組を再生した。

上京して五年だ。これまでにもバイトはいくつかしてきたが、彼と二人なので何とかなると思っていた。

今のままではいけないと漠然《ばくぜん》と思っている。では自分に何ができるのか。何をしたいのか。そう考えても答えはなかなか思い浮かばない。自分がどんな仕事をしたいのか、今年中にそれを見つけること。それが結衣の当面の目標だ。

動画を見ながら弁当を食べる。フローリングの上にダイレクトメールが置いてあるのが見えた。さきほどポストから持ってきたものだ。宅配ピザのチラシの中に茶色の封筒が挟《はさ》まっていた。箸を置いて封筒を手にとった。差出人の名前がなく、やや角ばった字で『矢部結衣様』と書かれている。何だか気持ちが悪い。消印が押されていないので、何者かが直接ポストに投函《とうかん》したということだ。

封筒は糊《のり》づけされていなかった。中を覗《のぞ》いてみると、数枚の紙片《しへん》が入っていた。出して確認してみると、それは商品券だった。五千円分の商品券が全部で四枚も入っている。二万円分だ。いったい誰がこんなものを……。

「ママ、ママ」

隣の部屋から子供の声がはっきりと聞こえた。どうやら子供は泣いているようだ。放っておこうとも考えたが、母親を呼ぶ子供の声は聞き流すことができないほどに切実なものだった。

封筒を置いて立ち上がる。サンダルを履《は》いて外に出て、隣の二〇八号室のドアをノックした。

「すみません。大丈夫ですか？」

返事は返ってこなかった。しかしドアのノブがカタカタと音を立てていた。向こう側から動かしているのだ。おそらく子供だろう。

「ねえ君、大丈夫？　ママはいないの？」

「ママ、ママ」

子供の声が聞こえた。完全に泣き声だった。どうしたものか。この時間に母親がいないなんてことが有り得るのだろうか。大家がどこにいるのかわからないし、このアパートは管理人が常駐しているわけではない。アパートの管理会社に連絡しようか。

「ちょっと待っててね」

ドアの向こうで泣いているはずの子供に声をかけてから結衣は室内に戻った。スマートフォンを手にとると、革製ケースのポケットから紙片の端が覗いているのが見えた。名刺だ。昨日、池袋警察署に相談に行ったとき、話を聞いてくれた刑事からもらったものだった。

結衣は名刺をポケットから出した。

※

神崎がグリーングラス西池袋に到着したのは午後十時前のことだった。昨日ストーカー被害の相談に訪れた女性、矢部結衣から通報があったのだ。隣の部屋で子供が泣いている。結衣はそう言っていた。ちょうど残業を終えて帰ろうとしていたところだったので、神崎自身で現場を訪ねてみようと思ったのだ。

木造二階建てのアパートだった。外階段の下で矢部結衣が待っていた。神崎の姿を見つけた彼女がその場で頭を下げた。

「すみません。わざわざ来ていただいて」

「いいですよ。それより子供というのは……」

「こっちです」

結衣に案内されて階段を上る。突き当たりの部屋だった。ドアの横に幼児用の三輪車が置いてあるのが見えた。神崎は腰を落としてドアに耳を当てる。たしかに子供が泣いている声が聞こえてきた。

「こんばんは」ドアをノックしてから声をかけた。「大丈夫かな。お母さんは近くにいないのかな？」

答えは返ってこない。子供の泣き声だけが聞こえてくる。もはや助けを呼ぶ気力も失っている感じだった。どうしたものか、と神崎は思案した。大家もしくは不動産管理会社に連絡するのが筋《すじ》だと思うが、この時間だと対応してくれる保証はないし、仮に連絡がとれたとして到着は遅くなるだろう。母親が室内で突発的な病気で苦しんでいる可能性もある。ここは速やかに動かなければならない。

ドアの構造を確認する。意外に頑丈《がんじょう》そうな木製のドアだ。いけるだろうか。

ノブがカタカタと動いている。ドアの向こうで子供が動かしているようだ。結衣の部屋のドアの鍵を見せてもらう。ありふれたタイプの錠だ。それを見て神崎は二〇八号室の前に戻り、ドアの向こうに向かって声をかける。

「今、銀色のつまみが横になってるだろ。それをつまんで縦にすればいい。簡単だよ。お母さんがやっていたのを見たことないかい？」

そう呼びかけてからドアに耳を押し当てた。子供がドアを必死に開けようとしているのが目に浮かぶようだった。頑張れ。そう念じながら息を殺す。

三十秒ほど待っただろうか。カチリという音が聞こえたので、神崎はノブを回した。ドアが開き、その向こうで三、四歳の幼児が泣いていた。ピンク色の服を着た女の子だ。

「偉かったね。よく頑張った」

そう声をかけながら神崎は室内に目を走らせた。

部屋はワンルームだった。部屋の中央あたりに女性が倒れているのが見えた。その姿を見て、神崎は状況を察する。女の子の脇に両手を入れて持ち上げ、外の廊下に連れ出した。結衣が怪訝《けげん》そうな顔をしていた。神崎は女の子の頭を撫《な》で、できるだけ優しい声で言った。

「ちょっと待っててね。ママの様子を見てくるから」

結衣に向かってうなずくと、彼女もただならぬ気配《けはい》を察したのか、こくりとうなずいた。神崎は二〇八号室に入った。細心の注意を払って靴を脱ぐ。

横たわる女性は目を見開いて仰向けに倒れていた。死んでいるのは明らかだった。それでもスマートフォンを出し、一一九番通報した。通話を終えてから遺体を見る。

こめかみのあたり、前髪に隠れてしまっているが、裂傷《れっしょう》があるのが見えた。鈍器で殴られた痕《あと》のようでもある。鑑識の見解が必要だが、とても病死には見えなかった。

「俺です。神崎です」

スマートフォンで池袋署刑事課への内線電話をかける。電話に出たのは当直の刑事だった。一週間に一度か二度のローテーションで当直が回ってくる。池袋は言わずと知れた繁華街のため、週末などは酔っ払い同士の喧嘩《けんか》などで一晩中駆《か》けずり回ることもあるくらいだ。

「神崎か。どうした？　こんな時間に」

年上の先輩刑事だった。今日は平日のため、比較的穏やかな時間が流れていることは想像がついた。何もなければそろそろ交代で仮眠に入る時間だ。

「申し訳ありません。遺体を発見してしまいました」

「どういうことだ？」

「遺体を発見したんです。おそらく殺しです」

先輩刑事に状況を説明し、通話を終えた。長い夜になりそうだな。神崎はそう思いながら改めて遺体を見下ろした。

まだ若い。あの矢部結衣という子とそう大差はないように見える。あの幼女は冷たくなった母親と同じ部屋にいたということになる。これほど惨《むご》いことはそうはない。

絶対に許されることではない。何としてでもこの犯人は挙げてやる。神崎は固く胸に誓い、遺体に向かって両手を合わせる。

係長にも連絡しておいた方がよさそうだな。そう思って神崎はスマートフォンを操作した。

「よう、神崎。遺体を発見したんだって？　やっぱり優秀な刑事《デカ》ってやつは運もあるんだな」

スマートフォンにかかってきた電話の主は黒木だった。溜《た》め息《いき》をついて神崎は言う。

「ふざけるな。どこで油を売ってるんだ？」

「馴染みのキャバクラで飲んでてな。今そっちに向かっているところだ」

事件発生の報を受け、刑事課強行犯係には非常招集がかかっていた。当然黒木のもとにも連絡は行ったはずだ。サウナあたりで酒を抜いてきたのかもしれない。

「で、被害者《ガイシャ》は？」

「二十五歳のシングルマザーだ。三歳になる子供も一緒だった」

「その子はママの遺体を見たのか？」

「ああ。寝てるものだと思って起こそうとしていたようだ」

「そいつは気が滅入《めい》るな。あ、運転手さん。このあたりでいい」

神崎は今、現場となったアパートの前にいる。手分けをして付近の聞き込みをしているところだ。十メートルほど向こうの交差点に一台のタクシーが停まるのが見えたので神崎は通話を切った。後部座席から降りてきたのは黒木だった。

「遅れてすまん」

黒木が白い手袋を嵌《は》めながら駆け寄ってくる。アパートへの立ち入りは制限されていて、歩哨の警察官が立っていた。すでに深夜零時になろうとしている。

外階段を上り、現場となった二〇八号室へと黒木を案内する。現在は鑑識職員が実況見分をしている最中だった。まだ遺体は運び出されていない。事件性があるのは明らかなので、警視庁捜査一課の到着を待っている状態だ。

「酷《ひど》いもんだな」

黒木は遺体を見下ろし、胸の前で両手を合わせた。神崎は状況を説明する。

「亡くなったのは木原希実《きはらのぞみ》、二十五歳。娘の愛菜《まな》と一緒にここに住んでいたようだ」

「娘さんは？」

「隣の部屋だ。実は隣の部屋に住んでいるのが昨日署にストーカー相談に来た子なんだ」

「ああ、あの真面目そうな子だろ。神崎、お前にしちゃ手が早いな」

「違う、そうじゃない。彼女から電話がかかってきて相談を受けたんだ。隣の部屋で子供が泣いて困ってるとな」

通報後、ほどなくして救急車も到着し、池袋署から同僚刑事も駆けつけてくれた。死因は鈍器で殴られたことによる脳挫傷《のうざしょう》の可能性が高いとされ、すぐに初動捜査をおこなう運びになった。が、扱いに困ったのが三歳の娘、愛菜だった。

母親が亡くなったことを理解できる年齢とは言えず、母がいないことを不安に感じたのか、彼女はずっと泣いているだけだった。遺体のある部屋に入れるわけにいかずにその扱いに苦慮していると、救いの手を差し伸べてくれたのが隣人の矢部結衣だった。結衣が差し出した右手を握ると木原愛菜はとたんに大人しくなった。

「今は隣の部屋で寝ているはずだ。明日になったら児童相談所の職員が来るだろうけどな」

「そういうことか。ところで藤本《ふじもと》って奴はどこだ？」

目敏《めざと》い男だ。玄関ドアの表札を見たのだろう。木原と並んで藤本という名字が手書きで書かれていた。

「まだ見つかっていない。おそらく同棲相手だろうというのが俺たちの見解だ」

「同棲相手ねえ」

黒木がそう言って部屋の中を観察している。子供がいるため決して片づいているとは言い難い。玩具《おもちゃ》やぬいぐるみが床には転がっており、テーブルの上には空いた食器が置かれたままになっていた。今、それらの食器を鑑識職員が写真撮影しているところだった。

「食事は終えていたようだな」神崎は説明する。「俺がここに入ったのが午後十時少し前だ。隣に住む矢部結衣が帰宅したのが午後九時半くらいで、そのときすでに殺害されていたと考えていい。食事をしたのが午後六時から七時の間として、その後に彼女は殺害されたと思われる」

「ガキは？　寝てたのか？」

「おそらくな。で、目が覚めると母親が冷たくなっていた。母を起こそうと体を揺さぶるが反応はない。不安に感じて母を呼ぶ。その声を隣に住む矢部結衣が耳にしたというわけだ」

「鍵は？」

「閉まっていた。ただし室内で鍵は発見されていない。犯人が鍵をかけ、そのまま持ち去ったものと考えられる」

　一緒に住んでいた藤本なる同居人の所在を確認するべきだった。木原希実の死を伝えなければならないし、もしかすると彼女の死に関与している可能性もある。さきほど被害者のスマートフォンのデータを確認してみたのだが、藤本なる人物は電話帳に登録されていなかった。もっとも最近の若者らしく、電話帳に登録された名前はファーストネームかあだ名がほとんどで、名字やフルネームで登録されていたのは数えるほどだった。いずれにしてもスマートフォンの解析は警視庁捜査一課の仕事となるだろう。

　殺人と断定されれば、池袋署に捜査本部が設置されることは確実だ。そして捜査の実質的な指揮権は捜査一課の手に渡り、所轄署の刑事である神崎たちは捜査一課のお手伝い的な仕事を任されることになる。

　ようやく遺体が運ばれることになったようで、彼女の遺体がストレッチャーに載せられ、全身に白いシーツがかけられた。部屋から出ていく遺体を両手を合わせて見送った。

「聞き込みを再開しよう。黒木、行くぞ」

「あいよ、相棒」

黒木とともに部屋から出た。ちょうど階段の下に停まった救急車に彼女の遺体が運び込まれているところだった。それを遠巻きに見ている野次馬《やじうま》も十人程度いた。近くで飲んできたサラリーマンやＯＬが足を止めているのだろう。

初動捜査の重要性はわかっている。深夜零時を回っているため一般家庭への聞き込みは遠慮するべきだが、二十四時間営業のコンビニやファミレスはあるし、池袋に近いだけあり、通行人は途絶えることはない。

人の往来が多い通りがいいだろう。大通りに向かって神崎は歩き出した。

※

規則正しい寝息が聞こえてくる。隣では木原愛菜が眠っていた。三歳らしい。精巧に作られた人形みたいだと結衣は思う。

この子の母親は隣の部屋で亡くなってしまった。さきほどまで警察の人たちが慌ただしく出入りしていた。遺体は直接見てはいないが、おそらく彼女は何らかの事件に巻き込まれたと考えていいだろう。

このアパートに暮らし始めて三ヵ月になるが、二〇八号室の住人と顔を合わせたことはなかった。ただし子供がいるのはわかっていたし、その声だけは毎日のように耳にしていた。近所付き合いが面倒であり、結衣が意図的に避けていた部分もある。

　遺体が発見された直後、愛菜は結衣の足にしがみついて離れようとしなかった。母親の死を理解できる年齢とは思えなかったが、何か大変なことが起きてしまったことだけはこの子なりに感じとったようだった。大丈夫だよ。そう言って背中をさすってやると、愛菜の体は小刻みに震えていた。

　池袋署の神崎という刑事も愛菜の扱いに困っている様子だった。試しに結衣は愛菜に声をかけた。お姉ちゃんの部屋で一緒に遊ぼうか。すると愛菜はこくりとうなずき、結衣が差し出した右手をしっかりと握った。その手は小さく、温かかった。

　結衣は昔から子供が好きではなかった。いや、好きではないというより、興味がないというのが正解かもしれない。可愛いとは思うのだが、自分が住む世界には存在しない生き物だった。

　愛菜と接してみて、結衣の中に初めてともいえる感覚が芽生えた。子供を愛《いと》おしいと思う感情だ。母を失ったこの子は今、恐ろしいほどの孤独を感じているだろう。そんな彼女が唯一、全面的に信用しているのがほかでもない私なのだ。

　強いショックを受けたせいかもしれないが、いくら話しかけても愛菜は口を開こうとしなかった。それでも愛菜がだいぶ落ち着いてきているのが表情でわかった。そのうち言葉を発してくれることだろう。

それからずっと二人でアニメを観ていた。結衣のスマートフォンを食い入るように観ている愛菜の横顔を見て、結衣は知らず知らずのうちに涙を流していた。この子の母親は隣の部屋で冷たくなってしまっている。この子の人生はいったいどうなってしまうのだろうか。それを考えるだけで自然と涙が流れてしまうのだ。

お姉ちゃん、どうしたの？

そんなことを言いたげな視線を向けられ、結衣は笑った。笑うしかなかった。一番泣きたいのは愛菜自身だろう。この子の前では笑っていてあげよう。結衣はそう誓った。

午前零時を過ぎている。三十分ほど前にようやく愛菜は眠りに就《つ》き、今は結衣の布団の上で眠っていた。結衣は立ち上がり、冷蔵庫からペットボトルの緑茶を出し、それを一口飲んだ。そのとき玄関のドアをノックする音が聞こえた。

「どちら様ですか？」

愛菜を起こさないよう、声をひそめてドアの向こうに呼びかける。遠慮がちな声が聞こえてきた。

「池袋署の神崎です」

ドアを開けると神崎が立っていた。もう一人の刑事も一緒だった。昨日相談に行ったときに同席した刑事だ。刑事というと世間一般の印象だとごつい印象があると思うが、二人ともスマートなビジネスマンといった風貌だ。ただし黒木の方は刑事にしては軽薄そうな印象を受ける。今日もグレーのスーツに紫色のシャツを合わせていて、やけに黒光りした靴を履いていた。

「愛菜ちゃんの様子は？」

「さっきまで一緒にアニメを観てました。今は眠ってます」

「そうですか。上司とも話し合ったんですが、今晩だけ愛菜ちゃんを預かっていただけると助かります。よろしいでしょうか？」

「ええ、私もそのつもりでしたから」背後を見る。眠っている愛菜の姿を見てから神崎に訊いた。「あの子……愛菜ちゃんはどうなってしまうんですか？」

「明日、児童相談所の職員が来るはずです」

「そうではなくて……」

結衣が訊きたかったのは愛菜の今後だ。母親が亡くなり、彼女はいったい誰が育てるのか。児童養護施設に引きとられてしまうのか。彼女に待ち受ける将来について知りたかった。

結衣の意図を汲《く》んだらしく、神崎が説明した。

「今、同居人の行方《ゆくえ》を追っています。愛菜ちゃんですが、おそらく引きとってくれる親族を探すことになるかと思われます。被害者の両親、愛菜ちゃんにとって祖父母が有力でしょうね」

やはりそういうことになるのか。血の繋がったお祖父ちゃんお祖母ちゃんに育てられるのであれば、この子にとっては幸せかもしれない。

「矢部さん、お隣には藤本という名前の同居人がいたようですが、お会いしたことはありますか？」

「ないですね。実は愛菜ちゃんとも会うのは今日が初めてで……。壁を通して声を聞いたことはこれまでにもあったんですけど」

　おそらく藤本というのは母親の彼氏だろう。しかし結衣には心当たりがまったくなかった。こんなことになるならもっと木原母子と交流をもっておくべきだった。実は引っ越してきたとき、アパートの住人たちに菓子でも持って挨拶回りに行こうと思っていたのだ。それを不動産会社の若い男に言ったところ、いまどきそんなことをする人はいないと笑われた経緯があった。せめて両隣の部屋には挨拶に行くべきだったかもしれない。

「ところでストーカーはどうなった？」ずっと黙っていた黒木という刑事が訊いてきた。馴《な》れ馴れしいタメ口だが不思議と嫌な感じはしない。「ずっと誰かに見られているような気がするんだろ。あれから何かあったか？」

「変わりはないです。今でもたまに誰かに見られているような気がします。それと……」

　実は今夜、差出人不明の封筒が届き、その中に二万円分の商品券が入っていたことを伝えた。説明を聞き終えた黒木が口笛を吹いた。

「そいつは豪勢な話だな。二万あれば旨いステーキをたらふく食えるぞ。あと赤ワインもな」

「おい、黒木。茶化《ちゃか》すんじゃない。彼女は本気で悩んでるんだ。矢部さん、その封筒ですが見せてもらえますか？」

　冷蔵庫の上に置いてあった封筒を神崎に手渡した。その中身を確認してから神崎は言った。

「これはいったんお預かりしてよろしいですか？　隣の事件が落ち着いたら調べてみますので」

「お願いします」

神崎が封筒をビニール袋に入れた。背後で声が聞こえたので、振り向くと布団の上で愛菜が寝言を言っていた。はっきりとは聞こえなかったが、「ママ」と呼んでいたようだった。

「矢部さん、私どもはこれで。愛菜ちゃんをよろしくお願いします。外に歩哨の警察官が一晩中待機しているので、何かあったら声をかけてください」

「わかりました。ご苦労様でした」

立ち去る二人を見送ってから、結衣は愛菜のもとに戻った。額に汗が滲《にじ》んでいた。タオルで汗を拭いてあげてから、結衣はしばらく愛菜の寝顔を眺めていた。

※

「どういうことですか？　なぜ俺が捜査から外《はず》されなきゃいけないんですか。外される意味がわかりませんよ」

翌日のことだった。仮眠をとって署に行くと、いきなり係長の末長《すえなが》に捜査から外れるように命じられたのだ。

「俺だって知らん。捜査一課のお達しだからな」

「ですが、俺は遺体の第一発見者ですよ。その俺を外す理由がわかりません。それになぜ黒木まで」

「だから俺に言うな。お前たち二人を外せと言われたんだ」

どうにも納得がいかない。神崎は刑事課を出て、大会議室に向かった。捜査一課の捜査員たちはそこにいるはずだ。なぜ自分が捜査から外されるのか。その理由を直接聞かないと収まりがつかなかった。何しろ神崎自身が遺体の第一発見者であるのだから。

三十分後の午前十時から第一回目の捜査会議が始まることになっており、大会議室では準備が大詰めを迎えていた。パソコンなどのＯＡ機器が運び込まれ、職員たちが動作確認をおこなっている。

会議室の前方にスーツを着た男たちがいた。総勢六人ほどだろうか。スマートフォンで電話をしたり、近くの者と話したりしている。見慣れぬ顔が多く、発せられるムードからして彼らが捜査一課の人間だとわかった。今回の事件を主導する立場の捜査員だ。

彼らに向かって歩み寄ろうとすると、背後から肩に手を置かれるのを感じた。黒木あたりが止めにきたのだろう。そう思って肩に置かれた手を振り払う。

「邪魔をするな。お前が何と言おうが……」

後ろに立っていたのは黒木ではなかった。しかし知っている顔だ。グレーのスーツに臙脂《えんじ》色のネクタイ。以前より目つきが鋭くなっているのは刑事という職業柄だろうか。

「若田部《わかたべ》、お前……」

「久し振りだな、神崎」

若田部篤《あつし》。警察学校時代の同期だ。同じ教場《きょうじょう》で、法学部出身の優秀な男だった。教場というのは学校でいうクラスや教室を意味している。座学では神崎に次《っ》ぐ成績を収めていたはずだ。

「今回の事件はうちの班が担当させてもらうことになった」

同期といっても数百人もいるため、その後のキャリアについては知らない者がほとんどだ。しかし若田部については神崎も噂で聞き及んでいた。同期の中で一番最初に本庁捜査一課に配属となったのが若田部だった。それだけ優秀な刑事であることを意味している。

「そうか。だったら話が早い。実は……」

今回の事件における遺体の第一発見者はほかでもない自分であるのだが、たった今捜査本部から外れるように言われたことを説明する。

「……俺を捜査本部に入れるよう、お前から進言してくれないか。遺体の第一発見者は俺なんだ。現場で見聞きしたことを捜査に役立てる自信があるんだ。それに……」

「悪いが神崎」遮るように若田部が言う。「お前を捜査本部に入れることはできん。お前と黒木を外すように上司に進言したのは俺なんだ」

「わ、若田部、お前……」

若田部は涼しい顔でこちらを見ている。その厚い胸板はトレーニングを怠《おこた》っていない証だ。柔剣道では神崎も勝てなかった記憶がある。

「黒木と一緒に仲良くやってるって聞いてるぞ。そういう噂は本庁にも入ってくる。お前と黒木はスタンドプレーが目立つらしいな。捜査本部には自己中心的な捜査員は必要ないんだよ」

神崎は言葉を失った。決して仲がいいとは言えなかったが、ここまでの敵意を向けられる理由も思い浮かばなかった。若田部はさらに吐き捨てるように言う。

「組織的な捜査ができない刑事は必要ない。今回は黙って俺たちの仕事を見ておけ。黒木にもそう伝えておいてくれ」

若田部が立ち去ろうとしたので、神崎はその肩に手を伸ばした。その気配を察したのか、若田部は体を捻《ひね》って神崎の手をかわした。そしてこちらを見て言う。

「触るんじゃない。俺はお前たちが大嫌いなんだ」

若田部が歩き出した。会釈をしながら捜査一課の刑事たちと合流し、何やら話し始めた。若田部が何か冗談を言ったらしく、それを聞いた同僚の刑事が声を出して笑った。

神崎は踵《きびす》を返し、大会議室をあとにした。


強行犯係に黒木の姿は見つからなかった。神崎は池袋署を出て、近くにあるカフェに向かった。一番奥の席でのんびりとコーヒーを啜《すす》っている黒木の姿を発見する。セルフレジでホットコーヒーを買ってから黒木のもとに向かうと、スポーツ新聞から顔を上げて黒木が言う。

「よう、神崎。その顔からして捜査本部に入れてもらうことはできなかったみたいだな」

「若田部がいた。今回の事件を担当するようだ。目の敵《かたき》にされたよ。お前、何か心当たりはないか？」

俺はお前たちが大嫌いなんだ。若田部はそう吐き捨てた。お前たちという言葉の中には当然黒木も含まれている。若田部から恨みを買った覚えが神崎にはない。となると疑うべきは残る一人の方だ。

「若田部か。あいつ、元気そうだったか？」

「かなり張り切ってる感じだった。ああいうギラギラした感じは見習うべきかもしれないな」

積極性というやつだ。横並びの列から前に抜け出すためには、自己アピールが必要だ。それができたからこそ、奴は捜査一課に配属されたのだ。その努力は認めなければならない。黒木が目を細めて話し出した。

「奴とはつるんでいたことがある。警察学校を卒業したばかりの頃だ。俺は品川《しながわ》、あいつは大《おお》井町《いまち》で近かったしな。休みが合えばよく二人で飲みにいったよ」

初耳だった。黒木は警察学校時代から周囲から浮いた存在であり、どちらかというと真面目な部類に入る若田部とは接点がないように思えたからだ。

「俺と奴は性格や趣味嗜好も正反対だったが、たった一つだけ似通っていた点がある。何だと思う？」

考えてもわからない。神崎は素直に言った。「わからん。何だ？」

「女だよ、女」黒木がそう言ってカップのコーヒーを一口飲んでから続けた。「当時は若かったからな。飲み屋に行けば常に女に声をかけてた。で、運よく二人組の女と一緒になったとするだろ。俺がいいと思った方を、奴も気に入ってしまうんだ」

　くだらない話だと思う。しかし警察学校を卒業したばかりの二十代前半の男といえば、仕事以外で頭にあるのは異性のことだけだ。程度の差はあれ、自分も同じようなものだったかもしれない。

「若田部が本気で惚《ほ》れた女がいてな、たしか品川の歯科クリニックの衛生士だったと思う。あいつには悪いことをしてしまったよ、まったく」

　惚れた女を黒木に横どりされ、それをいまだに若田部は根に持っているというわけか。しかしたったそれだけのことで……。

「そんなことが二、三回はあったかな」

　こともなげに黒木が言う。ルックスや話術では黒木の方がだいぶ上だ。若田部は何度も煮え湯を飲まされたということだ。自分と黒木がここ池袋署でコンビを組んでいることを若田部は事前に知っていたのだろう。あの二人は使えない、自己中心的な刑事だ。そんなことを上司に吹き込み、俺たちが捜査本部から外れるように根回ししたというわけだ。

「でもよかったじゃないか、神崎。捜査本部に駆り出されても、結局やらされるのは道案内だけだ」

「俺は遺体の第一発見者だ。この事件を最後まで見届ける義務がある」

　木原愛菜の顔が目に浮かんだ。亡くなった木原希実の一人娘だ。あの子のためにも事件を解決しなければならない。遺体を前にそう誓ったのはつい数時間前のことだ。それなのになぜ

——。

「そう熱くなるなよ、神崎。俺たちは捜査本部から外されたんだ。勝手に捜査することは許されない」

「だからって指をくわえているわけには……」

「池袋の治安を守るのが俺たちの仕事だ。困ってる人がいたら見過ごすわけにはいかないだろ」

　そう言って黒木はニヤリと笑ってコーヒーを飲み干した。

※

「……それは災難だったわね。でも怖くない？　隣の部屋で人が亡くなったわけでしょ」

「ええ、まあ。怖いといえば怖いですけど、今は実感が湧かなくて」

結衣は職場である百貨店の洋菓子店にいた。まだ午前中なので客足は少ない。隣には店長である岡部裕子の姿がある。

　昨夜はほとんど眠ることができずに朝を迎えてしまい、その疲れが顔に出てしまったようで、目の下には隈《くま》ができていた。化粧で隠せる程度のものではなく、店長に心配されて思わず昨夜の出来事を話してしまったのだ。

「でも、愛菜ちゃんだっけ？　その子は可哀想ね」

「そうなんですよ」

実は今朝、二人組の刑事――昨夜来た神崎たちではない――が結衣の部屋にやってきて、いろいろと事情を訊かれた。隣の木原母子とは面識があったか。同居人の藤本なる人物を知っているか。昨夜はどこで何をしていたのか。根掘り葉掘りいろいろな質問をされた。

事情聴取が終わったあと、部屋に入ってきたのは男女の二人組だった。二人とも首から名札をぶら下げており、児童相談所の職員を名乗った。その二人組が愛菜を連れていった。どこに連れていくんですか。別れ際にそう訊いても何も教えてくれなかった。愛菜の淋しげな瞳が印象的だった。あの子はまだ、自分一人で生きていける年齢ではない。誰かに頼って生きていくしかないのだった。何かしてあげたい気持ちはあったが、残念ながら今の自分には何もできないんだと痛感した。

「もしあれなら午後から休んでも大丈夫よ。本部に頼めば人を回してくれると思うから」

「大丈夫です。ありがとうございます」

たった一晩預かっただけの子だ。ショックのため彼女は話すことができず、起きてる時間はずっと一緒にアニメを観て過ごした。それでも愛菜の温もりのようなものが結衣の中には確実に残っている。

「はい、もしもし」

店長が携帯電話を耳に当てた。百貨店側から支給されたものだ。しばらく話していた店長が通話を終えて結衣に向かって言った。

「結衣ちゃんにお客さんが来てるみたい。警察の方らしいわ。バックルームの前で待ってるって。ここは私一人で大丈夫だから」

「わかりました」

訊き足りないことがあったのかもしれない。店から出て通路を歩く。惣菜売り場は昼食目当ての主婦たちで混み始めている。従業員専用のドアを開け、バックルームに入った。そこで結衣を待ち受けていたのは池袋署の二人組、神崎と黒木だった。

「お仕事中に申し訳ない」神崎がそう言いながら頭を下げた。「昨夜はありがとうございました。君がいてくれて助かった。愛菜ちゃんは児童相談所に引き渡されたようだね」

「ええ。刑事さん、愛菜ちゃんは本当に大丈夫なんですか？」

「心配要《い》らない。児相の職員が何とかしてくれるはずだから。ところで今夜だけど、何か予定は入っていますか？」

「特にはないですけど……」

「それはよかった。実は君に協力してほしいことがあってね」

ずっと黙っていた黒木が前に出て、結衣の隣に立った。そして馴れ馴れしく結衣の肩を抱き寄せて神崎に向かって言う。

「どうだ？　お似合いだろ」

すると神崎は答えた。

「悪いが援助交際にしか見えない」

「失礼な。だがさすがにスーツだと厳しいかもな」

二人は意味不明なやりとりを続けている。不安になった結衣は訊いた。

「いったいどういうことですか？　私は何を協力すれば……」

答えたのは黒木だった。

「たいしたことじゃない。今夜俺とデートしてくれればいい。気分転換にはちょうどいいだろ」

※

神崎は手に持っていたスマートフォンに視線を落とした。時刻は午後十時過ぎ、西池袋の雑踏の中だ。顔を上げ、通りの向かい側にある洒落《しゃれ》たスペイン風バルに目を向ける。店は満席状態らしく、オープンテラスも人で賑《にぎ》わっている。

そのオープンテラスの中ほどに一組の男女がいた。黒木と矢部結衣だ。今、黒木は生ビールを――勤務中なのでノンアルコールビールにするべきだが、おそらくは本物の生ビールを飲みながら、目の前に座る結衣に話しかけている。結衣も楽しげに笑っていた。

黒木は私服だった。ジーンズに黒いシャツ。たったそれだけで五歳は若く見える。二十三歳の結衣と一緒にいてもさほど違和感はなかった。

今から一時間ほど前、二人は池袋駅西口のドラッグストア前で待ち合わせをしたあと、まるで恋人のように腕を組んでこの店に直行した。その間、二人は終始楽しそうに会話をしていた。誰が見ても恋人同士だった。

ここ最近、何者かの視線を感じる。それが矢部結衣の悩みだった。もし本当に彼女に対してストーカー行為を働いている者がいるのであれば、その不届き者を刺激してはどうか。それが黒木の提案だった。イチャイチャする様子をストーカーに見せつけることで、何らかの動きが出ることを期待する作戦だ。

すでに神崎は目星をつけている。最有力候補は同じバルのカウンター席で一人で飲んでいるサラリーマン風の男だ。黒木たちとほぼ同時刻に入店し、カウンターで飲み始めた。一人で飲んでいるのはその男だけだ。雰囲気的にだいぶ浮いている感は否《いな》めない。

神崎はスマートフォンで、飲食店の口コミサイトに接続した。黒木たちが食事をしている店名を検索し、店の情報を引き出した。口コミはかなりの高得点だった。パエリアが絶品らしい。投稿者の撮った画像を見ていると空腹を覚えた。夕飯は食べていない。

近くにコンビニの看板が目に入ったので、急いで店内に入って買い物を済ませる。ペットボトルの緑茶とおにぎり二つだ。外に出て、黒木たちがいるオープンテラスに目を向けながらおにぎりを食べる。二人はさぞかし旨いものを食べていることだろう。

遺体の第一発見者であるにも拘《かか》わらず、木原希実殺害事件の捜査から外されてしまった。しかし池袋署の刑事であることに変わりはなく、だとしたらできることを粛々と進めるべきだ。言葉には出さないが、黒木はそんなことを伝えたいのかもしれなかった。

十五分ほど経過した頃、ようやく動きがあった。会計を済ませた二人が店から出てきたのだ。カウンターに座る例の男は店を出る気配はない。彼は違うのだろうか。

二人が店から出てきたので、十メートルほどの距離を開けて尾行を開始する。黒木と結衣は駅とは逆方向に歩いていく。ほかに二人を尾行している者がいないか探したが、通行人の数が多いため判別は不可能だった。

二人は角を曲がり、細い路地に入った。神崎もあとに続く。数人の通行人が歩いているが、その数は一気に減った。ちょうど神崎の目の前を若い男が歩いていた。若者の視線が結衣の背中に向けられているような気がして、神崎は警戒の度合いを強めた。若者は両手を上着のポケットに突っ込んでいる。武器のようなものを所持している可能性もあった。

黒木が結衣の肩を抱きかかえるようにして一軒の雑居ビルのエントランスに入っていった。二階から上がすべてカラオケ店になっているようだった。注意していた若者はビルの前を素通りしていくので神崎は一瞬だけ気を抜いた。そのときだった。不意に神崎の前を黒い影が横切って、黒木たちが入ったビルのエントランスに向かって走っていった。

「おい。待て」

神崎は慌てて男の背中を追った。黒木たちはエレベーターに乗り込んだところだった。男は閉まる直前のエレベーターのドアに向かって猛然《もうぜん》と走っていく。異変を察した黒木が結衣を庇《かば》うように彼女の前に立ちはだかる。男が閉まりかけていたエレベーターのドアを押さえた。

神崎は懐から警棒を出し、シュッと振ってそれを伸ばす。本来であれば口頭で注意するのが先だったが、それをしている余裕はないかもしれない。神崎が警棒を振り上げたとき、エレベーターの中で結衣が叫んだ。

「待ってくださいっ」

その声に神崎は警棒を持つ右手を止めた。神崎の立つ場所からでは後ろ姿しか見ることができないが、ひょろりと背の高い男だった。エレベーターの中で結衣が続けて言う。彼女の視線はエレベーターの前に立つ男に向けられていた。

「ど、どうしてここに……。お兄ちゃん」


カラオケ店の室内は煙草の匂いがした。神崎は壁にあるスイッチを操作し、室内の照明を明るくする。黒木と結衣、それから結衣の兄である矢部義男《よしお》も一緒だった。彼は八歳年上の兄らしい。

「うち、母子家庭だったんです」結衣が説明する。「私が物心ついたときには父はいませんでした。お母さんが亡くなったのは私が中学三年生のときでした。兄はもう働いていて、母が亡くなってからは兄妹二人で暮らしていたんです」

義男は地元の大手農業機械メーカーの部品工場で働いていた。年が八歳も離れているせいか、父親同然だった。しかし結衣は高校卒業後、当時付き合っていた彼氏とともに上京することを決意する。いつまでも兄に面倒をみてもらうわけにはいかない。そんな気持ちも働いたという。

「でもどうして……お兄ちゃん、どうして私を……」

「妹のことが心配でした」義男がぽつりぽつりと話し出した。「中野のアパートから出たことは彼氏から、あ、元彼氏ですね、彼から聞いたんですけど……」

　元彼氏である男とは連絡先を交換していた。妹は元気にしているのだろうか。そう思って男に連絡をとったのは先週のことだった。その電話で二人が別れたことを知らされ、義男は不安に駆られた。妹はたった一人で東京で暮らしてゆけるのだろうか、と。

「幸いなことに引っ越し先の住所を教えてもらえたんで、僕は有休を使って上京しました。そして一週間前から彼女の行動を見張っていました」

　百貨店の洋菓子店で働く妹を遠くから見守り、通勤や帰宅する際にも彼女を尾行した。できれば妹を説得して実家に連れ帰りたい気持ちだったが、妹は意外にも東京の生活に順応《じゅんのう》しているようだった。少し年上の女性と一緒に帰宅し、日によってはラーメン屋で食事などもしていた。有休も明日で終わるため、このまま妹を東京に残していっても大丈夫そうだ。そう思っていた矢先――。

「妹さんが男と待ち合わせをする現場を見たってわけだ」ずっと黙っていた黒木が口を開く。

「あんたはびっくりしただろうな。妹さんが男と仲良く腕を組んで歩き始めたわけだから。でもな、矢部さん。妹さんは自分を監視する何者かの存在に気づいていたんだ。ストーカーだと思って警察に相談したくらいだ」

　神崎は懐《ふところ》に手を入れ、一通の封筒を出した。結衣のアパートのポストに投函されていたものだ。中には二万円分の商品券が入っている。それをテーブルの上に置きながら神崎は言った。

「これはあなたの仕業《しわざ》ですね」

封筒を見て矢部義男はうなずいた。

「はい、僕が入れたものです。妹がラーメンやコンビニのものばかりを食べていたんで、少しでも家計の足しにしてくれたらいいと思いました」

「おい、あんた」と黒木が乱暴な口調で言う。「誰から届いたかわからない商品券を喜んで使う人間は少ないと思うぞ、普通はな」

「すみません。それしか方法が思い浮かばなかったので」

「まあいい。それより妹さんに何か言いたいことはないのか？」

黒木に訊かれたが、矢部義男はすぐには答えなかった。そのときドアをノックする音が聞こえ、店員がドリンクを持って中に入ってきた。店員が立ち去るのを待ってから矢部義男が妹の結衣に向かって訊いた。

「結衣、お前、あの洋菓子店でずっと働くつもりなのか？」

「……わからない」

「帰ってくる気があるなら、向こうで仕事を探してやってもいいんだぞ」

「お兄ちゃん、あのね……」言葉を選ぶように結衣が話し出した。「昨日、小さい女の子と一緒だったの。生まれて初めて子供を愛おしいと思った。子供っていいなって思った。すぐには難しいかもしれないけど、子供と関わる仕事はどうかなって考えるようになった」

昨夜彼女の部屋に木原愛菜が泊まった。偶然ではあるが、その出来事が結衣にとっては大きな経験になったのかもしれなかった。

「もう少し頑張ってみようと思ってる。だから今はまだ帰らない」

「わかった。お前がそう決めたならいい。頑張れよ、結衣」

「ありがと、お兄ちゃん」

兄の不器用な愛情。それを妹はストーカーだと勘違いしたのだ。もつれた糸も解《ほど》けたようで何よりだった。

黒木が生ビールを飲みながら矢部義男に訊いた。

「ところであんた、この商品券をアパートのポストに投函したのはいつのことだ？」

「昨日の夜です」

黒木がこちらを見ていた。その視線の意味に気づき、神崎は身を乗り出した。

「正確な時間を教えてください」

「夜の八時くらいだったと思います」

「そのとき何か不審な点はありませんでしたか。怪しい人影を見たとか」

「特に何も……。ポストに封筒を投函してビジネスホテルに戻りました」

落胆した。何か目撃しているかもしれないと期待したのだが、空振りに終わったようだ。それでも神崎はさらに訊いてみる。

「あなたはこの一週間、妹さんの近くにいたんですよね。妹さんの住むアパートなんですが、左隣の二〇八号室のことで何か目撃しませんでしたか。住人が出てきたとか、訪ねてきた人がいたとか」

「左隣の部屋ですね。そうだなあ……」義男が何かを思い出したかのように話し出した。「たしか一昨日《おととい》だったと思います。夜の九時くらいだったかな。男が一人、部屋から出てくるのを見ました」

木原希実が殺害される前日だ。神崎は訊いた。

「どんな男でしたか？」

「顔は見えませんでした。遠かったし、向こうは帽子を被《かぶ》っていたので」

いまだに素性がわかっていない藤本という同居人。義男が見たというその男が同居人の藤本である可能性は高いだろう。

「矢部さん、有休は明日まででしたね。実家にお帰りになる前に池袋署に寄っていただくことは可能ですか？」

「いいですけど、いったいどういう……」

矢部義男は昨夜の事件のことを知らないようだった。神崎は昨夜の顚末について説明した。

黒木はメニューを眺めている。一杯目の生ビールは飲み干してしまい、二杯目は何にするか選んでいるのだろう。

テーブルの上に置いたスマートフォンに着信が入る。液晶に表示された相手は係長の末長だった。末長は木原希実殺害事件の捜査本部に入っているはずだ。スマートフォンを耳に当てると開口一番末長が訊いてきた。

「神崎、今どこだ？」

「署の近くです。黒木も一緒ですが、何か？」

「西池袋で盗難事件が発生した。人手が足りなくて困ってる。すぐに黒木とともに急行してくれ。場所はな……」

　捜査本部が設置され、他課の捜査員もそちらに組み込まれているため、人手が足りないのは理解できた。末長が言った現場の場所を頭に叩き込む。通話を切ってから黒木に言った。

「黒木、事件だ。行くぞ」

「まったく」と黒木は溜め息をつく。開いていたメニューを閉じて立ち上がった。「池袋は今夜も忙しいぜ。少しくらい楽させてくれてもいいと思うけどな」

　黒木が部屋から出ていく。神崎は財布から数枚の紙幣を抜きとり、それをテーブルの上に置いた。「私どもはこれで」と言うと、ややぎこちない空気が流れている兄と妹を残し、神崎も部屋から出た。

第二話　上京

池袋の街は賑わっている。諸星《もろぼし》博《ひろし》は池袋駅北口付近を歩いていた。午後十一時を過ぎているが、夜はまだこれからといった感じだ。

諸星が池袋に来てから三日が経過した。三日前に福岡《ふくおか》から上京してきたのだ。といっても一昨年まで池袋に住んでおり、ちょっとした事情があって池袋を去る羽目《はめ》になった。福岡県内にある実家は造園業を営んでおり、父の持病の腰痛が悪化したということだったので、家業を継いでもいいかなと軽い気持ちで福岡に帰ったのが約二年前のことだった。

ところがだ。父が腰の手術を受け、それが成功した。リハビリも難なくこなし、あれほど苦しんでいたのが嘘のように元気になってしまったのだ。貴重な跡とり息子として意気揚々《いきようよう》と帰郷したつもりだったが、回復した父にとっては息子はまだまだ頼りないらしく、ああでもないこうでもないとうるさく言われるうちに、何だか嫌になってしまった。口論が絶えず、そして遂に堪忍袋の緒が切れてしまい、衝動的に実家を飛び出してしまったというわけだ。

二年間で貯まった貯金は二十万円だ。今はカプセルホテルに宿泊しているが、そのうち金も底をつくだろう。そうなる前に仕事を見つけないとならないが、なかなかいい仕事が見つからないのが現状だ。

二年振りの池袋だが、変わったような気もするし、変わっていないような気もする。実家にいた頃にネットで見たのだが、池袋は再開発により大きく変わったというのだった。

国際アート・カルチャー都市。それが池袋が目指す都市の未来像らしい。この三日間、諸星は池袋の街を散策したが、たしかに変わった点はある。西口公園には巨大なドーナツ状のリングが出現していたし、南池袋公園は洒落た感じになっていて子供を連れたセレブっぽいママたちの溜まり場と化していた。まだ足を運んでいないが、かつて豊島《としま》区役所があった跡地には巨大な劇場ができたらしい。どれもが池袋の新名所だ。

しかし本質的な部分では完全に生まれ変わったとは言い難《がた》いと思う。たとえばこうして歩いているときに感じる空気の匂いみたいなものは、諸星がいた二年前とまったく変わっていない気がする。

諸星は地下通路に入った。池袋駅には西と東を繋ぐ主要ルートが二つある。南側のルートがびっくりガードで、北側がウイロードと呼ばれている。今、諸星が歩いているのがウイロードだ。

もっとも印象が変わったのがここかもしれないと諸星は個人的には思っている。以前は地味なタイル張りの地下通路で、夜に歩くのは少し怖かった。実際に女性は敬遠していたという話を聞いたこともあるくらいだ。

それが今やパステル調の壁画のようなものが描かれている。凹凸《おうとつ》があり、手で直接塗り込んだような感じだ。以前は通行人のすべてが悪人に見えてしまうゴッサムシティのようなイメージだったが、それが完全に払拭《ふっしょく》されていた。お花畑に迷い込んだようだった。ただしそれはそれで違う意味で怖い気もするのだけれど。

東口に出る。東口ではなぜか大手家電量販店が鎬《しのぎ》を削《けず》っており、昼間は店員が店頭で声を張り上げていることもあるのだが、この時間になるとさすがに閉店していて、巨大な電飾看板だけが煌々《こうこう》と輝いている。通りには多くの通行人が行き交っていた。

歌声が聴こえた。路上ミュージシャンがライブをやっているようだった。人だかりができているので、諸星はそちらに足を向けた。ひょろりとした男がギター一本で歌っていた。一昔前に流行《はや》ったサザンの歌だった。

懐かしい気分になる。高校三年の夏、免許をとってすぐの頃、当時付き合っていた彼女とドライブをした。そのときにカーラジオから流れていた曲だ。

諸星は財布を出し、百円玉を一枚、ギターケースの中に放り投げてから人ごみから離れた。少し歩いて路地に入る。マンガ喫茶の隣だった。しかしそこにあるはずのラーメン屋はなかった。潰れてしまったようだ。

まあいい。行きたいラーメン屋はほかにもたくさんある。諸星は路地を引き返した。池袋の街はまだまだ賑わっている。

※

現場となったのは西池袋四丁目の山手通《やまてどお》り沿いの二階建ての建物だった。〈スタジオ・ムーン〉というアニメ制作会社だ。すでに近隣の交番から応援の警察官が駆けつけており、現場を封鎖していた。

神崎は黒木とともに事務所の中に入った。中にいた警察官から事情を聞く。

「木を登って二階の窓から侵入したようですね。窓に手をかけた途端、警報が鳴り響いたようです。それに気づいた警備会社が関係者に連絡したとのことで、一一〇番通報したのはこの会社の社長です」

「社長はどこに？」

「さあ。さっきまでいたんですけど……」

警察官に案内されて奥の部屋に入る。そこは広い作業場となっていて、壁一面にアニメのポスターが貼られている。アニメーターの仕事場。神崎にはちょっと理解しかねる未知なる世界だ。

「おお、これはかっこいいな」

黒木がそう言い、作業場のデスクに視線を落とした。おそらくアニメーターの私物だろう、数体のフィギュアが飾られている。神崎も知っている国民的人気アニメのキャラクターだ。

「触るなよ、黒木。壊したら怒られるぞ」

作業場の奥に階段があった。階段を上がると廊下が続いていて、いくつかのドアが見えた。警察官が説明する。

「二階は大部分が倉庫になっているようです。従業員が仮眠をとるための部屋もあるとか。被害に遭《あ》ったのはこの部屋です」

案内されたのは社長室だった。一台のデスクと応接セットが置かれている。アニメに関するものは一切置かれていない。窓ガラスが割られ、破片が床に散乱していた。その破片を踏まぬように窓際に向かった。窓の向こうに一本の欅《けやき》が見える。神崎はその木を見て言った。

「随分無茶したようだな」

「だな。落ちたら怪我《けが》することは確実だ。よほど欲しいものがあったんだな」

早くも黒木は社長のデスクの引き出しを開け、何やら物色していた。まずは鑑識による捜査。それと並行して関係者からの事情聴取。今夜は帰れないかもしれない。

「おい、あんたたち。勝手に調べ回るんじゃない」

その声とともに入ってきたのは五十代くらいの男だった。寝巻にジャケットを羽織っている。かなり急いで駆けつけた様子だった。男と一緒に入ってきた警察官が神崎に耳打ちした。

「こちらの方が社長の月野《つきの》さんです」

「池袋署の神崎です」神崎は警察手帳を出し、バッジを見せた。「こちらは黒木。我々が今回の事件を担当させていただくことになります。先に現場検証を始めさせていただきました。ご容赦《ようしゃ》ください」

「絶対に犯人を捕まえてくれ。頼む」

　そう言って月野は血走った目を向けてくる。かなり高価なものを盗まれたのかもしれない。事情聴取を始めようとすると、月野が懐からスマートフォンを出した。それを耳に当てて話し始める。

「……私だ。そうだ、やられたんだ。今も警察と話しているところだ。……絶対にとり戻すぞ。このまま黙ってるわけにいかないからな」

　ドアの向こうに到着した鑑識職員の姿が見えた。通話を終えた月野が言う。

「刑事さん、私にできることがあれば何でも言ってくれ。犯人を捕まえるためだったら何でもしようじゃないか。約束する」

「わかりました。まずは事情をお聞かせください。その前にこの部屋を鑑識職員が調べます。場所を移しましょう」

　一階に戻り、作業場の一角に腰を下ろした。まずはこれまでの経緯を聞く。

「私のもとに警備会社から連絡があったのは一時間ほど前だった。私はここから車で五分ほどのところにあるマンションに住んでいる。すぐにタクシーで駆けつけたよ。会社の前にはすでに警備会社の人間が到着していた」

「それで被害は？　現金などは無事でしたか？」

「現金は会社では保管していない。ただ、私の命の次に大切なものが盗まれた。手塚治虫《てづかおさむ》の原画だよ」

隣に座る黒木が短く口笛を吹く。落ち着かない男だ。神崎は肘《ひじ》で黒木の脇腹を突いてから月野に訊いた。

「手塚治虫の原画ですか。それは値が張るものなんでしょうか？」

「値段なんてつけられんよ」

月野がそう言いながらスマートフォンを出し、それをこちらに見せた。額縁に入った一枚の原画がある。見開きでちょうど二ページ分だ。

最近は漫画を読む機会は減ったが、神崎でも手塚治虫の名前くらいは知っている。日本の漫画界に多大な影響を与えた偉大な人物だ。漫画の神様とも言われ、その功績は計り知れない。

「二年ほど前だったかな」と黒木が唐突に話し出す。「フランスのパリのオークションで手塚治虫の原画が出品されたことがあったな。日本を含めた史上最高額で落札されたはずだ」

「いくらだ？」

「たしか三千五百万くらいだった」

神崎は唸《うな》った。たった一枚の原画にそれほどの価値があるとは信じられなかった。月野が怒《ど》気《き》をはらんだ顔で説明する。

「二年前にパリで落札されたのは状態もよかったし、人気作だったからな。私の原画にそこまでの価値はない。それでも高級外車を買ってもお釣りがくるほどの価値があるはずだ」

「そんな大事な原画をあんたはセキュリティ対策が決して万全とは言えない自分の会社の社長

室に保管していた。不用心にもほどがあるんじゃないか」

　黒木の辛辣《しんらつ》な物言いに対して、月野が赤い顔で反論する。

「たまたまだ。普段は銀行の貸金庫に保管してある。今回は美大から貸し出し要請があったんだ。大学内で展示会をやるようでな。だから昨日から社長室に保管していたってわけだ。明日の午後には大学側に貸し出す予定だった」

　社長室にある鍵のついた引き出しに入れていたようだが、鍵が破壊されていたらしい。普通は金庫にでも入れそうなものだが、生憎《あいにく》社長室には金庫はなく、たった二晩なので大丈夫だろうと判断したようだ。これまでにも何度か貸し出し要請に応じており、そのたびに社長室に保管していつも無事だった。そういう安心感が仇《あだ》となったわけだ。

「ここに原画があるのを知っていたのは？」

「スタッフは全員知ってたはずだ。あとは数人の知り合いに話した記憶がある」

「誰に話したか、それを正確に思い出してください」

　神崎がそう言うと、月野は腕を組んだ。話した相手を思い出しているのだろう。普段は置かれていないはずの漫画の原画が盗まれた。しかも被害に遭ったものはそれだけだ。内部の事情を知っている者の犯行と考えて間違いない。

　黒木が立ち上がった。スマートフォンを懐から出しながら離れていく。

　まずは鑑識の捜査に期待するしかない。指紋などが検出されればそこから前科者リストと照会できる。同時に社内の防犯カメラの映像の分析だ。その後は原画の存在を知っていた関係者への聞き込みとなるだろう。

「神崎、悪いな」そう言いながら黒木が戻ってくる。両手を顔の前で合わせながら黒木が言う。「野暮用ができちまった。ここはお前に任せる」

「ふざけるな。捜査より優先させる野暮用があるのかよ」

「お前は正攻法で行け。俺は裏から攻めてみる」

「また訳のわからないことを……」

「そういうわけだ。じゃあな」

黒木はスマートフォン片手に作業場から出ていった。まったく何て奴だ。職場放棄とはこのことだ。神崎は大きく溜め息をついた。

※

夜も遅いせいか、行列はできていなかった。ジュンク堂書店池袋本店のある通りから一本入った路地にそのラーメン屋はあった。昼どきは近所の学生やサラリーマンが列をなしている人気店だ。カウンター席だけの店内は半分ほどの席が埋まっている。諸星は店の入り口にある券売機でラーメン大盛りの食券を買い、それをカウンターの上に置いた。

「大盛り一丁」

若い男の店員が声を張り上げると、中で調理をしている二名の店員も呼応して声を張り上げる。「大盛り一丁」

懐かしい。ここのラーメンはそれこそ何回食べたかわからない。百回くらいは来ているのではないか。大盛りが一杯七百円なので、この店だけで七万円近くも使っていることになる。

カウンターで接客する若い店員の顔に見憶えはないが、奥の二人には見憶えがある。ただいま、帰ってきたよ。そう声をかけたい気持ちを抑え、諸星はコップの水を一口飲んだ。

やがてラーメンが運ばれてくる。レンゲを使ってスープを一口飲んでから、麺を啜った。そうだ、この味だ。求めていた味がそこにはあった。

諸星は福岡県の生まれのため、ラーメンといえば博多風のとんこつラーメンが一般的だった。東京に来て驚いたのは多種多様なラーメンの種類だ。醬油、塩、味噌、とんこつなど様々な味を提供するラーメン屋がそこら中にあり、さらにそれらがハイブリッドされて新しいタイプのラーメンが生まれていくのだ。今、諸星が食べているのは醬油とんこつという分野のラーメンだ。その名の通りとんこつベースの出汁に醬油の香ばしい風味が相まって、何とも言えない複雑な味わいを醸《かも》し出している。

空いていた隣の席に客が座る気配があった。同時に声が聞こえた。

「黒い夜には？」

思わず諸星は箸を止めていた。麺を口から垂《た》らしたまま隣を見ると、そこには革のジャケットを着た男が座っている。若い男の店員が瓶《びん》ビールを一本カウンターの上に置いた。男は悠然とした仕草でビールをグラスに注ぎ、それをくいっと飲み干してからもう一度言った。

「黒い夜には？」

諸星は麺を啜り、それを嚙まずに飲み込んでから答える。

「ほ、星が輝いている」

「元気だったか？　諸星」

「黒木さん……」

男の名は黒木。池袋署の刑事だ。刑事とは思えぬ洒落た男で、その捜査手法も斬新《ざんしん》というか、少し変わっている。かつて諸星は黒木の情報屋として働いていたことがある。いろいろな経験をさせてもらい、強制的にホストクラブで働かされたこともあった。今となってはいい思い出だ。

「水臭い奴だな。帰ってきたなら連絡くらい寄越せばいいものを。植木屋が嫌になっちまったのか？」

「親父が元気になっちゃいまして、口喧嘩が絶えないんです。それで売り言葉に買い言葉っていうか……」

「まあ親父さんが元気になったのはよかったじゃないか」

黒木がそう言いながら立ち上がり、券売機で一枚の食券を買って戻ってきた。それを店員に渡しながら言う。

「しばらくこっちにいるのか？」

「そのつもりです。今は仕事を探してるところっす」

若い男が小さめの丼を持ってきて、黒木の前に置いた。ネギチャーシュー丼だ。黒木はその丼をそのまま諸星の方に押しやった。

「食えよ」

「あざっす」

有り難くいただくことにする。甘めのチャーシューが白米によく合う。奥にいた髭面《ひげづら》の店員がこっちにやってきて、一枚の皿を黒木の前に置いた。

「黒木さん、サービスです」

「悪いな、店長」

皿にはチャーシューと煮卵、メンマなどが載せられている。そういえば思い出した。この店を諸星に教えてくれたのはほかならぬ黒木だ。黒木はグルメであり、それこそ池袋中の飲食店を熟知しているのではないかと思われるほどの食通だ。

そういうことか。麺を啜りながら諸星は考える。おそらく黒木はこの店の店長——あの髭面の男と繋がっているのだ。かつての情報屋が池袋に舞い戻ってきた。その連絡が黒木のもとに入ったというわけだ。黒木がこのタイミングで店を訪れたのは決して偶然ではない。おそらく——。

「諸星、お前どうせ暇だろ。いい仕事を紹介してやるよ」

黒木が手酌《てじゃく》でコップにビールを注ぎながらそう言った。やっぱりな、と諸星は思う。なぜかこうなることをわかっていたような気がする。

再び黒木の情報屋として働く。それもまあ、悪くない。諸星は自分をそう納得させて、ネギチャーシュー丼をかき込んだ。

※

事件発生翌日も朝から神崎は現場に足を運んだ。社員たちは普通に出社してきており、それぞれの席で仕事をしている。

ほぼ徹夜で鑑識の捜査が続いたが、めぼしい情報は上がってきていない。指紋などの犯人を特定できるものは発見されておらず、防犯カメラの映像にも犯人らしき人影は映っていなかった。木を登って窓を叩き割り、中に侵入して目当ての原画を盗む。そして再び窓から木を伝い降りて逃走。何とも野蛮《やばん》な手口ではあるが、それが逆に手がかりを少なくさせる結果になっていた。

神崎は朝から社員たちに対して事情聴取をおこなっていた。社長室に保管してあった手塚治虫の原画のことを知っていたか。知っていたなら、それを外部の者に話したか。主に訊くのはこの二点だ。

「知ってましたけど、誰にも話してないですね。あまり口外するなって社長に言われてましたので」

「そうですか。ありがとうございます」

アニメ制作の現場というと透明のフィルムに絵を描いているようなシーンを思い浮かべるのだが、今では多くの工程がデジタル化されているようで、どのアニメーターも自席のパソコンの前でマウスを操っているのが印象的だ。

スタジオ・ムーンは今から三十年ほど前、一九九〇年代初頭に開業した老舗のアニメ制作会社らしい。オリジナル作品を制作しているわけではなく、大手から発注された背景などを仕上げるのが主な仕事だった。現在でも十五人ほどの社員が在籍しており、さきほど聞いた話によると今ではキャラクター作画も引き受けていて、最近ではスマホゲームのアニメ映像を多く手掛けているようだった。

「少しお話を聞かせてください」

神崎は近くにいたアニメーターに声をかけた。眼鏡《めがね》をかけた三十代くらいの男性だ。男の前にあるパソコンの画面には馬に乗った騎士《きし》の絵が映っている。大きな剣を持っていた。これもスマホゲームのキャラクターだろうか。

「社長室に手塚治虫の原画が置かれていたことをご存じでしたか？」

「ええ、知ってました。でも誰にも話してないですよ」

「そうですか。ちなみにこちらの会社の退社時刻は何時ですか？」

「まちまちですね。締め切り近くなったらそれこそ徹夜することもあります。昨日は定時退社命令が社長から出てたので、夕方六時に一斉に帰宅したはずです」

働き方改革の影響もあってか、「ノー残業デー」を社長自身が命じることがたまにあり、昨日がその日だったという。それを聞き、神崎はますます内部情報を洩らした者がいると確信を強めた。普段であれば残業をしている社員と出くわす可能性もあるのだ。犯人が盗みに入った日にたまたま定時退社命令が出ていたとは考えにくい。

「神崎、ちょっと顔を貸せよ」

その声に振り向くと黒木が立っていた。神崎は黒木のもとに向かった。

「黒木、お前いったい……」

「怒るなよ。どうせ朝飯食べてないんだろ。近くに旨いモーニングを食わせる店があるんだ。行こうぜ」

黒木は勝手に踵を返して歩き出していた。仕方ないので神崎もあとを追う。朝飯を食べていないのは事実だ。

連れていかれたのは近くにある喫茶店だった。かなり年季の入った外観で、茶色い壁には蔦が伸びている。中に入ると純喫茶風の店内で、意外にも混雑していた。一席だけ空いていたテーブル席に座り、黒木お勧めのモーニングセットを注文する。

「どうだ？　そっちの捜査は進んでるのか？」

先に運ばれてきたコーヒーを飲みながら黒木が訊いてくる。神崎は答えた。

「手がかりはゼロだ。内部情報を洩らした者がいると思われる」

「なるほど。そいつは大変だ」

黒木が他人事のように言った。怒りを通り越して呆れてしまう。説教でもしようかと思っていると年老いた店主らしき男がモーニングセットを運んできた。分厚いトーストとスクランブルエッグ、付け合わせのポテトサラダ。たしかに旨そうだ。

「ボリュームも満点だろ。食おうぜ、神崎」

バターを塗り、トーストにかぶりつく。旨かった。どのテーブルの客も同じモーニングセットを注文しているようだ。神崎たちの隣のテーブルでは、アニメ制作会社の関係者らしき者たちが朝食を食べながら打ち合わせをしていた。テーブルの上にはイラストが無数に置かれている。

「なぜこの界隈《かいわい》にアニメのスタジオが多いか、知ってるか？」

黒木に訊かれ、神崎は答えた。

「そのくらいは知ってる。トキワ荘だろ」

ここは地番としては西池袋だが、山手通りを挟んだ向こう側は長崎《ながさき》で、最寄りの駅は西武池袋線の椎名町《しいなまち》駅だ。トキワ荘とはかつて南長崎三丁目に実在していたアパートであり、手塚治虫や藤子不二雄《ふじこふじお》、石《いし》ノ森章《もりしょう》太郎《たろう》や赤塚不二夫《あかつかふじお》といった著名な漫画家が居住していた伝説的なアパートだ。

彼らにあやかろうと漫画家、アニメーター志望の若者が今でも数多く暮らしており、そういった関係でいくつかのアニメスタジオが今も椎名町付近に点在しているのだ。

「トキワ荘もそうだが、歴史はさらに遡《さかのぼ》ることができる」

黒木がポテトサラダを食べながら言うので、神崎は先を促《うなが》した。

「というと？」

「一九三〇年代、昭和初期だな。この近辺には多くの芸術家、詩人、小説家たちが住んでいた。長崎アトリエ村と言われてたらしい。若き芸術家たちが切磋琢磨《せっさたくま》してたんだな。もともとそういう土壌もあったんだよ、このあたりには。おっとすまん。博学を披露してしまったようだな」

　黒木がそう言ってコーヒーカップに手を伸ばした。黒木の方が池袋署に長く在籍しているとはいえ、その土地の歴史にまで精通しているのは黒木のまだ見ぬ一面だった。この男には見習ってはいけない点もあるが、学ぶべき点もまだまだありそうだ。

※

　乙女ロードと呼ばれる場所が池袋にはある。サンシャインシティ向かい側の一帯だ。そこにはアニメ関連ショップが立ち並び、連日のように若い女——オタク女子が押しかけている。

　諸星は乙女ロードにある最大級のアニメショップのレジに立っていた。昨夜のうちに黒木から説明され、今日からここで働くことになったのだ。黒木があらかじめ話を通しておいてくれたのか、開店時間前に店に入るとごく普通にエプロンを渡され、それからレジに立たされた。

「新人さん、裏手にトラック来たから、搬入を手伝ってもらえますか？」

「了解っす」

裏口に向かい、外に停まっているトラックの荷台から段ボールを下ろし、それを倉庫へと運んだ。かなりの分量だ。同じくバイトらしき男に訊いてみた。

「これ、何すか？」

「週末のイベント関連かな」

今度の週末にアニメ関係のイベントがおこなわれる予定で、そこで配るマグカップやタオルなどらしい。当然、アニメキャラがプリントされた限定商品だ。

「おたく、新人さん？」

「ええ、まあ」

「何《なに》推《お》し？」

どのアニメが好きか。そう訊かれていると気づくのに数秒を要した。アニメなど最近は観たことがない。倉庫にもアニメのポスターが壁一面に貼られていて、どのポスターにも共通するのは、やけに目の大きい女の子と可愛い制服、それと足が長過ぎる男の子だ。

「強いて言えば、ガンダムですかね」

小学生の頃に観ていたアニメのことを思い出し、諸星は言った。男の店員は途《と》端《たん》に興味を失ったようだった。

「あ、そう。そっち系ね」

名札を見ると『小池』と書かれていた。名札には自分で描いたと思われるアニメキャラの似顔絵が見える。諸星は訊いた。

「小池《こいけ》さんは何推しなんですか？」

「長くなるからまた今度」

「わかりました」

　このショップで漠然と働いているだけでは意味がない。諸星は黒木から二つの密命を受けていた。スタジオ・ムーンというアニメ制作会社について情報を集めること。それと昨夜手塚治虫の原画が盗まれたらしいのだが、その買い手についての情報収集。その二つを黒木から命じられていた。諸星は試しに訊いてみることにする。

「小池さん、西池袋にあるスタジオ・ムーンって知ってます？」

「知ってるよ」と小池は段ボールを床に置きながら答える。「朝から話題になってるよ。そこの社長が持ってた手塚の原画が盗まれたみたいね。おたく、もしかしてクリエイター志望？」

「違います。知り合いがスタジオ・ムーンに入ろうか迷ってるみたいなんですけど、内部事情とか知ってる人がいたらいろいろ教えてもらいたいなと」

「ムーンだったら酒井《さかい》氏あたりが詳しいね。三階の主任やってる酒井氏。もしあれなら昼でも一緒にどう？　ええとおたく、名前は？」

「諸星です」

「諸星氏、ハンバーグ嫌いじゃないよね。近くに安くて旨い店があるから、今日の昼はそこで諸星氏の歓迎会ということにしよう」

「ありがとうございます」

いい人そうで助かった。アニメおたくもそんなに悪い人ばかりではなさそうだ。エプロンにプリントされたアニメキャラだけはどうも受けつけないが、それ以外は働きやすそうな職場で諸星は安心した。


昼の休憩は交代制だった。小池はバイトながらにして意外に権力があるらしく、同じ時間に休憩に入れるように調整してくれた。午後一時に店の近くにある地下のハンバーグ店に向かった。奥のテーブル席に一人の男が待っていた。

「酒井氏、こちらが今日から入った新人の諸星氏」

「よろしくお願いします」

テーブル席に座る。二人と同じハンバーグセットライス大盛りを注文した。小池も酒井も系統としては似ているタイプの人間のようだ。あまり運動をしないせいか色が白く、やや肥満体。二人とも眼鏡をかけている。

注文したハンバーグセットはすぐに運ばれてくる。それを食べながら世間話をするかのように話を振ってみる。

「昨日、手塚治虫の原画が盗まれたじゃないですか。あれって盗んだ犯人、どこかで売るつもりなんですかね」

「売れないだろ」答えたのは小池だった。「売ろうにも売る場所がない。ニュースにもなったし、あれが盗品だっていうのは周知の事実なわけだから、買ったら買ったで罪になるかもしれないしね」

酒井も同じ意見のようで、ハンバーグを食べながら言う。

「僕も小池氏の意見に賛成だな。貴金属とかなら闇の市場がありそうだけど、漫画の原画は買い手がないよね。盗んだのはよほどのマニアと見るべきだな」

さすがにアニメショップで働くだけのことはあり、彼らの意見には説得力があった。小池がハンバーグを食べながら言った。

「でも物騒だよね。殺人事件もあったみたいじゃないの。あれもたしか西池袋じゃなかったっけ？」

「シングルマザーが殺されたらしいね。怖い怖い」

その事件のことは諸星もネットニュースで見た。黒木は刑事課の刑事なので、本来なら殺人事件の捜査に駆り出されるはずだが、何かの巡り合わせで手塚治虫の原画の盗難事件に回されてしまったのだろう。池袋は人口が多い分、事件や事故が頻繁に起こる。それは二年前と何ら変わっていないようだ。

「そういえば酒井氏、諸星氏の知り合いがムーンに入ろうとしているって話だけど、あのスタジオの事情ってどうなの？　あ、ちなみに」小池が諸星に向かって説明してくれる。「この酒井氏はショップで仕事をしながら椎名町のスタジオでアニメーターとして働いてるんだ。最近だと桜恋鬼シリーズとかワンダリオン、あとレモン同盟パートⅡに関わってるから。要チェックだよ」

意味不明の単語が並んだが、諸星はうなずいて言う。

「へえ、凄《すご》い人なんですね」

「いやいや、それほどでも」満更でもないといった表情で酒井が口の周りを紙ナプキンで拭いた。「スタジオ・ムーンのことを知りたいの？」

「ええ。俺の友達が入社するかもしれないって言ってて」

「スタジオ・ムーンは老舗だね。実力者も揃ってるから腕を磨きたいなら悪くないチョイスだ。福利厚生もしっかりしてるんじゃないかな。あのクラスの会社は空《あ》きもなかなか出ないし。でも社長がちょっとワンマンというか、気をつけた方がいいかもしれないね」

「気をつけるって、どういう意味ですか」

店員が食後のコーヒーを運んできた。三人ともすでに食事は終えていた。店員が空いた食器を下げるのを待ってから酒井が口を開く。

「ここだけの話にしておいてほしいんだけど、実はあそこの社長、月野さんっていうんだけど、人の手柄を自分のものにしちゃう傾向があるんだよね」

酒井は声のトーンをやや落としている。そろそろ核心に入ってきたな。内心そう思いながら諸星は身を乗り出す。「なるほど。具体的には？」

「これは結構有名な話なんだけど、五年くらい前かな、ムーンで働いてたシナリオライター志望のスタッフが自分の書いたシナリオを月野に見せたの。そしたら一年後、そのシナリオに凄いよく似たストーリーのアニメが別の会社で制作されたんだよ。盗用だってそのスタッフは怒ったらしいけど、この業界って結構権利関係が杜撰《ずさん》だから、そのまま話はうやむやになったみたい」

「月野って社長が社員のシナリオを無断で別の会社に売ったってことですか？」

「確証はないけどね。似たような話がいくつかあるんだ。最近も揉《も》めごとがあったらしいけど、僕も詳しいことは知らない」

「そうなんですか。でも俺の友達はただ働ければいいみたいだから、あまり気にしないと思いますよ」

　わざとらしく言ってみる。昼休憩が終わるまであと五分を切っていたので、割り勘で会計を済ませてから店を出た。やはり乙女ロードと言うだけあって、歩いている通行人の八割程度が若い女の子だ。

「すみません。俺、ちょっと電話しないといけなくて」

　諸星はそう言いながら二人に頭を下げた。特に疑う様子もなく、二人はショップに向かって歩き出す。それを見送りながら諸星はスマートフォンをとり出した。

※

「おい、神崎。そっちの状況はどうなってる？」

　昼にいったん池袋署に戻ると、刑事課のオフィスで係長の末長に声をかけられた。神崎は手短に報告する。

「内部の情報を洩らした者がいるとみて、関係者への聞き込みに当たってます」

「そうか。黒木は？」

まさか別行動をしているとは言えない。適当にお茶を濁《にご》した。

「あいつも聞き込みをしているかと」

「そうか。そっちにも人を回してやりたいところだが、こっちも生憎人手が足りなくてな。申し訳ないが黒木と二人で何とかしてくれ」

「わかりました。係長、そっちの捜査状況はどうですか？」

「あまり芳《かんば》しいものではないな」

末長が説明してくれる。木原希実の死因は殴打による脳挫傷で、凶器は現場で発見されたスチームアイロンだった。鑑識の結果、アイロンに付着した指紋は拭い去られていることが明らかになっていた。胃の内容物から死亡推定時刻は午後七時から午後九時までの間と判明したらしい。

「同居人はどうなりました？　見つかったんでしょうか？」

「それが不思議なことに藤本という男の行方がわからんのだ。存在さえ知っている者がいないくらいだ」

アパートの住人の話によると、木原希実が娘の愛菜を連れて歩いているのは何度も目撃しているのだが、男性と一緒にいる場面を見たことないという証言で一致していた。ただし室内の感じからして同居人がいたのは明らかで、食器なども大人二人、子供一人分が揃えられていたという。

「藤本某と木原希実は交際していたが、男の方があまり部屋には寄りつかなかったのではないか。それが捜査員の大半の意見だな。衣類などが部屋に置かれていないのがその証拠だ」

「ちなみに木原愛菜の父親はわかりましたか？」

娘の愛菜は三歳であり、自分のことを説明できる年齢ではない。今頃は児童相談所に保護されていることだろう。末長が言った。

「戸籍上、あの娘は私生児ということになってる。つまり父親とは婚姻関係になかったということだ」

となると藤本某という男が愛菜の父親という可能性も残されている。何らかの事情を知っているかもしれないため、その足どりを追うのが先決だろう。しかし自分は捜査から外されてしまっている。あれこれと口を出せる立場にない。

「じゃあ神崎、そっちの事件は頼んだぞ」

「わかりました」

現場に戻ろうとしたとき、デスクの上で充電していたスマートフォンに着信があった。画面に表示されている名前を見て神崎は溜め息をつく。スマートフォンを耳に当てて神崎は言う。

「黒木、どこをうろついてる？　さっさと捜査に合流しろ」

「悪いな、神崎。昨日も言ったろ。俺は裏から調べてみるって」

たしかにそんなことは言っていた。お前は正攻法で行けと言われたことを憶えている。黒木は続けて言った。

「鍵を握ってるのは辞めたスタッフだぞ、神崎」

「どういうことだ？」

「辞めたアニメーターを調べろ。それもごく最近辞めた奴だ」

「ちょっと待ってろ」

すでに社員名簿は入手している。退社している人間も怪しいと睨み、過去三年間で在籍していた社員全員のデータをもらっている。神崎はパソコンを開き、もらってきたばかりの名簿のデータを開いた。もっとも直近で辞めたアニメーター。この一年で退職しているスタッフは一人だけだった。

「いたぞ、黒木。二ヵ月前に辞めた女性スタッフが一人いる」

「怪しいな。住所わかるか？」

「ああ。まだ住んでるかわからんが」

「教えてくれ。そこで待ち合わせしよう」

神崎はパソコンに表示された住所を読み上げた。

住所は要町《かなめちょう》だった。最寄りの駅は東京メトロ有楽町線の千川《せんかわ》駅で、クリーム色の外壁の五階建てマンションだ。飯塚弥生《いいづかやよい》。それが二ヵ月前にスタジオ・ムーンを退職した女性だった。

黒木の話によると彼女が事件に関与している可能性が高いらしい。

「よう、神崎。遅かったな」

黒木はすでに到着していた。その隣にはスーツを着た若い男が立っている。黒木が男を紹介した。

「こちらはマンションを管理する不動産会社の方だ。事情を話して部屋を開けてくれることになっている」

「開けるってお前……」

「だってお前、こんな真っ昼間に部屋にいるとは限らんだろ」

こういうところはやけに目端《めはし》が利くのが黒木という男だった。たしかに平日の昼間なので居住者が在宅している可能性は高くはない。不動産会社の男の情報によると飯塚弥生なる女性は二年前からここに住み始め、今も契約しているらしい。

エントランスから中に入る。オートロックのインターホンを押しても反応はなかった。「ほらな、言ったろ」と黒木が自慢げに胸を張る。不動産会社の男が前に出て自動ドアを開けた。五〇一号室に向かい、もう一度部屋のインターホンを押した。やはり反応はない。「頼む」と黒木が言うと、不動産会社の男が前に出た。神崎は口を挟む。

「おい、黒木。彼女は容疑者じゃないんだ。不法侵入で訴えられるぞ」

「バレなきゃいいんだよ、バレなきゃ」

「そういう問題じゃないんだよ」神崎は不動産会社の男に向かって言った。「あなたもいいんですか？　いくら捜査への協力とはいえ、私たちは令状を持っているわけではありません。しかるべき手続きを踏むべきではないですか」

　男は困ったように首を振ってから答えた。

「警察の捜査に協力するのは市民として当然の務めですから。それに黒木さんにはお世話になっているので」

　やはりそういうことか。二人は旧知の間柄なのだ。この街における黒木の人脈はそれこそ植物の根のように張り巡らされている。

「仕方ない。お前の言うしかるべき手続きを踏むとしよう」

　そう言って黒木は不動産会社の男が手にしていたファイルを受けとり、それをめくった。そして自分のスマートフォンを操作して耳に当てた。しばらくして黒木が話し始める。

「もしもし？　飯塚弥生さんでしょうか？」

　契約時に書いた書類だろう。当然そこには居住者の連絡先が明記されているはずだ。

「……私ですか？　誰だと思います？　実は私、刑事なんです。池袋警察署の黒木といいます。初めまして。実はですね、飯塚さん。あなたからお話を聞きたいんです。あなたが二ヵ月前まで働いていた西池袋のアニメ制作会社についてです。どうしてあなたは急に……。もしもし？　もしもし？」

　しばらく呼びかけていた黒木だったが、首を振りながらこちらを見て言った。

「切れちまったぜ。こうなったら駄目だな。中を見るしかあるまい。頼む。開けてくれ」

不動産会社の男が鍵を開けた。黒木がドアを開け、当たり前のような顔をして中に入っていく。まったく何と強引な男なのだ。やれやれと思いながら神崎もあとに続く。

間取りは１ＤＫだった。黒木は勝手に靴を脱いで中に入る。神崎はその場で見守った。黒木と一緒に処分を受けるのはごめんだった。ドアの外に立っている不動産会社の男に訊く。

「割と広い部屋のようですが、契約しているのは飯塚さんだけですよね」

「ええ、そうです」

「家賃はおいくらですか？」

「十二万円です。別に共益費がかかります」

下を見ると一足のサンダルが置かれていた。シューズクローゼットを開けると、そこには男物の靴が何足か収納されていた。やはり恋人と同棲しているのだろう。

「黒木。おい、黒木」

神崎が声を張り上げても、黒木の応答はなかった。まったく困った男だ。神崎は仕方なく靴を脱いで中に上がる。黒木の姿は脱衣場にあった。ドラム式の洗濯機の前に屈《かが》んでいる。神崎が背後にやってきたことに気づいたのか、洗濯機の中を見ながら黒木が言った。

「最近の洗濯機は乾燥機能がついているのが流行りらしい。朝、洗濯機を回して仕事から帰ってきたら乾いてるってわけだ。神崎、洗面台を見ろ」

言われるがまま洗面台に視線を向ける。歯ブラシが二本、並んでいる。それに男性用の整髪料と髭剃り用クリームの容器も置いてあった。神崎は言った。

「男と同棲してるんだろ。さっき玄関で男物の靴を見つけた。それが何だ？」

「でも洗濯物は女物しかない。おかしくないか」

　ドラム式の洗濯機の中には乾いた洗濯物が入っていた。たしかにそこにあるのは女性物の衣類だけだ。男性用のものは見当たらない。

「男の方が数日留守にしているだけじゃないか」

　神崎が言うと、黒木が立ち上がりながら言った。

「そうかもしれねえな。だが……」

　黒木は立ち上がり、ドアを開けて部屋を移動した。ダイニングだった。やはり元アニメーターの部屋だけあり、壁にそれらしきポスターが貼られている。

「読めてきたぞ、神崎」

「何がだ？　何が読めてきたんだよ」

　神崎がそう訊いても黒木は答えない。不敵な笑みを浮かべて腕を組んでいる。その視線の先にはクローゼットがあり、その上に置かれた陳列ケースの中には国民的人気アニメのフィギュアが並んでいる。


　神崎たちが西池袋のスタジオ・ムーンに戻ったのは午後三時のことだった。社長の月野はいないようだった。盗まれた原画を自力で探そうと駆け回っているらしい。作業場ではそれぞれの席でアニメーターたちがパソコンで仕事をしている。お喋りしている者はおらず、非常に静かだった。

「ちょっといいかな？」

黒木が一人のアニメーターのもとに向かって声をかけた。眼鏡をかけた男だった。事前に入手していた座席表によると久保《くぼ》孝志《たかし》という名前だ。年齢は二十九歳。住所は板橋《いたばし》区になっている。

「何ですか？」

久保がそう言って顔を上げた。彼のデスクの上には数台のフィギュアが並んでいる。昨夜、最初にここを訪れた際、黒木が見ていたフィギュアだ。さきほど飯塚弥生の自宅マンションでもこれと同じ種類のものが並んでいた。たったそれだけの共通項だが、疑ってみる価値はあると黒木は踏んだのだろう。

「飯塚弥生のことで話を聞きたい。二ヵ月前までここで働いていた女性だ」

久保の目が泳ぐのを神崎は見逃さなかった。黒木が続けて言う。

「知ってるだろ。たった二ヵ月前のことなんだからな」

久保は答えない。周囲のアニメーターたちがこちらの会話に耳を傾けているのがわかる。黒木は久保の肩に手を置いて言った。

「悪いようにはしない。俺たちは全部お見通しだ。あまり人に聞かれたくないだろ。よかったら場所を変えよう」

久保が渋々といった様子で立ち上がる。作業場を出て、建物から出た。黒木が振り返り、久保に向かって言った。

「今回の事件、内部の情報を知っている者の犯行であるというのが俺たちの読みだ。社長室に貴重な原画が一時的に置かれていたこと。犯行があった昨夜、社員が全員強制的に帰宅させられていたこと。これらのことを知っている者でなければ犯行は不可能だ」

　黒木の言う通りだ。内部の者の犯行説、もしくは外部に情報が洩れている可能性は神崎も比較的早い段階から予測していた。

「久保さん、教えてほしい。昨夜、午後十時から十一時までの間、どこで何をしてた？」

　二階の窓が割られて警備会社に通報があったのは午後十時三十分のことだとわかっている。

　久保は答えた。

「その時間だったら家にいました。自分の部屋で寝てました」

「それを証明できる第三者はいるか？」

「残念ながらいません。家族の証言は信用できないんでしたよね。刑事ドラマで見たことあります」

「月野社長のことをどう思う？」

　突然黒木が質問の方向性を変え、久保は面食《めんく》らった顔をした。

「社長のこと、ですか？　どう思うって訊かれても……」

「おたくの社長、社員のアイデアを盗用する悪い癖があるらしいな。過去にも何度か痛い目に遭った者がいるって話を聞いたぜ」

初耳だった。月野の素行に関しては調べ切れていないのが現状だ。久保は硬い表情で俯いている。

「二ヵ月前、おたくの会社の飯塚弥生という女性スタッフが退社している。なぜ彼女は突然会社を辞めたのか、彼女に詳しい話を聞く必要がありそうだな」

「お、お願いします」

不意に久保が頭を下げた。黒木が何を言わんとしているか、神崎もうっすらと気づいていた。こいつ、いつの間に調べたのだろうか。

「彼女は……彼女はそっとしておいてください。彼女は無関係なんです。お願いします」

久保は頭を下げたまま黒木に向かって言った。黒木は久保の肩をポンポンと叩いた。

「頭を上げな。詳しい話を聞かせてくれ」


久保は項垂《うなだ》れたまま話し出した。

「彼女と付き合い出したのは半年くらい前でした。去年の忘年会でたまたま隣の席になったのがきっかけです。それまで会社の中でも話したこともありませんでした。好きなアニメのジャンルがよく似てて、最初に好きになったアニメも同じだったから意気投合っていうか……。年が明けた頃には要町の彼女のマンションに僕が転がり込む形で同棲を始めました」

周囲には交際を始めたことは黙っていることにした。ただし久保としては彼女との交際は真剣なものであり、将来的には結婚も視野に入れていたため、いつバレてもいいという覚悟があった。

「彼女の様子がおかしくなったのは三ヵ月ほど前のことでした。その日、いつもと同じく一緒に帰ってきたんですけど、帰り道で彼女は一言も口を利きませんでした。何か思いつめたような顔つきをしていました」

帰宅後、久保は彼女を問い質した。弥生は無言のままスマートフォンを見せてきた。あるRPGの製作発表のニュースだった。著名なキャラクターデザイナーによるメインキャラクターとなるいくつかのデザイン画も載っていた。

ゲームを開発しているのは聞いたことのない社名だったが、そういうことは最近はよくあった。ゲーム業界は入れ替わりが激しく、常に新しい会社が立ち上がっているのを久保も知っていた。

これがどうかしたのか？　久保がそう訊くと、弥生が引き出しの奥からファイルを出してきた。そこにあったのはイラスト集のようなもので、弥生が趣味で描き溜めていたものらしかった。彼女の描いたイラストと、その新作ゲームのキャラクターは酷似《こくじ》しているように見えた。

「以前、弥生は自分のイラストを社長に見せたことがあったみたいです。社内コンペ的なことをたまにやってるので。そのときに月野はイラストをコピーしていたんだと思います」

頭に血が昇った弥生は月野に直談判した。どうして私のイラストを無断で提供したのか、と。最初のうちは月野は笑ってとり合わなかったが、弥生がしつこく追及すると、やがて本性を出し始めた。

どうせ眠っていたイラストだ。それを有名なデザイナーの名前で世の中に出してやったんだから有り難く思え。

「弥生のイラストを提供する代わりに、そのゲームの仕事がムーンに入ってくるみたいでした。たしかにそういう意味では役には立っているんですけど、彼女は納得できなかったようですね」

弁護士に相談してみよう。久保はそう提案したが、彼女は首を縦に振ろうとしなかった。裁判に勝てる保証はないし、費用もかかる。あんな会社、一刻も早く辞めたい。彼女はそう言った。その気持ちは久保も痛いほどわかった。

「彼女は今月からようやく働けるようになりました。漫画家のアシスタントです。細かい描き込みが上手いんですよ。あのマンションから出たのは僕の意思です。しばらくはそっとしておいてあげた方がいいなと思って。でも僕自身は社長を許せませんでした。このままじゃ完全に泣き寝入りってやつじゃないですか」

月野の盗用癖《とうようへき》は噂では聞いていたが、まさか自分の恋人が犠牲になるとは思ってもいなかった。訴えようにも彼女が反対しているので、その気持ちは尊重しなければならない。

「二日前のことでした。社長がふらりと会社に立ち寄ったんです。風呂敷に包んだ額縁を持ってました。手塚治虫の原画です。社長の自慢の逸品ですから、うちの社員なら一度は見せられたことがありますよ。美大に貸し出すとかで、数日社長室に置いておくとのことでした」

月野が命の次に大事と言って憚《はばか》らない原画だ。それを盗んでやったらどうだろうか。久保はそんな風に考えた。奴の大事なものを盗んでやるのだ。彼女に代わって僕が復讐を果たしてやる。

「失敗してもいい。そういう覚悟で臨《のぞ》みました。もし計画が失敗したら、警察に全部話すつもりでした。でも思った以上にうまくいって、原画を盗み出すことに成功したんです。盗んだ原画は僕の部屋に置いてあります」

原画はしばらくしたら月野に返却するつもりだった。ただし彼女に対して謝罪するという条件つきで。場合によっては原画の返却と引き換えに慰謝料を請求しようとも考えていた。いずれにしても久保自身も今の会社に長く勤める気はなかった。

「刑事さん、すみません。僕がやりました。でも……僕はあいつが許せなかった。人のものを勝手に盗んでおきながら、普通に生きてるあいつがどうしても許せなかったんです」

※

「遠慮しないで飲めよ、諸星。ここは神崎の奢《おご》りだからな」

「待てよ、黒木。お前が奢ってくれるって言うから俺は来たんだぞ」

昨日も来たラーメン屋のカウンター席だ。右隣に座った黒木が瓶ビールを差し出してきたので、諸星はコップに入っていたビールを飲み干した。左隣に座っている生真面目そうな男は神崎といい、黒木の同僚の刑事だ。以前、一度だけ顔を合わせたことがある。

「神崎、お前の奢りに決まってるだろ。俺のお陰で事件はスピード解決できたんだからな。ちょうど昨日のこのくらいの時間じゃねえか。事件発生の報告を受けたのは。二十四時間以内に解決した。まさに理想的だ」

三人でギョーザをつまみながらビールを飲んでいる。ビールはまだ二本目だ。

「そろそろラーメン食うか。神崎、ラーメン三人前。よろしくな」

黒木がそう言うと神崎が苦笑しながら立ち上がり、券売機で食券を買って戻ってきた。それをカウンターの上に置くと若い店員が声を張り上げる。

「ラーメン三丁」

乙女ロードのアニメショップは結局一日で辞めることになった。必要な情報を聞き出すことができたようで黒木もこうして喜んでくれている。西池袋のアニメ制作会社から手塚治虫の原画が盗まれた事件は、たった一日で早くも解決してしまったらしい。

「それにしても可哀想な男だったな」神崎がコップ片手に言う。「彼女のためとはいえ、あいつの罪は消えることはない。まあ初犯だし、執行猶予もつくだろうが」

「食わねえならもらうぞ」最後のギョーザを箸でとりながら黒木が言う。「奴には優秀な弁護士を紹介しておいた。イラスト盗用疑惑をちらつかせながら、うまく駆け引きしてくれるはずだ。場合によっちゃ示談に持ち込めるかもしれないし、弁護士が彼女を説得できれば、そっちの事件を訴える可能性もある。いずれにしてもあの月野って野郎も痛い目に遭うことだろうよ」

　原画を盗んだのはアニメ制作会社の社員だったようだが、その動機には裏があるらしい。黒木はちゃんと説明してくれないので、いろいろと勘繰ることしか諸星にはできなかった。あまり説明せずに行動する。それが黒木という男であり、二年経ってもそれは変わらないようだ。

「ところで諸星、お前どこに住んでんだ？」

　黒木に訊かれたので諸星は答えた。

「カプセルホテルっす」

「まったくしょうがねえ奴だな。いい年して定職にも就かずにフラフラしているようじゃ親父さんも泣くぞ。お前、植木屋のほかにやりたいことはないのか？」

「特にないっすね」

　子供の頃から特に取り柄はなかった。勉強もできなかったし、運動は苦手ではなかったが特段優れているわけではなかった。植木屋としての仕事は一通りマスターしたという自信もあるが、父親に言わせればまだまだ青二才らしい。

「お前、ここのラーメン好きだよな」

「ええ、好きっす」

「なあ店長、ちょっといいか」

　黒木がそう言うと奥から髭面の店長が出てきた。タオルで手を拭きながら店長が言う。「何すか？　黒木さん」

「こいつ、店長も知ってると思うけど、俺が面倒みてる情報屋の諸星」

店長が「どうも」と言って頭を下げてきたので、それに応じて諸星も頭を下げた。「どうも」

「頼みがあるんだけど、こいつをここで雇ってくれねえかな。こないだ言ってただろ。もう一人作り手がいると助かるって」

「いいですよ。黒木さんのお墨付きならしごき甲斐があるってもんですよ。それにこの兄さん、すっごく旨そうにうちのラーメン食べてくれるんですよ」

何だか気恥ずかしくなり、諸星はコップのビールを飲み干した。

「決まりだな」黒木がそう言って諸星の肩を叩く。「ここのラーメンが好きなら作れるようになっておいて損はない。好きこそものの上手なれっていうくらいだからな」

詳しい話は明日の午後にすることになり、店長は奥に戻っていった。まさか自分がラーメン屋で働くことになるとは思ってもいなかった。でもまあ悪くない。毎日ここのラーメンを食べられるなら、それはそれで幸せだ。

「はい、お待ち」

ラーメンが運ばれてくる。今日も旨そうだ。今までは客としてこのラーメンを食べていたが、これからはカウンターの向こう側で働くことになるのだ。そう考えると少し不思議な気がした。

「もしもし神崎です。……ええ、黒木も一緒ですが、何か？」

左隣に座る神崎がスマートフォンで話し始めた。しばらく話していた神崎は通話を切ってから立ち上がる。

「黒木、事件だ。池袋グランスターホテルの屋上で飛び降りると喚いている男がいるらしい。すぐに急行しろとの命令だ」

「いいだろ。放っておけば。好きにさせてやれ」

「そういうわけにいくか。今は俺たち以外は出払ってるんだ。行くぞ、黒木」

神崎が店から飛び出していく。仕方ないと言わんばかりに肩をすくめ、黒木が箸を置いた。

「諸星、俺と神崎の分も食っていいぞ。まったく池袋って街は俺たちを放っておいてはくれないらしい」

黒木も店から出ていってしまい、諸星の目の前には手つかずのラーメン三人前が残された。さすがに三杯のラーメンを一気に食べるのは初めてだ。登山などしたことはないが、前人未到の山を前にした登山家になったような気持ちになり、諸星はまずは一杯目のラーメンにとりかかった。

第三話　晩餐

池袋なんて大嫌いだ。大竹耕貴《おおたけこうき》は眼下に広がる池袋の街並みを見下ろした。通行人が蟻《あり》のようにうごめいている。時刻は深夜零時になろうとしていた。週末でもないのにどうしてこいつらはこんな遅い時間に外を出歩いているのだろうか。こいつら全員、明日は仕事や学校が休みなのか。まったく理解できない。

池袋グランスターホテルの屋上だ。十階建てのホテルだった。大竹が通っていた小学校のグラウンドほどの広さの屋上には、何やら資材のようなものが積まれているが、それが何に使われるのか、大竹にはわからない。毎日のように前を通るだけで、実際にこのホテルに入るのは初めてだった。

フェンスを摑《つか》む。高さ一・五メートルほどの金網のフェンスだ。そしてまた眼下を見下ろす。飛び降りれば確実に死ねる高さだ。

右足を上げ、金網に引っかける。左足をさらに高く上げる。しかし滑ってしまい、左足を金網に引っかけることはできなかった。どうしてだ？　足が思うように動かない。自分の足が震えていることにようやく気づいた。

大竹はフェンスに背中をつけて座り込んだ。膝《ひざ》がガクガクと震えている。まったく情けない。死を前にして怖気《おじけ》づいてしまったのだ。

「何をやってるんですか」

その声は唐突に聞こえた。屋上への出入り口から男が入ってくるのが見えた。男は徐々に近づいてくる。制服からしてホテルの従業員のようだ。懐中電灯の光が向けられる。

「ここは関係者以外立ち入り禁止です。すぐに……」

「うるさい。黙ってろ。それと懐中電灯をこっちに向けるな」

「すみません」男が手にしていた懐中電灯を下に向ける。「ホテルの宿泊者の方でしょうか。よろしかったらお名前を……」

「教えるわけないだろ。近づくなよ。近づいたら飛び降りるぞ」

もう一人の男がやってきた。スーツを着た年配の男だ。ホテルの支配人かもしれない。先に来ていた制服の男と何やら小声で話していた。何だか苛立ってくる。大竹は立ち上がって言った。

「コソコソ話してんじゃねえよ」

「落ち着いてください」支配人らしき男が一歩前に出た。「危険です。お願いですからこちらにおいでください。お願いします」

「危険なのはわかってんだ。だからここにいるんだよ。いいか。絶対に近寄るなよ。近寄ったら飛び降りるぞ」

大竹はフェンスを摑み、右足を金網にかける仕草をした。その動きを見て支配人らしき男が叫んだ。

「おやめくださいっ」

「だったら近づくな」

二人は顔を見合わせ、数歩下がった。大竹との距離は十メートルほどだろうか。しばらく二人は何やら小声で話していたが、やがて制服を着た若い男が立ち去っていった。支配人らしき男だけがその場に残る形となる。

「お願いですから無茶な真似はおやめください」

「うるさい。あんたもどっかに行け。俺のことなんて放っておいてくれよ」

「放っておけるわけがございません。ここは当ホテルの屋上ですから」

膝はまだ震えている。早く飛び降りてしまいたいが、この状態でフェンスを乗り越えることは難しい。どうしてこんな風になってしまったのだろうか。そう思って大竹は天を仰《あお》いだ。

夜空が見える。ちらほらと星が輝いていた。

※

神崎が池袋グランスターホテルの一階ロビーに到着したのは深夜零時十五分のことだった。黒木も一緒だ。深夜のこの時間、普段なら閑散《かんさん》としているであろうフロントにも、騒ぎを聞きつけた従業員たちが集まっている。先に到着していた警察官が神崎たちの姿を見つけて駆け寄ってきた。

「ご苦労様です。こちらです」

フロント前まで案内された。制服を着たホテルマンが神崎たちを待っていた。神崎は男に声をかける。

「事情は聞いています。現場まで案内してください」

「わかりました。こちらです」

ロビーを通過してエレベーターに向かう。十階建てのホテルで二階がレストラン、三階以上が客室になっているようだ。エレベーターは屋上直通ではないらしい。十階で降りると、同行しているホテルマンが説明を始めた。

「今から三十分ほど前でしょうか。宿泊者から不審な男が階段室に入っていったという連絡を受け、ここに来てみたんです。そうしましたら屋上で男を発見しました」

「屋上には出入り自由なんですか？」

「ええ。階段を使えば可能です。普段は立ち入り禁止の看板を立てて侵入を防いでいるんですが……」

その看板を突破されてしまったということか。階段を上り、屋上に向かう。結構な広さだった。資材のようなものが置かれていて、仮設テントも張られていた。ホテルマンが説明する。

「来月からビアガーデンの営業が始まるので、その設置準備が始まっています。刑事さん、あそこです」

金網のフェンスを背にして一人の男が立っている。その手前側にも一人の男がいた。

「あそこにいるのが当ホテルの支配人です。刑事さん、お願いします」

「わかりました」

神崎はうなずき、フェンスに向かって歩き始める。黒木もあとからついてくる。支配人のもとまで歩み寄り、彼の肩を叩いた。

「ご苦労様です。池袋署の神崎と申します。ここは我々にお任せください」

懐から警察手帳を出し、バッジを見せた。支配人が安堵《あんど》したように言う。

「刑事さん、あとはお願いします」

「ホテルの従業員の皆さんは屋上から退避をお願いします。何かお願いがあった場合はこちらから連絡しますので」

「わかりました」

支配人が去っていくのを見送ってから、神崎はフェンスの方に目を向けた。十メートルほど向こうに一人の男が立っている。スーツを着た二十代くらいの男だ。さほど特徴はない、どこにでもいそうなサラリーマンといった感じだ。

「すみません、ちょっといいですか」神崎は声を張り上げた。「私は池袋警察署の神崎です。こちらは同じく黒木。ホテルから通報があって参りました。何かお困りのことがあるようでしたら……」

「うるさいっ。近づくなよ。近づいたら飛び降りるぞ」

男が叫ぶように言う。その様子からして男が興奮状態にあることは理解できた。神崎は極力男を刺激しないように落ち着いた口調で語りかけた。

「教えてください。何があったのでしょうか？　我々にできることがありましたら何なりと言ってください。できる範囲で検討させていただきます」

「できること？　だったら今すぐこの場から立ち去ってくれ。俺を一人にしてくれよ」

フェンスの高さは一・五メートルほどだ。普通の成人男性なら簡単に飛び越えることができるだろう。しかしフェンスを越えるとすぐに落ちてしまうわけではなく、その向こうには二メートルほどのスペースがあり、さらに一メートルほどの高さのフェンスがあった。落下事故を防ぐ二重構造になっているようだ。ただし手前のフェンスを越えられてしまうと、落下の危険が一段と高まるのは間違いない。

たとえば一気に距離を詰めて、二人がかりで男をとり押さえることも可能だ。しかし万が一ということもある。男がフェンスを乗り越えてしまったらアウトだ。神崎は小声で隣に立つ黒木に言った。

「黒木、どうする？　二人でとり押さえるか？」

「失敗は許されないからな。危ない橋は渡らないのが俺の主義だ」

普段の黒木の捜査方法からは想像もできない台詞《せりふ》だ。しかし失敗は許されないというのは同調できる部分もあった。あの男は自殺を考えてここにやってきたはずだ。しかし土壇場になって怖気づいているのだろう。何かのきっかけがあれば衝動的にフェンスを乗り越えてしまうかもしれない。神崎はうなずいた。

「ここは慎重にいくべきだな」

「俺に考えがある」

黒木が何かを決意したかのようにジャケットを脱いだが、「まだ肌寒いな」と再びジャケットを着る。そしておもむろに歩き出した。

「お、おい、黒木。お前……」

神崎の呼びかけを無視して黒木は真っ直ぐにフェンスに向かって近づいていく。男が興奮したように叫んだ。

「く、来るな。それ以上近づくな」

黒木がやや方向を変え、男から五メートルほど距離を置いてフェンスに接近する。そして懐から手錠を出し、それを自分の左手に嵌め、もう片方をフェンスの金網にかけた。そして手錠の鍵を無造作に投げ捨てる。

「これでいいだろ」黒木は笑みを浮かべて男に話しかけた。「俺は何もできん。話をしようじゃないか。俺は池袋署の黒木だ。夜明けまでまだまだ時間はある。とことん付き合ってやるぜ」

黒木が膝を曲げ、胡坐《あぐら》をかく。まったくこの男の考えていることは理解できない。神崎はその場で硬直し、二人の様子を見守っていることしかできなかった。

※

意味がわからなかった。大竹は胡坐をかいている刑事を呆然と見た。なぜか手錠で自分の左手をフェンスの金網に繋いでしまっている。手荒な真似をしないという意思表示のようなものだろうか。

「おい、突っ立ってないでこっちにこいよ」

そう言われて寄っていくほどお人好《ひとよ》しではない。大竹はネクタイを緩めながら言った。

「どうせ武器でも隠し持ってるんだろ。それで俺を……」

「そんなことするかよ」黒木という刑事は笑って言った。「実力行使に出るなら最初からそうしてる。武器なんて持ってねえよ。普段から拳銃を持ち歩くのはドラマに出てくる刑事だけだ」

それは大竹も知っている。通常の場合、刑事は拳銃を所持していない。捜査上、危険が伴うと判断されたときだけ所持の許可が出ると聞いたことがある。

「少し話をしようじゃないか。なぜお前がここから飛び降りようとしているのか。その理由を聞かせてくれ」

「そうやって俺を油断させておいて、隙を見てどうにかしようと思ってるんじゃないか」

「この状況じゃどうにもできねえよ。いいからこっち来いって」

しつこさに負けた。大竹はじりじりと黒木に向かって近づいていく。二メートルほどの距離まで詰め寄り、足を止めた。それからゆっくりと腰を下ろしてフェンスにもたれかかった。

「それでいい」黒木は満足そうにうなずいた。「お前、何て名前だ？　俺は黒木という。池袋署の刑事だ。こう見えて敏腕刑事と言われている」

大竹は答えなかった。自分を敏腕刑事と名乗るあたりに自尊心の高さが感じられた。黒木が続けて言う。

「偽名でもいいぞ。でもお前、免許証や保険証くらいは財布の中に入れてんだろ。飛び降りたら遺体の身元を確認するのも俺たちの仕事だ。どうせそのときにバレるんだ。今のうちに教えておいてくれても構わないだろ」

「お、大竹です。大竹といいます」

なぜ名乗ろうと思ったのか、それは大竹にもわからなかった。初対面のくせしてやけに馴れ馴れしい刑事だったが、不思議と不快には感じなかった。

「大竹か。大竹は会社員か？」

「ええ、まあ。そうですね」

「勤め先は池袋？」

「そうです。去年から池袋に来ました」

「どうだ？　池袋は？」

一瞬だけ言葉に詰まったあと、大竹は答えた。

「最悪ですね、この街は」

まずは人が多い。しかもどこか冷たい感じがする。歩いているだけで笑われているような、そんな気さえした。

「それに治安も悪いじゃないですか。一昨日の夜でしたっけ。殺人事件が起きたらしいじゃないですか」

殺されたのはシングルマザーであり、現場では幼い子供が保護されたという。子供の前で母親を殺す。ニュースで知ったときは耳を疑った。そんな犯罪が起きてしまう街なのだ。

「最悪ですよ、この街は」

「そうか。最悪か。でも大都市はどこも似たようなもんだろ。新宿も渋谷もそうは変わらないと思うけどな。それはそうと、ビールでも飲まないか？」

「えっ？　ビール、ですか？」

「そうだ。酒は飲めないのか？」

「まあ……飲めますけど」

「じゃあ決まりだ」黒木は声を大きくして言った。「おい、神崎。ビールを買ってきてくれ。さっき十階の廊下に自販機があるのを見た。あそこまでひとっ走りしてきてくれ」

神崎というのはこちらを遠巻きに見ている刑事らしい。神崎という刑事は不満げな顔つきで言う。

「黒木、ちょっと待て。今は勤務中だぞ」

「俺じゃない。こいつが飲みたいって言ってるんだ。ビールを持ってこないと飛び降りちまうぞ。早くしろ」

渋々といった様子で神崎という刑事が屋上の出入り口に向かって歩いていく。それを見ながら黒木が訊いてきた。

「なぜこんな真似をしたんだ？」

大竹は答えなかった。黙っていると黒木が重ねて訊いてくる。

「仕事で何かあったのか？　悩みがあるなら聞いてやってもいい。池袋の治安を守るのが俺の仕事なんだ。ホテルの屋上にいる自殺志願者に救いの手を差し伸べるのも仕事の一環だ。というよりも本当は面倒なんだ。お前に飛び降りられたらな。報告書も書かないといけないし、遺体の処理もしないといけない。結構大変なんだぞ、刑事って仕事も」

いかに刑事というのが大変な仕事なのか。それを黒木は滔々《とうとう》と話している。やがて神崎が缶ビールを手に戻ってきた。黒木が偉そうに言う。

「ご苦労だった。そこに置いてくれ」

神崎が近づいてきて、フェンスから少し離れたところに四本の缶ビールを置いた。「大竹、とってきてくれ」と黒木に命じられ、大竹は立ち上がる。神崎が何か企《たくら》んでいる可能性もある。重心を低くして、警戒しながら前に進む。しかし神崎はこちらを見ているだけだった。缶ビールを持って元の場所に戻った。そのうちの一本を黒木に手渡した。

「ありがとな。お前も飲め」

そう言われて大竹はビールを飲んだ。意外にも旨い。飛び降りるためにここに来たのだが、まさかビールを飲むことになろうとは想像もしていなかった。

「大竹、いい加減教えてくれ。なぜ自殺しようなんて考えたんだ？」

ビール片手に黒木が訊いてくる。その訊き方があまりにも自然だったので、思わず大竹は答えてしまっていた。

「殺したんです。人を殺してしまったんです」

大竹の勤務先は東池袋一丁目、六《む》ツ又陸橋《またりっきょう》近くのマンションの一室だ。Bビューティーという会社なのだが、法人化されているわけでもなく、要するに怪しい会社だ。

大竹は十八歳のときに大学進学を機に山口県下関市《やまぐちけんしものせきし》から上京し、大学卒業後は上野《うえの》にある住宅リフォーム会社に採用されたが、就職して三年後、社長の使い込みが発覚、会社はいとも簡単に潰れてしまった。定年まで勤めようとは考えていなかったが、まさか三年で会社が潰れてしまうとは正直予想外の出来事で、再就職先を探す日々が始まった。しかしなかなか再就職先は見つからず、いつしかパチンコ店に入り浸《びた》るようになっていた。

そんなときだった。パチンコ店の隣にある立ち食い蕎麦屋で一人の男に声をかけられた。何度かパチンコ店で顔を合わせたことがある男で、仕事を斡旋してくれるというのだ。男は仲間とともに新規の事業を立ち上げるそうで、そのためのスタッフを探しているとのことだった。条件面も意外に悪くなかった。そろそろ貯金も底をつき始めた頃だったので、大竹は男の話に乗ることにした。

男の名前は尾形《おがた》といった。尾形は三十歳くらいの長身痩せ型で、目の細い男だった。尾形たちの仲間は全部で十人ほどおり、渋谷や新宿などに散らばって仕事をするようだった。大竹は尾形とともに池袋を任されることになった。

仕事の内容は化粧品の販売だ。販売というより、押し売りに近いかもしれない。まずは街で歩いている女性に声をかけ、化粧品のサンプルを渡す。反応がよければ喫茶店あたりに連れ込み、Ｂビューティーの化粧品がいかに素晴らしいものかを解説し、多くのアイドル、芸能人が愛用しているという嘘八百を並べ立てる。そして通常価格十五万円のセットが今なら八万円で提供できると商談を持ちかけるのだ。

女性は迷う。すぐに応じる者などいない。しかしこの商品は限定であり、今こうしているうちにもどこかで別の女性が購入しているので、おそらくは今日中には売り切れてしまうと説明すると、一部の女たちの反応は違ってくる。

あとは財布を出させるだけだ。限定セットの支払いは現金のみということにしてあるので、持ち合わせがない場合は近くのＡＴＭまでご案内するというわけだ。セットの中身は当然偽物であり、格安で買った化粧品のラベルを貼り替えただけの代物だ。

尾形は言葉巧みに女たちを騙《だま》した。多いときでは一日で五人以上にセットを売りつけることもあった。一方、大竹は駄目だった。押しが弱く、最後の最後で獲物をとり逃してしまうことが多々あった。歩《ぶ》合制《あいせい》なので、当然大竹の給料は安かった。

最初のうちは女に話しかけるコツなどを伝授してくれた尾形だったが、しばらくすると大竹に対して露骨にプレッシャーをかけてくるようになった。手が出ることも当たり前だった。尾形らは警察や消費者センターから目をつけられたらすぐさま撤退するつもりのようで、つまり短時間でどれだけ稼げるかが勝負だった。しかも池袋の売り上げはほかの地区と比べても悪く、それが尾形をイラつかせる原因になっているようだった。

大竹はわずか半年で五キロ痩せた。何度も逃げ出そうと思ったが、マンションの保証人にされてしまっている手前、逃げ出すわけにもいかなかった。いつしか大竹は池袋の街が大嫌いになっていた。

「おい、大竹。てめえわかってんだろうな。今日は何としても上がりをとってこいよ」

今日の午前十一時、重い足どりでオフィスに向かうと、すでに尾形は出勤していた。いつものように左手にゼリー飲料、右手に電子タバコを持っている。

「てめえ、今日もゼロだったらマジで洒落にならねえからな」

そう言いながら尾形は空になったゼリー飲料の容器を投げつけてくる。大竹がそれをよけると、容器は壁に当たってフローリングの上に落ちた。

「勝手によけてんじゃねえよ、馬鹿」

機嫌を損ねてしまったらしい。尾形が近づいてきて、大竹の腹を蹴ってきた。一瞬息ができなくなり、同時に重い痛みが走る。さらに髪の毛を摑まれ、壁に顔を押しつけられた。

「頼むよ、大竹。お前にかかってんだよ、池袋は。このままだとワーストになっちまうんだよ」

「す、すみません」

「早く行け。死んでも食らいつけ。ゼロだったら承知しねえぞ」

大竹は追い立てられるようにマンションの一室をあとにして、池袋の街に出た。縄張りは池袋駅東口だ。暇そうに歩いている女を見かけたら声をかける。化粧品のサンプルを提供する代わりに簡単なアンケートに答えてください。偽のアンケート用紙を渡し、それに書いてもらっているうちにもっと詳しい話をしたいと喫茶店に誘い込むのだ。

頑張ってみたが結果は散々なものだった。何を急いでいるのか知らないが、アンケート用紙すらまともに書いてもらえないのだ。夕方に暇そうな女子大生を何とか喫茶店まで連れていくことに成功したが、カフェオレを奢っただけで終わった。気づくと午後九時を過ぎており、街は飲み会帰り、もしくはこれから飲みにいく人の群れで溢《あふ》れ返っていて、大竹は失意のうちにマンションに戻った。

尾形はまだ帰ってきていなかった。マンションの一室で尾形の帰りを待つ。テレビをつけ、バラエティ番組にチャンネルを合わせた。最近よくテレビで見かけるお笑い芸人がご当地グルメを紹介していた。それを見ていると何だか腹が減ってきた。今日も帰りに一人、大手チェーン店の牛丼を食べることになるだろう。

午後十一時過ぎ、ようやく尾形が戻ってきた。酒を飲んできたのか、顔が赤い。上機嫌そうなので大竹は多少安堵する。

「いやあ、今日もやったぜ。四本だぞ、四本」

　四人の女から金を騙しとったという意味だ。一人につき八万円なので、合計して三十二万円だ。原価などないようなものなので、ほとんどが儲けになる。尾形は饒舌《じょうぜつ》に語る。

「しかも四人目の女なんて向こうから連絡があったんだぜ。要するにリピーターってやつだな。三十過ぎたＯＬだったんだけどな、彼女、今回で四度目のご購入だ。あの様子だと次も必ず買うだろうな」

　尾形は懐から小型のピルケースを出した。それをこちらに見せながら言う。

「挙げ句に焼き肉まで奢ってくれたんだぜ。これ、その彼女からもらったサプリメントだ。ウコンっていうのか？　肝臓の機能を改善してくれるらしい。最近二日酔いがなかなか抜けないから気になっていたんだ。さっき飲んでみたんだが、何か効きそうな気がする。おい、大竹、水くれ」

　大竹は冷蔵庫からペットボトルの水を出し、それを尾形に手渡した。尾形は受けとった水を飲み、ペットボトルのキャップを閉めながら訊いてきた。

「で、今日は何本とってきた？」

「……ゼロです」

「はあ？　聞こえねえ」

「ゼロです。すみません」

尾形は大きく溜め息をつきながらペットボトルのキャップを開け、それを大竹の頭上で逆さまにする。流れ落ちた水が頭頂部にかかり、頭を伝って背中の方まで濡らしていく。五百ミリリットルの水が空になり、その空のペットボトルを壁に向かって投げつけてから尾形は激しい口調で言った。

「おい、言ったよな。今日は何としてでもとってこいって」

「すみません」

「すみませんじゃねえよ」

髪の毛を摑まれ、壁に向かって押しつけられた。そして背中のあたりを何度も蹴られる。踵を使って蹴ってくるので、たまに急所に入ったときは息ができなくなる。

「なぜできねえんだよ。お前見てるとこっちまで腹立ってくるんだよ。どうしてお前、そんなに無能なんだよ。実家どこだっけ？　とっとと帰った方がいいんじゃねえか」

髪を摑んで引き摺《ず》り起こされ、今度は平手で顔を叩かれる。尾形の馬鹿にしたような笑みがぼんやりと見える。涙で視界が霞《かす》んでいた。

「あ、そうか。帰りたくても帰れねえのか。お前、この部屋の保証人になっちまってるもんな。マジでどうしたもんかな。お前がこんなに使えねえとは思ってもいなかった。マジで親の顔が見てみてえな」

不意に山口に住む両親の顔が浮かんだ。上京して八年目、ここ二年ほどは忙しいのを理由に盆も正月も帰省していない。父は郵便局員で、母は近所のスーパーでレジ打ちのパートをしている。大竹の中で、なぜか怒りが込み上げた。

「お前、今すぐ二百万用意できるんだったら辞めさせてやってもいいぞ。実家から金引き出せるなら電車賃くらい貸してやる。そう簡単に辞められると思うなよ。おい、何とか言ったらどうなんだよ」

尾形に平手で頬を叩かれた瞬間、パチッと頭の中で何かが弾けた。自分の体が自分の体ではない、不思議な感覚だった。気がつくとフローリングの上で尾形の体に馬乗りになり、その顔面を何度も何度も殴り続けていた。

ようやく自分が何をしているか気づき、大竹は殴るのをやめた。拳《こぶし》が尾形の鼻血で赤く染まっている。尾形の体から離れる。

「お、お前……よくも……」

尾形が立ち上がろうとしていたが、意識が朦朧《もうろう》としているのか、何度かバランスを崩したのち、ようやく体を起こした。膝に手を置いたとき、不意に尾形は前のめりに倒れた。口から泡のようなものを吐いている。みるみるうちに顔が土気色に変色していく。

そのまま尾形は動かなくなってしまった。死んでしまったようだ。俺が殺してしまったのか。怖くなった大竹はそのまま部屋を飛び出した。

※

そのマンションは明治通りを北東に進み、六ツ又陸橋の手前にあった。地番としては東池袋一丁目、もちろん池袋署の管轄だ。神崎は一人、エントランスから中に入った。

幸いなことにオートロックではなかった。エレベーターを使って問題の部屋に向かう。

池袋グランスターホテルの屋上に居座る自殺志願者の証言により、このマンションの一室に遺体があるとわかったのだ。その話を黒木から聞いた神崎は、すぐに一一九番通報すると同時にマンションに向かった。徒歩五分ほどの距離だったため、救急車より早く到着できた。

問題の部屋は七階だった。鍵は開いていたので、神崎はそのまま中に入る。オフィスと聞いていたが、室内はごく普通の住居のように見える。ワンルームの中央に男が一人、うつ伏せの状態で倒れていた。たしかに死んでいるように見える。

神崎は手にしていたスマートフォンで電話をかける。すぐに相手は電話に出た。

「俺だ。現場に到着、遺体を発見した」

「そうか」電話の向こうで黒木が言う。「マジだったか。できれば冗談であってほしいと思っていたんだけどな」

黒木は今、池袋グランスターホテルの屋上にいる。大竹という名前の自殺志願者と一緒だ。その大竹という男が自殺を決意した理由として、人を殺《あや》めてしまったと告白したのだ。

「黒木、ちょっと待ってくれ」

　神崎は通話を切ってスマートフォンをスーツの内ポケットにしまい、遺体に駆け寄った。今、遺体の背中のあたりが動いたような気がしたのだ。神崎は膝をつき、男の鼻の前に手の平を近づける。かすかだが、まだ息がある。

「大丈夫ですか。大丈夫ですか」

　神崎は男に声をかけた。うつ伏せに倒れた男は、顔を横にして目を閉じている。頭を打っている可能性もあるため、下手に動かさない方がよさそうだ。そう判断して神崎は声をかけ続けた。

「大丈夫ですか。大丈夫ですか」

　玄関の方で物音が聞こえ、振り向くと救急隊員の姿が見えた。神崎は事情を説明する。

「池袋署の神崎です。まだ息があるようです。激しい殴打による昏倒《こんとう》だと思います」

　神崎は立ち上がり、その場を救急隊員たちに任せることにした。邪魔になってはいけないので、いったん部屋から出ることにする。入れ替わりで担架《たんか》が中に運び込まれていった。スマートフォンを出して黒木に電話をかけた。

「俺だ。被害者はまだ息があった。これから救急車で病院に運ぶ」

「ふーん、そうか」

「被害者が助かれば、罪の意識からも解放されるかもしれない。引き続き説得を頼むぞ」

　大竹なる男は人を殺してしまった罪悪感から自殺を決意したと思われた。被害者が生きているならば、その考えを改める可能性もある。

「ちょっと気になるんだよな」

電話の向こうで黒木が言った。神崎は訊く。

「何が気になるんだ？」

「その遺体だよ」

「遺体じゃない。まだ生きてるんだ」

「どっちでもいいだろ。とにかく気になるんだよ。神崎、病院までついていくんだろ。また何かわかったら教えてくれ。それともう一つ、頼まれてほしいことがある。あとでメールするからよろしくな」

通話は切れた。黒木は何が気になっているというのだろうか。今、意識不明の状態にある男は尾形といい、大竹の上司に当たる男らしい。怪しげな化粧品を売りつける悪質な業者で、大竹は尾形からのパワハラに苦しんでいたという。

「通ります」

そう言って救急隊員たちが担架を持って部屋から出てきた。担架の上に載せられた尾形の口元は酸素マスクで覆《おお》われている。搬送する病院名を聞き、担架を見送った。同行しようと思っていたが、あとから行けばいいだろうと考えたのだ。黒木の言葉が気になっていた。

再び室内に入り、部屋の中を観察した。尾形と大竹が暴れただけのことはあり、部屋に置かれた家具などは乱れていた。踏みつけられたティッシュペーパーの箱や空のペットボトルなどが散乱している。ソファの近くに黒い革の財布を見つけた。近くにスマートフォンもある。それらを拾い上げ、中身を確認すると、被害者である尾形のものだとわかった。

ほかに何かないか。そう思ってフローリングを見ると、プラスチック製の容器が落ちているのが見え、神崎はそれを拾い上げた。

※

「よかったな。生きてるみたいだぞ。お前をいじめてた尾形って奴」

通話を終えた黒木がそう言うのを聞き、大竹は自分の耳を疑った。

「い、生きてるんですか？」

「ああ。さっきまでここにもう一人刑事がいただろ。あいつが現場で確認したから間違いない。でも容態が急変する可能性もあるけどな」

あのときは気が動転していた。脈や呼吸を確認したわけでもない。ピクリとも動かなくなった尾形を見て、死んだのだと勝手に思い込んだだけだったのだ。

「で、どうする？　飛び降りるのか？　やるなら早くしてくれ。こっちだって忙しいんだ」

最初は飛び降りるつもりだった。しかしフェンスから下を見ると足がすくんでしまった。そうこうしているうちにホテルの従業員に見つかってしまい、さらに刑事までやってきた。

「飛び降りるんだったら、できるだけ遠くに飛べよ。下には通行人が歩いてるからな。無関係な通行人を巻き込むわけにもいかないだろ」

　金網を掴み、眼下を見る。さきほどと比べてだいぶ減っているが、それでも多くの通行人の姿が見えた。黒木の言う通り、下手に飛び降りたらぶつかってしまう可能性もあるだろう。

「遠くに飛べば、車道に落ちることになる。失敗は許されない。一度で決めろよ、一度で」

　黒木が無責任な口調で言った。風変わりな刑事だった。いきなり近寄ってきたかと思ったら、自分の左手を手錠でフェンスに繋いでしまった。手荒な真似をしないという意思表示のつもりらしい。話す言葉も刑事にしてはくだけた感じで、大竹が抱いていた刑事像とはかなりかけ離れていた。顔も二枚目だし、着ているスーツも高級そうだ。

　死のう。死にたい。生きていても意味はない。

　さきほどまではそんな思いに支配されていたが、今ではそれも下火になりつつある。思えばこの黒木という刑事がここに来てから、ペースのようなものを狂わされた気がする。

「嫌いなんだよな。この街が。顔に書いてあるぜ」

　はっきり言って嫌いだ。池袋に来てから半年間、楽しいと思ったことなど一度もないし、腹の底から笑ったことも皆無だった。

「俺も最初は嫌で嫌で仕方なかったよ」黒木が話し始めた。「俺は楽して生きたいタイプの人間なんだ。池袋って街は人口が多い分、犯罪の発生率も高い。新宿や渋谷も同じようなものだけどな。犯罪が多いってことは俺たち刑事の仕事も多いってことを意味している。勘弁してくれ。赴任当時はそう思ったよ」

それはそうだろう。池袋に暮らしていると、それこそ一晩中どこかでパトカーや救急車のサイレンが鳴り響いているような気がする。

「でもそのうち慣れてきた。慣れたら慣れたで、今度は楽しみ方っていうのか、そういうのを覚えるようになった。人が多いってことは店も多い。旨い飲食店もたくさんあるし、面白い人間もたくさんいる。あ、可愛い女の子もな」

そこまでの余裕は自分にはない。そもそもこれからどうなってしまうのか、それさえもわからない状況だ。尾形が一命をとり留めたとしても、怪我を負わせてしまったことにより傷害罪で逮捕されるだろう。仮に逮捕されなかったとしても、尾形は自分のことを決して許さないはずだ。待っているのは破滅だけだ。

大竹は金網を掴んで下を見た。さきほどと比べてさらに通行人の数が減ったような気がする。今なら飛び降りても通行人を巻き込まずに済むかもしれない。

金網を握る手が汗ばんでいた。

※

廊下は静寂に包まれている。神崎はソファに座っていた。大塚にある総合病院だ。さきほど尾形はここに救急搬送され、今も治療は続いていた。

財布の中にあった免許証から名前などの詳細も明らかになっていた。名前は尾形充《みつる》といい、住所は中野区中野。本籍地は千葉県《ちばけん》八千代市《やちよし》だった。年齢は今年で三十歳になる。さきほど署に連絡をとり、前科者リストを当たってみたがヒットはしなかった。かなり悪質な商売に手を染めていたようだが、今のところは警察の厄介になったことはないらしい。

　スマートフォンに着信があり、出ると係長の末長の声が聞こえてきた。

「状況はどうなってる？」

「実はですね……」

　午前二時を回っている。三時間ほど前のこと、ラーメン屋で飯を食べていたら末長から電話があり、池袋グランスターホテルに向かえという指示を受けた。自殺志願者がいるから説得して翻意させろという指示だった。それがどういうわけかマンションの一室で意識不明の男性を発見し、病院に搬送する羽目になってしまったのだ。

「まったく何てことだ。お前と黒木が組むとろくなことにならんな」

　電話の向こうで末長が嘆いた。反論の余地がない。自殺志願者に早まった真似をしないように説得する。それだけの仕事だと思っていた。まさか深夜の救急病院に足を運ぶことになるとは想像もしていなかった。

「それで、搬送された男の容態は？」

「わかりません。今も治療が続いています」

「そうか。助かってくれるといいな。そっちも殺人事件に発展したら面倒だぞ。ただでさえこっちも手一杯なんだ」

池袋署には現在捜査本部が置かれている。治療中の尾形という男が亡くなってしまうと、そちらも殺人事件として捜査せざるを得ないのだ。二件の捜査本部を同時に抱えることは池袋署にとっても大変な事態である。

「ところで自殺志願者の方はどうなってる？」

「今、黒木が説得に当たってます。俺からも連絡してみますので」

「頼んだぞ、神崎。お前だけが頼りだ」

通話を切ると、再び静寂《せいじゃく》が訪れる。神崎は自分のものではないスマートフォンを手にとった。さきほどの部屋から押収したもので、おそらく尾形の私物だと思われた。側面のボタンを押すと画面が明るくなり、四桁の暗証番号を要求される。神崎は尾形の免許証を見て、まずは誕生日から入力してみる。いとも簡単にロックは解除された。いまだに自分の誕生日や電話番号をパスワードに設定している者がいかに多いか、神崎は仕事柄知っている。

通信記録やメールのやりとりを見る。思わず見入っていた。同業者と思われる者たちとのやりとりの内容は酷いものだった。今日は何人騙していくら儲けただの、そんな内容ばかりだ。新宿や渋谷にも同じような拠点があることもわかった。ただ同然で仕入れた化粧品を高値で売る。やっていることは立派な犯罪だ。

いいきっかけになりそうだ。都内全域、ことによると他県にも被害者がいるかもしれないので、警視庁の経済事件担当に情報を上げてもいいだろう。

廊下を歩いてくる足音が聞こえた。顔を向けると手術着を着た一人の医師がこちらに歩いてくる。神崎は腰を上げ、医師に訊いた。

「先生、患者の容態は？」

「命はとり留めました。二、三日入院すれば退院できるでしょう」

「それはよかった。ありがとうございます」

「刑事さんのおっしゃっていた通りでした。患者は毒物を服用していましたよ」

「やはりそうでしたか」

　きっかけは被害者の部屋に落ちていたピルケースだ。その中にカプセル型の錠剤が入っていた。被害者は大竹に殴られて気を失ったという話だったが、別の可能性もあるのではないかと思い、医師にも事前に伝えておいたのだ。

「それほど毒性の強いものではないと思います。殺虫剤とか除草剤あたりでしょうね」

「なるほど。そうでしたか」

　すでにピルケースも押収済みだ。まだ中に数錠残っているので鑑識に回して詳しく分析してもらうことになるだろう。

「では刑事さん、私はこれで」

「夜分遅くありがとうございました」

　立ち去っていく医師を見送ってから、今の話を黒木に伝えるため、神崎はスマートフォンを懐から出した。

※

「……そうか。やっぱりな。何かあると思ってたんだ」

黒木がスマートフォンで話している。相手はあの神崎という刑事だろう。大竹は今、池袋グランスターホテルの屋上のフェンスに寄りかかって座っている。深夜三時になろうとしていた。五月にしてはかなり冷え込んでおり、さきほどから体の芯《しん》が冷たくなってきたような気がしていた。

「……こっちは変わりない。……心配するなよ、神崎。これまでに俺が無茶したことあったか。任せておけって」

通話を切った黒木が満足そうな笑みを浮かべて言った。

「喜べ、大竹。お前のクソ上司の尾形って奴は助かったぞ。しかも面白い事実が判明した。尾形は毒物による中毒で意識を失ったらしい。お前のへなちょこパンチじゃなくてな」

毒物による中毒。黒木が何を言っているのか、大竹には理解できなかった。黒木が説明を続けた。

「お前の話を聞いていて、気になる点があった。それは尾形が帰ってくる前にとった行動だ。尾形はマンションの一室に戻ってくる前、リピーターである女の客と飯を食っていたという話だった。女は四度目の購入だったらしいな。でも変じゃないか。お前たちが売り捌《さば》いていたのは安物の化粧品だろ。個人差はあるにせよ、大した効果は期待できない。そんなもんを四回も購入するのも変な話だろ」

それは一理ある。いくら尾形が口上手とはいえ、四回も買うリピーターというのは稀だ。では何のために彼女は四回もＢビューティーの化粧品を買ったのだろうか。

「仮にＡ子としておこうか。彼女は口車に乗せられて、お前たちの化粧品を買った。最初の二回くらいは信じていたのかもしれない。三度目くらいに恐らく疑問に思ったんだろうな。もしかするとお前たちが売っていた商品と同じものをどこかで見かけた可能性もある。とにかくＡ子はお前たちに騙されていることに気がついた」

可能性はゼロではない。大竹たちが扱っている化粧品は街のドラッグストアで格安で売られている商品だ。

「警察に相談するか、もしくは消費者センターあたりに訴えるか。普通ならそうするはずだが、騙されていたことに深く傷ついた彼女は別の方法をとる。そうだよ、騙した相手に復讐することを選んだんだ」

「それってつまり……尾形さんが一緒に焼き肉を食べた子が……」

「そうだ。彼女は尾形にピルケースを手渡した。ウコンのサプリメントだと彼女は説明したようだが、実はＡ子特製の毒入りカプセルだ。まあ素人が作っただけあって致死性は低い。彼女にとっちゃほんの悪戯《いたずら》のつもりだったかもしれない」

尾形はすでにカプセルを飲んだと言っていた。つまり……。

「口から飲んだカプセルが胃の中で溶けるのは、個人差もあるが三十分後ぐらいだと言われている。そういうわけだ。尾形の意識を失わせたのはお前のへなちょこパンチではなくて、Ａ子がプレゼントした毒入りカプセルってわけだ。最初お前に話を聞いたときから思ってた。お前に人を殴り殺せるほどの腕力はないんじゃないかってな」

尾形は口から泡を吹いていた。あれは殴ったからではなく、毒物による影響だったのかもしれない。たしかに自分が尾形をああも簡単に倒せるわけはないのだ。

「お前に罪がないとは言えない。しかしかなり軽減されると考えていいだろう。それにお前たちのやってる商売は許されることじゃない。壊滅に追い込めるだけの証拠を俺たちは摑んだからな」

あのマンションの一室に置いてあるパソコンには顧客のデータはもちろんのこと、各支店とのやりとりなどもすべて入っている。詳しい話は知らないが、尾形たち幹部の上にはいわゆる反社会的勢力の存在が見え隠れしている。尾形がスマートフォンに向かって敬語で話す姿を何度か目撃したことがあった。

「ところで大竹、腹減ってないか？」

突然黒木が話題を変えた。意味がわからず訊き返す。

「腹、ですか？」

「そうだ。腹減ったろ。実はここに来る前、ラーメン屋にいたんだよ。でもラーメンを食う前に上司から電話がかかってきて、食わずじまいで呼び出された。その無念を晴らしてやろうと思ってな。お、来たぞ」

屋上の出入り口から一人の男が入ってきた。男は段ボールを抱えている。見張りの警察官に止められていたが、黒木が「通してやってくれ」と叫ぶと警察官もそれに気づき、男に立ち入りの許可を与えたようだった。段ボールを持った男がこちらに近づいてくる。

「黒木さん、相変わらず無茶なこと言いますね。神崎さんに頼まれたときは驚きました」

「悪い悪い」

「うちが出前をやらないことは知ってるでしょうに」

「そうだけどな。緊急事態なんだよ」

「そうは見えませんけど」

男が段ボールを置き、中から丼を出した。麺が入っているのが見える。そこに保温ポットからスープを注ぐと、湯気とともに何とも言えない香ばしい匂いが漂った。

「出前は初めてなんで味は保証できませんよ」

そう言いながら男が割り箸とともに丼を渡してくる。大竹は実感が湧かなかった。ここはホテルの屋上、しかも自分は自殺する気でここに来たのだ。それがなぜか刑事と並んでラーメンの丼を手にしている。

「遠慮するな。先に食っていいぞ」

そういえば腹が減っていることに気づいた。朝から何も食べていない。誘惑には勝てなかった。まずはスープから口にする。とんこつ醤油だと思うが、その濃厚な味わいがたまらない。

割り箸を割り、無心で食べた。こんなに旨いラーメンを食べたのは初めてだ。

「どうだ？　旨いか？」

「はい。旨いです」

　隣を見ると黒木もラーメンを食べている。片手が手錠で繋がれているため、窮屈そうな姿勢だった。それでも満足げにラーメンを啜っている。

　瞬く間に食べ終えてしまった。大竹はスープも一滴も残さず平らげた。完食だ。

「いい食いっぷりだったな、大竹」

「ご馳走様でした」

　満足だった。さきほどまで冷え切っていた体も温まっている。同時に眠たくなってきた。

「おい、大竹。ちゃんと口コミサイトで高評価しておくんだぞ。店の名前は……」

　これまでに経験したことのないような激しい睡魔《すいま》だ。すでに目を開けておくことさえも難しい。大竹が最後に見たのは、手錠を外して手首をさすっている黒木の姿だった。満面の笑みが浮かんでいる。

「悪かったな。俺もそろそろ帰りたかったんだ。こうするよりほかになかった。なあ、大竹、池袋もそんなに悪い街じゃねえぞ」

　限界だった。多分あのラーメンの中には……。底なし沼に引き込まれるように、大竹は眠りに落ちた。

※

「よう、神崎。昨日はぐっすりと眠れたか」

池袋警察署の前で黒木とばったりと出くわした。現在の時刻は午後一時前だ。本来なら出勤していなければならない時間帯だが、昨日は明け方まで仕事をしていたため、今日は午後からの出勤でいいと末長から許可を得ていた。それでも睡眠時間は正味《しょうみ》三時間程度だ。

池袋グランスターホテルの屋上にいた自殺志願者、大竹耕貴は無事に保護していた。屋上で眠ってしまったらしく——神崎が手配した睡眠薬入りラーメンを食べたせいなのだが——今も署の留置場にいるはずだ。

「棚からぼた餅とはこのことだな。神崎、早めに警視庁に報告しておけよ。尾形がやってる商売の裏には暴力団が絡んでいるはずだ。うまくいけば一斉に検挙できるぞ」

「わかってる。実はもう一報は入れてある。係長にも報告済みだ」

「さすが神崎、仕事が早いな」

エレベーターで刑事課に向かう。強行犯係は全員が出払っているようだった。自分の席に座った黒木がデスクの上に足を投げ出した。

「やっと落ち着いたな。仕事に集中できるってもんだ」

そう言いながら黒木は買ってきたスポーツ新聞を広げた。まったく仕事をする気配がない。

神崎はパソコンを立ち上げた。作らなくてはならない報告書が山ほどある。

　昨夜の事件——尾形充に毒入りカプセルを渡した人物の正体は明らかになっていない。尾形のスマートフォン内の履歴から怪しい番号はわかっているのだが、すでに解約されてしまっているようで通じなかった。顧客リストも押収済みなので、今後の捜査で明らかになっていくはずだ。自分を騙した悪徳業者に毒入りカプセルを渡す。罪にはなるが同情の余地があり、不起訴になる可能性も高いと思われた。

「誰もいないと静かでいいな」

　黒木が呑気な口調で言う。刑事課は閑散としており、ほとんどの刑事が例の木原希実というシングルマザー殺害事件の捜査本部に動員されている。さきほど廊下ですれ違った同僚に話を聞いたところ、大きな進展はなく、捜査は膠着状態にあるようだ。

　手元にある電話が鳴った。出ると交換からで、相手は警視庁捜査第二課からだった。経済事犯をとり扱う部署だ。

「お電話替わりました。神崎です」

　やはり昨夜の事件に関する問い合わせだった。かねてから尾形ら一味は警視庁にマークされていて、内偵捜査が進んでいる最中だったらしい。その稼ぎの一部は暴力団に流れているとのことだった。

「……一名は入院中、もう一名は池袋署で留置しています。主犯格は入院中の方ですね」

　一通り説明を終え、通話を切ると、ちょうど黒木も電話中だった。神崎が通話を終えたのを見て、黒木が声をかけてくる。

「神崎、お前に電話だ。ストーカー担当は忙しいな」

再び受話器を持ち上げる。かけてきた相手は生活安全課の署員だった。ストーカー被害に関する事案は本来であれば生活安全課がとり扱うのだが、近年ストーカー被害が増加傾向にあり、刑事課にも協力要請が来た。今年から神崎はその担当となり、生活安全課と連携して捜査に当たっている。

署の一階に相談に来ている者がいるらしい。簡単な説明を聞き、神崎は受話器を置いた。黒木が声をかけてくる。

「ストーカーか？」

「よくわからんが、被害者ではなくてストーカー本人が下に来ているようだ」

「それ、面白そうじゃねえか。本当に池袋って街は俺たちを飽きさせてくれないな」

黒木がスポーツ新聞を折り畳みながら立ち上がる。本当だ。自分のデスクで報告書を作っている暇もないほどだ。神崎はジャケットを羽織りながら廊下に出た。

第四話　変身

男の名前は森島哲郎《もりしまてつろう》といった。どこでも見かけるようなごく普通の若者だった。神崎は黒木とともに面談室に入り、森島の前に座った。黒木は腕を組んで壁によりかかっている。神崎は自己紹介をした。

「こんにちは。私は刑事課強行犯係の神崎と申します。こちらは黒木。何かご相談があるとか？」

「さっきも別の人に話したんですけどね。どうして役所ってこうなのかな。二度も説明させないでよ」

厄介《やっかい》なタイプの男らしい。仕方ない。神崎は単刀直入に訊いた。

「あなたはストーカーだと聞いてますが、本当ですか？」

森島は鼻を鳴らして笑ってから答えた。

「まあカテゴライズされるとそういうことになっちゃうのかなあ。僕としてはただの熱狂的なファンのつもりなんですけどね」

悪びれた様子はまったくない。話はこうだった。男は以前、池袋署の生活安全課から行き過ぎたストーキング行為で厳重注意を受けていた。その本人が署にやってきて、ストーカーの対象者が別のストーカーに狙われていると言っているのだ。要するにストーカーによる、別のストーカーの告発なのだ。

「詳しい話をする前に」神崎はそう前置きして続けた。「あなたはいまだにストーカー行為をしていると理解してよろしいですか」

「だから刑事さん、ストーカーではなくて熱狂的なファンですってば。そこは誤解しないでほしいなあ。実際、彼女も僕のことをファンの一人として認識してるし、ＳＮＳを通じて何度かやりとりしたこともある。オフ会や撮影会でも何度も会ったことがありますよ」

「私が聞いた話とちょっと違いますね。彼女はあなたのストーカー行為を恐れ、一年前にうちの署に被害届を出している。その結果、あなたは彼女への接触を一切禁止されていると私は聞いていますが」

「ストーキングじゃありません。沙羅《さら》を遠くから見ているだけです」

沙羅。有名なコスプレイヤーだ。コスプレというのはコスチューム・プレイの略であり、漫画やアニメ、ゲームなどの登場人物に扮《ふん》する行為をさす。コスプレをおこなう人のことをコスプレイヤーといい、ここ最近はアニメやゲーム関連のイベントなどに活躍の場を広げているらしい。

　コスプレも以前はただの趣味というか、オタク活動の一種と見られていたが、近年では動画配信サービスの普及などにより、職業としてのコスプレイヤーが成立しているケースもあるというのだ。沙羅はそのうちの一人だった。

「へえ、可愛い子だな。人気が出るのもうなずける」

　黒木がいつの間にかスマートフォンを手にしている。沙羅の画像はそれこそネット上にいくらでも転がっているらしい。森島が満足げにうなずいた。

「当然ですよ。彼女は別格ですから。女神ですよ、ある意味」

　神崎も沙羅のことは知っていた。半年ほど前のことだろうか、自宅でテレビを観ていると、たまたま池袋の乙女ロードが特集されていた。乙女ロードというのは東池袋にある、アニメ専門店が密集した通りのことだ。その道先案内人としてテレビに出ていたのが沙羅だった。素人《しろうと》っぽさが残るものの、かなり美形な女の子だった。

「しかし、あなたはいまだに彼女に付きまとっているからこそ別のストーカーに気づいたわけだ。詳しい話を聞かせてください」

「付きまとっているっていうのは違うけどなあ。まあこの際どうでもいいですけど。ええとですね、彼女は犬を飼ってるんですよ。名前はロンド。毎朝ロンドを散歩させるのが沙羅の日課なんです。その散歩コースがたまたま僕と被ってるだけです」

　コースだけならまだしも、時間まで合わせるのであれば、それは立派なストーカー行為だろう。しかしこの男にはそういう認識がまったくないらしい。それを指摘していると話が進みそうにないので、神崎は先を促した。

「それで?」

「最近、怪しい輩《やから》を見かけるんですよ。僕は残念ながら厳重注意を受けた身なので、かなり離れたところを歩いてるわけです。そうやって遠くから見てるとわかるんです。明らかに彼女を尾行している人間がいることがね」

「どんな人物ですか？」

「そうですね。年齢は刑事さんくらいかな。あまり近づくと彼女に見つかっちゃうので、顔まではわかりません。次に彼女にバレたらレッドカードは確実ですから。そいつはランナーの格好をしていることもあるし、犬の散歩を装ってることもあります」

　ストーカーをしていたからこそストーカーに気づけたという、笑えないジョークのような話でもある。

「僕みたいな昔からのファンにとっては、にわかファンっていうんですか、そういうのは許せないわけなんです。彼女の下積み時代も知らないにわかファンが大きな顔をするのがね。刑事さん、懲《こ》らしめてくださいよ。ああいう奴はそのうち一線を超えてしまいます。そうなる前に逮捕してください」

　この場合、被害者は沙羅本人だ。彼女から相談を受ければ動くことも可能だが、ストーカーから相談を受けるだけでは何とも動き辛い。

「お願いしますよ、刑事さん。つい最近も池袋で殺人事件があったそうじゃないですか。殺されちゃったら元も子もありませんよ。犯罪を未然に防ぐのも警察の仕事ですよね」

　おっしゃる通りだ。どう対応しようか考慮していると黒木が口を挟んでくる。

「面白そうじゃねえか。彼女に話を聞いてみるのもいいかもしれないな」

「簡単に言うな。彼女は……」

「こうしてわざわざ相談に来てくれたんだ。池袋の治安を守るのが俺たちの仕事だろ。もしかすると変態野郎が沙羅を襲う計画を練っているかもしれない。だとしたらそれを未然に防ぐのも立派な仕事だ」

「そうですよ」と森島も同調する。「変態野郎を捕まえてください。沙羅を守ってください。お願いします」

　弱ったな。また一つ、仕事が増えてしまったらしい。神崎は深く溜め息をついた。

　吉住《よしずみ》沙羅。それがコスプレイヤーとして有名な沙羅の本名だった。自宅住所と連絡先は以前相談を受けた関係で生活安全課のファイルに残されており、携帯に電話をかけて少し話を聞きたいと面会を持ちかけると、今日は夕方までなら空いているとの回答を得た。早速神崎は黒木とともに彼女の自宅に向かった。

　住所は南池袋二丁目、豊島区役所の裏手だった。豊島区役所を目指して黒木と肩を並べて歩く。区役所が入る地上四十九階建ての建物はすでに池袋のランドマークの一つとなっており、その高さは今日も際立《きわだ》っている。

「神崎、小腹が減らないか？　帰りにパン屋に寄っていこうぜ。この近くに旨いパン屋を見つけたんだよ」

「飯は食ってないのか？」

「昨日はほぼ徹夜だったからな。飯なんて食ってる暇はなかったんだ」

沙羅のマンション前に到着した。三階建ての洒落た感じのマンションだった。コスプレイヤーというのは儲かる仕事なのだろうか。そのあたりのことは神崎もわからなかった。

「向かいのマンションの二階の一番東側の外階段」エントランスの前で黒木が小声で言った。「こっちを観察している奴がいる。一瞬だけ光った。おそらく双眼鏡だろうな」

　神崎は振り返らずに黒木に訊いた。

「間違いないのか？」

「ああ。それとあそこに停車してる白いバンも怪しい。もし俺がこのマンションの張り込みをするなら、あのバンと同じ場所に車をつける。対象者がいつ部屋から出てきても間に合うようにな」

　それとなく通りに目を向ける。たしかに白いバンが停まっている。ここからだと中に人が乗っているか、それは判別できなかった。

「別の住人を見張っているのかもしれないし、そもそも俺の勘違いかもしれない。行こうぜ、神崎」

　軽い口調で言い、黒木がエントランスの中に入っていく。神崎もあとに続く。吉住沙羅の部屋は三〇一号室、エレベーターを降りて最初のドアだった。

　インターホンを押す。しばらくするとドアが開き、隙間から若い女性が顔を覗かせた。

「さきほどお電話した池袋署の神崎です」

「お入りください」

ドアチェーンが解除されたので、神崎は黒木とともに中に入る。すでに来客に備えていたのか、玄関マットの上にスリッパが置かれている。

「く、黒ちゃん……」

玄関の向こうに立っている沙羅の視線は神崎の背後にいる黒木に注がれていた。黒木がややはにかんだように笑った。

「久し振りだな、沙羅。元気にしてたか？」

「おい、黒木」と神崎は思わず口を挟んでいた。「お前、彼女と面識があるんだな。どうしてそれを先に言わなかった？」

「どうでもいいだろ、そんなことは。それより神崎、お前が先に進んでくれないと中に入れないんだが」

「すまん。あ、お邪魔します」

神崎はそう言ってスリッパに足を入れた。玄関脇にケージが置かれていて、ミニチュアダックスがつぶらな瞳でこちらを見上げていた。

※

「活躍してるらしいな。テレビ観たぜ」

「ありがとう、黒ちゃん」

沙羅は礼を言った。さきほど池袋署の神崎と名乗る刑事から電話があり、以前相談のあったストーカーの件でその後の状況を確認させてほしいと言われ、待っていると二人組の刑事が部屋に訪れた。そのうちの一人が顔見知りの刑事、黒木だったのだ。

黒木との出会いは三年ほど前のことだ。当時、沙羅は池袋にあるガールズバーでバイトをしていて、黒木はそこの常連だった。刑事にしては気さくな人柄で、話も弾んだ。一年前にストーカーに付きまとわれて困ったときも、黒木経由で池袋署の生活安全課を紹介されたのだ。

「なかなかいい部屋だな」黒木が部屋を見回して言った。「家賃は自分で払ってるんだろ。なかなかどうしてコスプレイヤーってのは儲かる商売なんだな」

「ここに引っ越してきたのは一年と少し前。それまでは極貧生活だったんだから」

沙羅がコスプレに目覚めたのは五年ほど前、まだ短大に通っていた頃、渋谷のハロウィンに参加したときだった。短大の友達と当時流行っていたアニメのコスプレをして街を歩いたところ、これまでに感じたこともないような感覚を覚えた。生まれて初めて自分が主役になれたような感覚だ。以来、ネットで検索してコスプレのイベントを探し、そこに参加するようになった。もともとアニメやゲームも好きだったので特に抵抗はなかったし、スタイルにも自信があったので露出度の高い衣装も難なく着ることができた。

短大卒業後、コスプレイヤーになると両親に告げると、当然のように反対された。特に父の怒りは激しく、勘当同然で自由が丘の実家を追い出された。最初は友達の部屋に転がり込み、そこからコスプレイヤーとしての道が始まった。

基本的にコスプレイヤーというのは儲かる仕事ではない。主な収入源は撮影会であり、ファンを募集して撮影会を開くのだ。人によって異なるが、参加料は六、七千円が相場だ。仮に参加費を六千円として、十名集めたら六万円の収入なのだが、スタジオ代などの諸経費を差し引くと手元に残るのは四万程度だ。そう簡単に参加者が集まるわけでもなく、月に一、二回開催できればいい方だ。

「へえ、そうなのか。撮影会なんて開けばもっと人が集まるかと思ってたぜ」

「そう簡単にいくわけないじゃない。参加者にもキャラの好みがあるわけだし。純粋に私を推してるファンなんて少なかったんだから」

コスプレイヤーという仕事がいかに大変なものか、それを黒木に話した。黒木の隣に座る神崎という刑事も神妙そうな顔で沙羅の話に耳を傾けている。外見からして軽そうな黒木に対し、神崎は一見して真面目そうな印象を受けた。ただし刑事というよりは、仕事のできるビジネスマンといった風貌だ。

「やっぱり風向きが変わったのはあれだろ。奇跡の一枚」

「そうね。あれがターニングポイントね」

　一年半ほど前のことだった。沙羅の画像がネットに流れた。コスプレをした沙羅の画像で、沙羅本人が見てもかなり綺麗に撮れている画像だった。美人過ぎるコスプレイヤー。そんなタイトルとともに画像はネット上に拡散していった。一時的に大手ネットニュースのトップ記事にもなり、そのときは沙羅のスマートフォンに知り合いからのメッセージがひっきりなしに届いたものだ。

「あれを機に人生が変わった感じ。撮影会を開けば定員はすぐに満杯になるし、イベントに参加すれば私の周りに人が集まるようになった。テレビやラジオにも呼んでもらえるようになったしね」

　どこの誰かもわからない何者かがネットに投じた一枚の写真。それがきっかけとなって沙羅の人生は激変したのだから、人生とは何が起きるかわからない。最近では芸能事務所の人間がうちに来ないかと声をかけてくるようになった。

「まあ忙しくなるのはいいことだ。今日はな、ちょっと沙羅に訊きたいことがあるんだよ」

　黒木はそう言って隣を見た。それを受けて神崎が話し始める。

「突然お邪魔してすみません。最近ですが、身の回りで不審な点はございませんか？　視線を感じるとか、郵便ポストの中身が紛失している形跡があるとか」

「特には……。どうかしたんですか？」

「ええと」一瞬だけ神崎は言葉に詰まった。「何者かがあなたに付きまとっている可能性がある。そういう匿名の通報があったものですから。心当たりがないなら結構です。悪戯の通報でしょう」

「詳しく教えてください。誰が私に付きまとって……」

「あまりお気になさらずに。心配要りません」

「神崎、下手に隠しても意味がない」

　口を挟んできたのは黒木だった。黒木は身を乗り出して言う。

「お前を張っている奴がいる。そう通報してきたのは森島というストーカーだ。一年前にお前に対するストーカー行為で厳重注意を受けた男だ。いわゆる熱狂的なファンというやつだろう。変態とも言うだろうが」

　森島というストーカーなら沙羅も知っている。以前は撮影会の常連であり、ＳＮＳを通じてやりとりをしたこともある。それが何を勘違いしたのか、一年ほど前に毎日のように自宅前で待ち伏せ、差し入れと称して菓子や飲み物を手渡してくるようになった。そういうことが頻繁に続き、怖くなって黒木に相談したのだ。

「沙羅、本当に心当たりはないか？　最近急に馴れ馴れしく接してくるようになったファン。あとは男関係だな。別れ話がこじれているとか、告白されて断ったとか、そういうことはないか？」

「あまり心当たりはない。黒ちゃん、本当に私のことを見張ってる人がいるってこと？」

「心配するな。それを調べるためにここに来たんだ。何かわかったら連絡する」

わざわざ黒木がこうしてここを訪れているということは、森島という男の通報にはそれなりの根拠があるのだと沙羅は思った。つまり私は何者かに付きまとわれているのだ。しかも怖いのは私がそれに気づいていないということだった。

「それはそうと、今も実家に帰っていないのか？」

黒木に訊かれ、沙羅は答えた。

「まあね。もう丸四年になるかな」

コスプレイヤーになることを反対されたのが短大を卒業した二十歳の頃だ。あれ以来、父や母とは顔を合わせていない。

「これだけ有名になったんだ。親父さんやおふくろさんも喜んでくれるんじゃないか。あ、長居してしまったようだな。そろそろ失礼させてもらうよ」

黒木がそう言って腰を上げる。隣の神崎も立ち上がった。

「じゃあな、沙羅。この件は俺たちが担当するから心配するなよ」

「わかった」

玄関で二人を見送った。ドアを閉めてから沙羅はケージの中にいた飼い犬のロンドを胸に抱いた。いったい誰が私に付きまとっているのだろうか。

※

「知り合いだったら先に言えよ。その方が話が早いだろうに」

「別にいいじゃねえか。彼女を少し驚かせたかっただけだ。それより神崎、ちょっと奴らに職質をかけておこうか」

マンションのエントランスから出たところで黒木があごで示した。五十メートルほど向こうに白いバンが停まっている。神崎は黒木と並んで白いバンに接近した。近づくにつれ、運転席に一人、後部座席に一人、合計して二人の男が乗車しているのがわかった。

品川ナンバーだ。念のためナンバーを頭に刻みつけながら、神崎は運転席のドアをノックする。男がそれに気づき、ウィンドウを下ろした。男はベージュの作業着に身を包んでいた。神崎は懐から警察手帳を出して言う。

「池袋署の者です。少しよろしいですか」

「すみません。今、動かしますので」

「駐車違反の取り締まりではありません。あなたたちはこの近くの住人、たとえばあるコスプレイヤーを見張っているんじゃありませんか？」

男は答えなかった。その落ち着き払った態度が物語っている。この者たちはおそらく探偵事務所の人間だ。

「誰の依頼で動いているか。それを教えてください」

運転席の男は後部座席の男と目を合わせてから答えた。

「すみません、刑事さん。それは教えることはできません。申し訳ないですけど」

駄目もとで聞いてみただけだ。探偵にも守秘義務というものがある。しかし彼らが森島が言う吉住沙羅を見張っている者である可能性が高い。黒木の推測では向かいのマンションにも見張りがいるらしい。

「せめて名刺だけでも」

神崎がそう言うと運転席の男が名刺を出した。受けとった名刺を見る。業界最大手の興信所だった。

「あまり住人の迷惑にならないようにお願いします」

そう言い残してその場をあとにする。隣を歩く黒木に訊いた。

「どう思う？」

「普通に考えればファンの依頼だろうな。森島のような熱狂的なファンだ。金を使ってまで沙羅の動向を監視したい。そういうファンがいても不思議はない。で、ストーカー担当としてはどうする？」

黒木に訊かれ、神崎は答えに窮した。

事件性はない。探偵を雇うことは合法だ。ただしその動機が不純なもの——たとえば彼女の私生活を知りたいとか、犯罪のための下調べといった理由であれば、何らかの措置が必要となるだろう。しかし現時点では犯罪と断定できず、探偵事務所に対して情報開示を求めるほどの根拠もない。

「せめて彼女に被害意識でもあればいいんだが、まったく心当たりがないんじゃこちらとしても動けないな」

「そうだな」黒木も同調する。「それにしても探偵まで雇うなんて随分彼女に惚れ込んでるな。どんな野郎か知らねえが、顔が見てみたいぜ」

「よほど彼女のことが好きなんだな」

「沙羅はああ見えてお嬢様なんだ。父親は都内で数軒の予備校を経営してる。父親も母親も予備校の講師で、たしか姉もそうだったはずだ。これだ」

黒木がスマートフォンの画面を見せてくる。予備校のホームページだ。首都圏を中心に運営しているらしく、神崎も看板くらいは目にしたことがある大手予備校だ。家族全員が予備校講師で、沙羅だけがコスプレイヤーとしての道を選ぶ。家族にとっては少々複雑なものかもしれない。

「誘拐という線は考えられないか？」

神崎が疑問を投げかけると、黒木が答えた。

「それはないだろ。そうだな……俺の記憶では姉は新宿の予備校で働いているはずだ。神崎、お前ちょっと姉に事情を話してこい。彼女を見張っている探偵がいるとな」

「なぜそこまでする必要があるんだよ」

沙羅は家族との付き合いは絶えてしまっていると言っていた。姉に報告したところで意味がないような気がする。それでも黒木は言う。

「いいから行ってこい。もしかすると探偵に依頼したのは単なる熱狂的なファンじゃない可能性もある」

「どういうことだ？」

「それを知るためにも古くから彼女を知ってる人間から話を聞くべきだ。頼んだぜ、神崎」

そう言いながら黒木が角を曲がって立ち去ろうとした。その背中に声をかけた。

「お前は行かないのかよ」

「俺はちょっと別のルートを調べてみる。じゃあな、神崎」

黒木はおどけて敬礼のポーズをとってから、身を翻《ひるがえ》して立ち去っていく。どうせ署に戻っても報告書を書くだけだ。新宿あたりに足を延ばしてみるのもいいだろう。神崎は池袋駅に向かって歩き出した。


「吉住講師はいらっしゃいますか。私は池袋署の神崎と申します」

その予備校は明治通り沿いのビルにテナントとして入っていた。受付で身分を明かして待つこと五分、グレーのパンツスーツに身を包んだ女性が現れた。姉の名前は綺羅《きら》というらしい。妹と比べてやや長身で化粧も薄いが、美人であることに変わりはない。

応接室に案内される。ソファに腰を下ろすとすぐに綺羅は訊いてきた。

「もしかして刑事さん、妹のことでいらっしゃったんでしょうか？」

「そうです。実はですね……」

これまでの経緯を説明すると、綺羅はやや戸惑った顔つきで言った。

「探偵、ですか。あの子がコスプレイヤーっていうんですか、そういう仕事をしていることは知ってます」

「妹さんとは今でも交流があるんですか？　彼女の話だとご家族とは疎遠になっているようですが」

「その通りです。あの子とはいっさい付き合いがありません。電話番号やメアドさえも知らないくらいです」

　さきほど待っている間に予備校のパンフレットを眺めていたら、姉の綺羅はこの新宿校の校長であることが紹介されていた。経営者の娘だけあり、それなりの地位にいるということだ。

「妹が出てるテレビを観ました。あんな際どい格好をして街に出る。ストーカー行為を受けるのは自業自得だと思います。だから最初に池袋署の刑事さんだと伺ったとき、妹が犯罪に巻き込まれたのかと思ったんです」

「彼女の仕事に反対ですか？」

「うーん、難しいですね。応援はできない感じです。人に物を教えるという仕事上、妹のことは伏せておきたいというのが本音です」

　人前でアニメやゲームの登場人物に扮し、好奇の目に晒《さら》される。露出度の高いコスプレもあり、身内がそれをやるとなったら多少抵抗があるのも仕方がないことだろう。もしも自分の娘がそうなったら。自分の身に置き換えてみると、徹底的に反対した沙羅の父親の気持ちもわからなくはない。

「妹さんを予備校の講師にしようという話にはならなかったんですね」

「父はそう思っていたようです。妹はあまり成績はよくなかったんですけど、英語だけはよくできて……。すみません、刑事さん。ミーティングが始まるのでそろそろよろしいですか」

そう言って綺羅が腰を上げようとした。神崎は言う。

「吉住さん、妹さんとはいっさい交流がないとおっしゃいましたね。本当ですか？」

「え、ええ。どうしてですか？」

「私は受付で身分を明かしただけで、その用件までは言いませんでした。しかしあなたは開口一番、妹さんのことを口にされました」

違和感を覚えたが、一通り話を聞いてみようとそのときは言及しなかったのだ。神崎は続けた。

「池袋署という単語から妹さんのことを連想した。あなたはそうおっしゃいました。もしそうならあなたは妹さんが池袋に住んでいることを知っていることになる。携帯番号もメールアドレスも知らないあなたが妹さんの住所だけは知っている。どうしてでしょうか？」

綺羅は答えない。しばらく黙っていた彼女だったが、やがて立ち上がって壁にかかっている内線電話の受話器を手にとった。

「もしもし。私です。……少し遅れるので先に始めてください。よろしくお願いします」

受話器を置いて彼女が戻ってくる。ソファに座った綺羅に対し、神崎は身を乗り出して訊いた。

「これはあくまでも私の想像ですが、探偵を雇って妹さんの素行を調べたのはあなたではありませんか？」

　しばらく間が空いたが、やがて観念したように彼女が言う。

「……ええ、その通りです。探偵を雇ったのは私です」

　さきほど沙羅の自宅近くで二人組の探偵に職務質問をしたときのことだ。彼らは業界最大手の興信所に属していた。大手の興信所は犯罪行為に繋がるような依頼は決して受けない。ただし依頼人が家族なら話は別だ。神崎は訊いた。

「どうして探偵を雇ったんですか？」

「刑事さん、私ども家族のことはご存じで？」

「多少は」

「うちは祖父の代から学習塾を経営しています」綺羅が説明を始める。「現在は都内に十校ほど展開してます。少子化のためどこも経営は厳しくなっていますが、今のところは何とかやっていけている状態です。すべては父がいるからです。ワンマンと周囲に言われることもありますが、父がいるからこの会社はもっているようなものです」

　吉住幸雄《ゆきお》。綺羅と沙羅の父親の名前だ。創業者である幸雄の父親は十五年ほど前に他界し、以来、幸雄が社長として予備校経営に全力を尽くしてきた。最近では幼児向けの英会話スクールを開くなど、予備校以外の教育分野にも進出しているという。

「二ヵ月ほど前のことでした。突然、父が体調不良を訴え、病院に行きました。検査の結果、肝硬変と診断されました。厳しい状況にあると担当医師もおっしゃっていました」

　話が読めてきた。なぜ姉は急に妹の居場所を知りたくなったのか。

「治療法として担当医師が提案してきたのは肝臓移植でした。母が名乗り出たんですが、血液型の問題で不適合だったようです」

　肝硬変になった親戚がいるので神崎も知っていた。六親等以内の血族、三親等以内の姻族であることがドナー、つまり臓器提供者の条件だ。しかしそれ以前に自分の意志で臓器を提供することがもっとも重要とされている。

「親戚にも当たってみたのですが、なかなか首を縦に振ってくださる方がいなくて……」

　つまり沙羅に肝臓移植のドナーになってもらいたいということだろう。しかしなぜ姉の綺羅では駄目なのだろうか。神崎がその疑問をぶつけると、綺羅はやや俯いて答えた。

「血液型も適合してるので、本来であれば私がドナーとして名乗り出たいところなんですが、実は私、来月に結婚を予定しています。お恥ずかしい話なんですが、すでにお腹の中に子供がいるんです。まだ三ヵ月なのでさほど目立ちませんが」

　さすがに妊婦をドナーにするのは難しいのだろう。ワンマン経営者だと言っているが、かなり周囲に敵を作るタイプの父親なのかもしれない。親戚からも断られ、関係が断絶中の二女を頼らざるを得ない状況なのか。

「彼女が池袋に住んでいるのは知っていますが、関係は途絶えてしまっていますが、沙羅が住んでいる場所くらいは把握しておきたいという父の意向で、定期的に探偵に依頼して彼女の最新の動向を調べてもらっていました」

「今回、どうして探偵に依頼したのでしょうか？」

「あの子の交友関係を調べてもらうのが目的です。私どもが頼んでも沙羅は絶対にドナーになってくれないでしょう。あの子の親しい友達や恋人がわかれば、そこが突破口になるかもしれないと考えたんです」

気持ちはわからなくもない。勘当同然で父親に追い出された娘に対し、父親に肝臓を提供するドナーになってもらう。お互い複雑な心境のはずだし、意固地になっている部分もあるだろう。沙羅の友人や恋人に緩衝材になってもらいたい。それが姉の綺羅の思惑なのだ。

「お話はわかりました。探偵を雇ったのがあなたで、その真意も判明しました。特に事件性はないことですし、我々警察の出番はなさそうです。お手間をおかけしました」

神崎は立ち上がる。沙羅の素行調査を探偵に依頼したのは姉の綺羅だった。ストーカーや熱狂的ファンが依頼主ではないとわかっただけでも、ここに足を運んだ甲斐《かい》はあったと考えるべきだろう。

「それでは失礼いたします」

神崎は一礼してから部屋から出た。腕時計に目を落とすと午後四時になろうとしていた。学校帰りとおぼしき高校生たちの姿が廊下にちらほらと見えた。神崎が廊下を足早に歩いていると、後ろから呼び止められた。

「刑事さん」

振り返ると綺羅の姿が見える。立ち止まって待っていると近づいてきた彼女が言った。

「お願いがあります。刑事さん、お時間もう少しよろしいでしょうか」

※

週に三、四日、沙羅は喫茶店でバイトをしている。以前は喫茶店とカラオケボックスのバイトをかけ持ちしていたが、最近では撮影会や動画配信サイトからの収入が安定しつつあるので、喫茶店のバイトに一本化した。それでもバイトを辞めることはできないと思っている。

今日はバイトの日だった。シフトは朝、昼、夜と分かれていて、今日は夜シフトなので午後六時から閉店時刻の午後十一時までの勤務だ。部屋のインターホンが鳴ったのは午後五時のことだった。インターホンの画面には男の姿が映っている。昼過ぎに来た刑事の一人だ。

「吉住さん、池袋署の神崎です。少しお時間よろしいでしょうか」

誰かが私のことを付け回している、そういう通報が池袋署にあったという話だった。何か進展があったのだろうか。まだ出勤まで時間があるので、沙羅はロックを解除してドアを開けた。

神崎の後ろにいる女性の姿を見て、沙羅は言葉を失った。

「お姉ちゃん、どうして……」

姉の綺羅だ。まともに顔を合わせるのは四年振りだ。落ち着いたグレーのスーツに身を包んでいる。三歳年上の姉は子供の頃から成績がよく、父と同じ早稲田《わせだ》の教育学部に進学した。私のような落ちこぼれとは違い、優秀な姉だった。

「吉住さん」池袋署の神崎が言う。「判明した事実をお伝えします。ここ数日、あなたは探偵により監視されていました。それを依頼していたのはお姉さんの綺羅さんです」

「探偵？　何で探偵なんか……意味わかんない」

　どういうことなのだ。疑問が頭の中を駆け巡る。沙羅の心中を察したように神崎が声をかけてきた。

「沙羅さん、落ち着いてください。これには理由があります。ご家族の問題はご家族で話し合われるのが一番であり、お姉さんもそれを望んでおいでです。中にお邪魔してよろしいですか？」

　ここで話していると周囲の住人に聞こえる可能性があった。沙羅は二人を中に招き入れることにする。最初にリビングに入ってきたのは姉の綺羅だ。物珍しげな顔つきで室内を見ている。神崎はリビングの入り口に立っていた。沙羅は激しい口調で言った。

「お姉ちゃん、どういうこと？　なぜ探偵なんかに素行調査を依頼したのよ。マジ意味わかんない。私のことなんて放っておいてよ」

「沙羅、落ち着いて。私の話を……」

「関係ないじゃん。私が何をしようがお姉ちゃんには関係ないでしょ」

「違うのよ、沙羅。お父さんの具合が悪いの」

父の幸雄。幼い頃から父には可愛がってもらった。しかし沙羅が小学生に上がった頃から勉強のできる姉と比較され、あれこれ注意されるようになった。お姉ちゃんを見習ってもっと勉強しなさい。お姉ちゃんはできるのにどうしてお前はできないんだ。小言を言われているうちに、いつしか父のことが嫌いになり、距離を置くようになっていた。中学、高校の頃には父とまともに会話をした記憶もない。

「具合が悪いってどういうこと？　別に死んじゃうわけじゃないんでしょ」

綺羅は答えなかった。沙羅は重ねて訊く。

「そ、そんなに悪いの？」

最近は会ってないが、一応姉妹なのだ。その表情だけ見れば姉の胸の内は想像できる。

「肝硬変、だそうです」神崎が口を開いた。「かなり危険な状態にあるようですね。完治のためには肝臓移植しかないそうです。いわゆる生体肝移植というやつです。肝臓の提供者にはさまざまな条件がありますが、血縁関係にある方でないといけません」

肝硬変。聞いたことはある。高校のときの同級生のお父さんが肝硬変で死んだことを思い出した。

「お母さんは駄目なの。血液型が合わないみたい」沈んだ声で綺羅が話し出す。「私が提供したいんだけど、実は私、妊娠してるの。来月には籍を入れようと思ってる。何人か当たってみたんだけど全員に断られちゃって……。頼れるのはあなたしかいないのよ、沙羅」

父が親戚中からあまり好意的に思われていないのは沙羅もよく知っている。強引な性格で煙たがられているのだ。しかしだからと言って……。

「お姉ちゃん、今さら何言ってるの？　四年間も放っておいて、いきなり現れたと思ったら、肝臓を寄越せですって。どうかしてるよ、お姉ちゃん」

　コスプレイヤーになりたい。そう父に告げたのは四年前だ。しかし父は笑ってとり合ってくれなかった。冷淡な笑みを浮かべ、父は言った。コスプレイヤー？　好きにしたらいい。その代わりお前はもうこの家の人間じゃない。

　そして沙羅は実家を飛び出した。今はそれなりの収入を得ているが、最初の一年間は苦労した。一日一食なんて当たり前だったし、風俗の仕事をしようと面接に行って寸前で逃げてきたこともある。それを今になって肝臓を提供してくれなんて、虫がいいにもほどがある。

「勝手なのは私もわかってる」綺羅が口を開く。妊娠しているらしいが、まだお腹に膨らみはない。「でもあなたしかいないのよ。お父さんを救えるのはあなただけなの。今、お父さんが死んだら困るの」

　父は今年で六十歳になる。まだ死ぬには早い年齢だと思う。父がいなくなったら予備校の経営が暗礁に乗り上げるのは理解できた。が、だからといっていきなり訪れて肝臓のドナーになってくれと言われても困る。ようやくコスプレイヤーの収入も安定してきた時期だ。以前は自分から売り込む必要があったが、今では主催者側からイベント参加の打診が来るようになった。ここで休んでしまうとせっかく積み重ねたものが無に帰してしまう。

　沙羅の胸中を察したかのように綺羅が言う。

「別に今すぐ移植してくれとは言わないわ。まずはお父さんに会って、それから検査だけでも受けてほしいの。お父さん、今は通院で治療してるけど、いつ再入院になってもおかしくない状況だから」

まずは仲直りをして、それから適合するかどうかの検査を受けろということだ。姉の気持ちもわかるが、こちらにもこちらの事情がある。

「お姉ちゃん、悪いけど私には無理。移植に同意するつもりもないし、お父さんと仲直りもできない」

「あんた、もう二十四歳でしょ。いつまでコスプレなんてやってるのよ。もうそろそろいい加減……」

「お姉ちゃんに何がわかるのよ」遮るように沙羅は言った。「私はいっつもお姉ちゃんと比較されて生きてきた。お父さんはいつもお姉ちゃんの味方だった。出来のいいお姉ちゃんに、出来損ないの私の気持ちなんて理解できるわけはない」

「あ、あんた……」

綺羅はそう言ったきり絶句した。言い過ぎた、と思ったが発してしまった言葉は撤回できなかった。ずっと黙っていた神崎が口を挟んでくる。その口調は冷静なものだった。

「お二人とも頭に血が昇っているようですね。ここは頭を冷やした方がいいでしょう。綺羅さん、今日のところはこのあたりで」

綺羅の顔は青ざめている。かなりショックを受けたときに見せる姉の表情だった。姉は神崎の言葉に従い、こちらに挨拶もせずにリビングから出ていった。

「これで失礼します。どうしても妹と話をしたい。お姉さんはそうおっしゃられて、私に同行を依頼されました。お姉さんの気持ちもお考えになった方がよろしいかと思います。ではこれにて」

神崎もリビングから出ていった。沙羅はその場に座り込み、大きく息を吐いた。そろそろバイトに行かなければならない時間だが、体が鉛《なまり》のように重かった。

※

翌日、神崎は一人、署のデスクで報告書作りに専念していた。今日も強行犯係の刑事は神崎以外は全員が出払っている。黒木も個人的な捜査で席を空けていた。例のシングルマザー殺害事件は特に進展がないようだった。

吉住姉妹のことは気になっていた。昨日の夕方の話し合いも物別れに終わっているが、刑事という立場上、これ以上は何もしてあげることができないのが現実だ。

昼になり、コンビニで買ってきた弁当を食べようとしたところで内線電話が鳴り、来客を告げられる。昨日も来た森島哲郎という男だった。

「刑事さん、どうなりましたか？　昨日の話」

一階に降りていくと森島がいきなり訊いてくる。神崎は苦笑しながら答えた。

「どうにもなってないよ。わざわざそれを訊きに来たのかい？」

「ええ、暇なので」

沙羅の熱狂的なファンであり、一年ほど前にストーカー行為をして池袋署の生活安全課から注意を受けた男だ。ただしこの男の場合、さほど危険はなさそうな気がする。沙羅に対して暴力行為を働くとか、そういった直接的な危害を加えることはなさそうだと神崎は勝手に感じていた。

「刑事さん、本当に大丈夫ですか？　彼女、元気なさそうでしたよ」

「会ったのか？」

「昨日の夜、バイト先で」

森島がこともなげに言った。厳重注意を受けても懲りていないらしい。聞くと彼女は東口のサンシャイン通りにある喫茶店でバイトをしているという。

「君、彼女への接触は禁じられているんじゃないか。それに彼女だって嫌がるだろ」

「大丈夫です。変装してるんで」

「そういう問題じゃない」

「刑事さん、沙羅は本当にトップクラスのレイヤーなんですって。去年のハロウィンのときだって……」

沙羅がいかに凄いコスプレイヤーなのか。それを森島は力説する。最終的には自分のスマートフォンを出し、沙羅の画像を見せてきた。

「どうです？　神《かみ》ってません？」

「奇跡の一枚、だろ」

「刑事さん、知ってるなら言ってくださいよ」

彼女のブレイクの引き金になったという一枚だ。どこかの路上でのイベントだろうか。沙羅は決めポーズをしているわけではなく、単に路上に佇んでいるだけだ。しかしどこか超然とした存在感があり、彼女の美貌が一際《ひときわ》引き立っている。この画像がネットニュースに流れ、彼女の撮影会にも人が訪れるようになり、テレビ出演のきっかけにもなったらしい。

「とにかく君、彼女に危険が及ぶことはない。だから君も必要以上に彼女の周りをうろつかないでくれ」

「危険が及ばないって、どうして刑事さんに言い切れるんですか？」

「捜査をしたからだ。その結果、そういう判断に辿り着いた」

「詳細を教えてくださいよ」

「教えるわけにはいかん」

押し問答が続く。森島のしつこさに辟易していると、胸の内ポケットの中でスマートフォンが震え始めた。出して画面を見ると黒木から着信が入っている。「すまない」と断ってからその場を離れ、スマートフォンを耳に当てた。

「もしもし」

「俺だ。今、どこだ？」

「署に決まってるだろ。お前こそどこで油を売ってるんだよ」

「捜査だよ、捜査。面白いもんを見せてやるからすぐに来てくれ」

「黒木、今は……」

お構いなしといった具合に黒木は一方的に喋り、通話を切った。黒木が指定してきたのは渋谷区内にある大学病院だった。何やら背後で森島が喚《わめ》いていたが、神崎はそれを無視して署から出た。

※

沙羅はスマートフォンの地図アプリを見ながら歩いている。そろそろ目的地だ。大きな病院だった。沙羅も知っている有名私立大学の大学病院だった。前庭とでも言えばいいのだろうか。正面玄関前にはまるで一流ホテルのような小綺麗な庭があり、そこには散歩をしている患者の姿もある。沙羅が歩いていると、遠くから自分を呼ぶ声が聞こえた。

「沙羅、こっちだ」

声がした方を向くと黒木が立っていた。噴水の近くにあるベンチだ。ベンチには姉の綺羅も座っている。そしてもう一人、見知らぬ男の姿もあった。姉とは昨日、喧嘩別れのような形で終わっていたので気まずかった。向こうも同じのようで、沙羅が近づいていくと、姉の綺羅も居心地《いごこち》が悪そうにあらぬ方に目を向けていた。

「お、来たみたいだな」

池袋署の神崎がこちらに向かって歩いてくる。神崎は黒木のもとに近づき、その耳元で言った。

「おい、黒木。こんなところに呼び出してどうするつもりだ。何を企んでる？」

「そのうちわかる。ここにこの二人の父親、吉住幸雄氏が入院している」

それを聞き、沙羅は病院の建物を見上げた。外壁を補修中なのか足場のようなもので覆われている。父は通院して治療をおこなっていると昨日の段階では聞いていた。補足するかのように姉の綺羅が言った。

「昨日の夜、急に具合が悪くなって今朝病院に行ったの。しばらく入院することになった。今はお母さんが付き添ってる」

それほどまでに父の具合はよくないということか。でもだからと言って肝臓の移植に軽々しく同意することはできない。もちろん父には助かってほしい。だが私には私の人生というものがある。

「大体の事情は聞いてるぜ」黒木が話し出した。「いきなり肝臓をくれと言われても沙羅だって困るに決まってるよな。彼女は今、ブレイクしてるからな。今後もイベントに出ればオタクどもから注目されるだろうし、動画配信サイトの登録者も増えていくことだろう。でもな沙羅」いったん黒木はそこで言葉を切り、沙羅の目を見て続けた。「お前が夢を追いたい気持ちは俺にもわかる。だがコスプレイヤーという仕事自体、そうそう長続きするもんじゃない。専業で活躍できてるレイヤーなんて稀だ」

それは沙羅もわかっている。多くの者が別に仕事を持ち、コスプレはあくまでも趣味の一環としているレイヤーが圧倒的多数を占めている。レイヤーの仕事だけで食べていけるのは全国でほんの数人ではないだろうか。

「それに年齢の問題もある。一生続ける仕事じゃないだろ。二十代のうちだけじゃないか」

沙羅自身、一生続ける仕事ではないことは百も承知しているが、ではほかに何をやりたいかと問われると、やりたい仕事が見つからないのが現実だった。

「じゃあ黒ちゃん、いや黒木さんは私にどうしろって言うの？　お父さんと仲直りして肝臓のドナーになればいいってわけ？」

黒木は答えずに、隣に立っている男の肩に手を置いた。見たことがない男だ。ジーンズにシャツといった軽装だ。頭の上に眼鏡を載せている。

「こちらは森岳斗《もりがくと》氏だ。森さんはプロのカメラマンだ。ファッション誌と契約していて、過去にはパリコレの写真を撮ったことがある実力派だ」

「どうも」

森が頭を下げる。たしかに業界関係者っぽい感じは伝わってきた。両方の手にはいくつかのごつい指輪が嵌められている。

「一年半ほど前、彼のもとにオファーがあった。あるコスプレイヤーの写真を撮ってくれという依頼だ。できるだけ美しく撮ってほしい。依頼人はそう言ったようだ。間違いないですね。

郵便はがき

料金受取人払郵便

小石川局承認

1025

差出有効期間
2021年12月
31日まで

112-8731

〈受取人〉
東京都文京区
音羽二―一二―二一
講談社
文芸第二出版部 行

書名をお書きください。［　　　　　　　　］

この本の感想、著者へのメッセージをご自由にご記入ください。

［　　　　　　　　］

おすまいの都道府県 ……………………　性別　男　女

年齢　10代　20代　30代　40代　50代　60代　70代　80代～

頂戴したご意見・ご感想を、小社ホームページ・新聞宣伝・書籍帯・販促物などに
使用させていただいてもよろしいでしょうか。　はい（承諾します）　いいえ（承諾しません）

TY 000044-1910

ご購読ありがとうございます。
今後の出版企画の参考にさせていただくため、
アンケートへのご協力のほど、よろしくお願いいたします。

■ Q1 この本をどこでお知りになりましたか。

1 書店で本をみて

2 新聞、雑誌、フリーペーパー 〔誌名・紙名 〕

3 テレビ、ラジオ 〔番組名 〕

4 ネット書店 〔書店名 〕

5 Webサイト 〔サイト名 〕

6 携帯サイト 〔サイト名 〕

7 メールマガジン　8 人にすすめられて　9 講談社のサイト

10 その他 〔 〕

■ Q2 購入された動機を教えてください。〔複数可〕

1 著者が好き　2 気になるタイトル　3 装丁が好き

4 気になるテーマ　5 読んで面白そうだった　6 話題になっていた

7 好きなジャンルだから

8 その他 〔 〕

■ Q3 好きな作家を教えてください。〔複数可〕

〔 〕

■ Q4 今後どんなテーマの小説を読んでみたいですか。

〔 〕

住所

氏名　　電話番号

ご記入いただいた個人情報は、この企画の目的以外には使用いたしません。

森さん」

黒木に念を押され、森は答える。

「うん、間違いないね。俺はほかにも仕事を抱えていたし、本当は断りたかったんだけど、破格のギャラに釣られて仕事を受けた。そしてそこにいるお嬢さんが出てるイベント会場に行き、写真を撮った。そして会心《かいしん》の一枚を依頼主に渡したんだ」

「今日はその写真を特別に用意してもらった。これだ」

黒木はそう言ってプリントされた大判サイズの写真を皆に見せるように前に出した。例の奇跡の写真と言われる一枚だった。沙羅の人気に火がついたきっかけとなる、運命を変えた写真でもある。この写真がなかったら今でも沙羅はバイトに明け暮れていたはずだ。

「いい写真だ。俺が見てもそう思う。でもまあ、プロが撮ったとわかれば納得だよな。いや沙羅、誤解するなよ。被写体がいいのは間違いない。それにプロの手が加わればこれだけの写真が撮れるってことだ」

つまりネットに拡散したのはプロのカメラマンが撮った写真というわけだ。問題は依頼人だ。森に仕事を依頼した人物がネットにあの画像を拡散させた張本人。そう考えるのが自然だった。

「森さん、あんたに仕事を依頼した人物が誰か、教えてもらえるかな」

黒木がそう言うと、森はうなずきながら答えた。

「吉住幸雄さん。領収書も残ってるから間違いないね」

どうして父が……プロのカメラマンに写真を撮るように依頼したのだろうか。沙羅はまったくその動機に心当たりはなかった。

「親の心子知らず。まったくその通りだな」黒木が言った。「四年前、沙羅は実家を飛び出した。コスプレイヤーになると言ったところ、父親に反対されたんだったな。沙羅は池袋に住む友人のもとに転がり込み、以来池袋の住人になった」

最初にお世話になったのは短大時代の友達で、そこに厄介になっていたのは二ヵ月くらいだ。何とかバイトをしてお金を貯め、敷金と礼金のかからない安いアパートに住むようになった。お風呂もなく、トイレも共同の安アパートだった。

最初の一年間が一番生活が厳しかった。慣れないバイトが大変で、何度も高収入のバイト――つまり風俗関係のバイトをしようかと心が動いたが、一年ほど経つとようやく生活も軌道に乗ってきた。いくつかのイベントに参加して仲間ができたのも大きかった。黒木と出会ったのもちょうどその頃だ。友達の誘いで二ヵ月間ほど働いたガールズバーで黒木と出会ったのだ。

「コスプレイヤーになる。そう勢いよく宣言して家を飛び出していったお前を、親父さんは陰から見守っていた。早い段階でお前の自宅を突き止めていたんだ。親父さんは定期的に探偵を雇い、お前の最新の情報を常に確認していた」

撮影会を開催しても、来てくれるのはいつもと同じ四、五人の常連客。イベントに参加してもあまり注目されない。動画配信サービスを始めてみても再生回数は一桁《ひとけた》台。そんな日々が長く続いた。

「娘を応援したい。父親だったら誰しもそう思うよな。沙羅の親父さんもそうだったはずだ。一度は娘を突き放したが、心の底では応援していた。なかなか芽が出ない娘を見て、親父さんは妙案を思いつく。プロのカメラマンに撮影を依頼し、その写真を素人が撮ったかのようにSNSを使ってネットにアップさせるんだ。おそらく記事を書いたライターにも親父さんの息がかかっていたんだろうな」

その当時、沙羅はカラオケボックスでバイト中だった。休憩中にスマートフォンを見ると友達からメッセージが入っていて、その記事へのリンクが貼ってあった。『奇跡の美少女コスプレイヤーの素顔』と題された記事で、例の画像と一緒に沙羅のことが紹介されていたのだ。

「反響はでかかった。親父さんが想像していた以上だったんじゃないか。俺も当時のことは憶えてるぜ。嬉しく思ったものだが、素人が撮ったにしちゃあやけにうまく撮れてんなとも思った。それが頭の隅に引っかかってたから、昨日伝手を頼って調べてみて、カメラマンの森さんに辿り着いたってわけだ」

森というカメラマンがにっこりと笑って沙羅に向けて頭を下げる。黒木が続けて言った。

「いいか、沙羅。今あるお前の成功は親父さんのお陰だ。もちろんお前の努力によるものもあるだろうけどな。親父さんはお前の成功を誰より願ってた。お前をずっと陰から応援してたんだ。沙羅が参加するイベントをこっそり覗いていたこともあるだろう。いや、あったに決まってる。もしかするとお前の一番のファンは親父さんだったかもしれない」

あの人が……お父さんが、私を見守ってくれていた。いや、それだけじゃない。あの奇跡の一枚を世に広めてくれたのはお父さんなのだ。あれがなければ今頃私はレイヤーを辞めていた可能性もある。

「お姉さんはこのことを知っていたのか？」

黒木に訊かれ、姉の綺羅が答えた。

「知りませんでした。父は沙羅のことをまったく気にしていなかったというか、たまに話題になっても父だけは黙りこくっていたので。でも実は父は妹のことをずっと気にかけていたのかもしれません」

「というと？」

「うちの予備校は年々生徒数が減ってきています。そんな中、父は二年前から新規事業として幼児や小学生向けの英会話教室を始めました。幹部の中には反対する声もあったのですが、それを押し切って強引にスタートさせたんです。当時は不思議だったのですが、今思えば妹は昔から子供が好きで、それに英語だけは得意でした」

勉強は苦手だったが、英語は好きでよく勉強していた。高校生の頃にオーストラリアに一ヵ月間ホームステイしたこともある。

「いつ妹が戻ってきてもいいように、父は英会話教室の事業を始めたのかもしれません。今まではそんなことをおくびにも出さなかった父ですが、父なりに妹の将来を心配していたんでしょうね」

沙羅は再び病院の建物を見上げた。沙羅の中で父の幸雄はエネルギッシュなイメージしかなく、病に侵されているとは到底信じ難い。あの父が今、この病院のどこかの病室にいるのだ。そう思うと複雑な思いが込み上げてくる。

「俺たちは刑事だ」黒木も同じように病院の建物を見上げて言った。「事件を捜査するのが仕事で、家族の問題に踏み入るのは業務外だ。でもな、沙羅。別にドナーになれとは言わないが、ずっとお前のことを見守り続けてくれた親父さんを見舞ってやるくらいのことはしてもいいんじゃないか」

黒木の言葉が胸の中にすうっと入ってきた。沙羅は姉に向かって頭を下げた。

「……ごめん、お姉ちゃん。いろいろ酷いこと言っちゃって」

「いいのよ、沙羅。私も勝手だった。反省してる」

このまま帰るわけにはいかない。ドナーになるかどうかは別として、父とは一度しっかり話す必要がある。お礼も言わなければならないだろう。あの奇跡の一枚に対するお礼だ。

沙羅は病院の正面玄関に向かって歩き出した。足音が聞こえ、追いかけてきた姉の綺羅が隣に並ぶ。沙羅がうなずくと、姉も同じようにうなずいた。

もう言葉は要らなかった。姉と並び、沙羅は真っ直ぐ歩を進めた。

※

「じゃあ俺はこれで失礼します」

カメラマンの森が頭を下げながら立ち去っていく。吉住姉妹はすでに大学病院の正面玄関から中に入ったあとだった。神崎は黒木に訊いた。

「いつから知ってたんだ？　彼女の父親が関わっていたことを」

「さっきも言った通り、一年半前、奇跡の一枚がネットに出回ったとき、やけにいい写真だと思った。沙羅の奴、芸能事務所にでも入ったのかなと考えた。要するに事務所が仕組んだ記事ってことだ」

所属タレントを売り出すため、ライターに金を払って好意的な記事を書かせる。ありそうなことだ。

「その当時のことを思い出してな。あの奇跡の一枚を世に出した奴は何者なのか。それを改めて調べてみようと思ったわけだ」

「まったくお前の直感にはいつも驚かされる」

「だろ？　自分でもそう思うよ」

黒木は笑った。今回、事件らしい事件は起きていない。報告書に書くようなことは何もないし、池袋署の記録に残ることもない。しかし、沙羅にとって——彼女たち家族にとっては忘れられない出来事になるのではなかろうか。

「行くか、神崎」そう言って黒木が歩き始める。「渋谷まで来たんだ。せっかくだから旨いものでも食べていこう。そうだな、鰻《うなぎ》なんてどうだ？　旨い鰻を食わせる店を知ってるぜ」

「せっかくだから、の意味がわからん。俺たちは仕事中だぞ」

「頭が固い男だな」

　胸ポケットの中でスマートフォンが震えていた。係長の末長からだった。

「もしもし」

「神崎、今どこだ？」

「渋谷です」と神崎は答えた。「ある事件の裏づけ捜査です。黒木も一緒ですが、何か？」

「すぐに戻ってこい。お前たち二人もシングルマザー殺害の捜査本部に組み込まれることが決定した」

　例の事件は発生から四日も経過している。今になって捜査に加われとはどういう風の吹き回しだろう。しかし内心気持ちが高ぶっていた。あの事件は自分の事件だという自負が神崎にはあった。

「わかりました。三十分で戻ります」

「それとな、黒木に礼を言っておいてくれ」

「礼ですか？」

「言えばわかる」

通話は切れた。スマートフォンを胸のポケットに戻しながら黒木に言った。

「鰻は諦めてくれ。俺たちも捜査本部に組み込まれることが決まったらしい。署に戻るぞ」

「誰も頼んでねえよ、そんなこと」

「仕方ないだろ。上の命令なんだ。それと係長がお前に礼を言ってたぞ。心当たりはあるか」

「さあな」

そう言って黒木は笑った。まったくこの男は謎に満ちている。いつの間に係長に恩を売るようなことをしていたのだろうか。

「とにかく急ごう。飯はあとだ」

「鰻は諦めた。せめて蕎麦くらいはいいだろ。なあ、神崎」

最後にもう一度振り向き、大学病院の建物を見上げた。今頃、あの建物内のどこかの病室で、父と娘が約四年振りの再会を果たしていることだろう。

第五話　誤解

「ご職業は何をされておいでですか？」

目の前に座る女性に訊かれ、末長光一《こういち》はグラスのウーロン茶を一口飲んで答えた。

「ええと、会社員をしております」

「そうなんですか。どのような会社ですか？」

「警備関係、とでも申しましょうか」

末長は今年で四十五歳になる。いまだに独身だ。この年まで独身を貫《つらぬ》き通してきたのは特に理由があるわけでもなく、気がついたらこの年になっていたという感じだ。

二十代、三十代の頃はそれほど焦《あせ》りを感じなかった。むしろ独身を謳歌《おうか》していたと言っても過言ではない。好きなときに好きなことをして、食べたいものを食べたいときに食べる。遅くまで飲んで帰ろうが、誰にも文句を言われない生活を楽しんでいた。妻に対する愚痴《ぐち》をこぼす同僚に対し、優越感すら感じていた。上司が勧めてくる見合い話はすべて断り続けた。自由こそが正義。そう信じて疑うことはなかった。

今年の正月のことだった。千葉の実家に帰省したが、たまたま両親がスーパーの福引でバス旅行が当たったらしく、元日は一人実家で過ごすことになった。炬燵《こたつ》に入って日本酒をちびちび舐めるように飲みながら、末長は突如として漠然とした淋しさを感じた。両親が生きているうちはいい。しかしもし両親が死んでしまったら、俺は一人きりで生きていかなければならない。そう考えると気が遠くなる思いがした。

結婚しよう。そう決意した末長はお見合いパーティーに参加することにした。今年に入って十回以上はその手のパーティーに参加しているのだが、まだ結婚に繋がるような出会いはない。

「末長さんはご実家はどちらなんですか？」

「僕は千葉です。そちらは？」

「私は横浜です」

今日の会場は池袋にある洒落たダイニングレストランだ。貸し切り状態でおこなわれており、店内には盛装した男女がテーブルに向かい合う形で座っている。参加者全員と話せるタイプのパーティーで、五分間喋るとブザーが鳴り、別の女性と話すことになるのだった。今話している女性の胸にはプレートが留められていて、そこには『十九番　裕子《ゆうこ》』と書かれている。

「休みは土日ですか？」

「そうですね。基本的に土日です」

婚活をしていて迷うのが、自分が刑事であるのを明かすべきかどうかだ。世間一般に刑事という職業がどう思われているか、末長も何となく想像がつく。興味深い仕事かもしれないが、結婚相手としては敬遠したくなる職業の一つではなかろうか。そう思って末長は自分のプロフィールの職業欄には会社員もしくは公務員と記入することにしている。

「末長さんの趣味は何ですか？」

一番困る質問だ。末長には趣味と呼べるものが何一つない。もう二十年近く刑事畑にいるため、あれこれと忙殺されてプライベートは寝るか酒を飲むくらいだ。しかしそれを正直に言うわけにもいかないので、用意していた台詞を口にする。

「読書ですね」

「へえ、そうなんですか。どんなものをお読みになるんですか？」

「歴史小説が多いです」

「あ、奇遇《きぐう》ですね。私も歴史小説大好きです。司馬遼太郎《しばりょうたろう》とか」

今日も多くの女性と話してきたが、初めて共通の話題が出た。改めて目の前に座る裕子という女性を見る。ルックスも悪くない。名前は忘れてしまったが、数年前の朝ドラに出ていた女優に雰囲気が似ている。

「僕も司馬遼太郎は好きですね。若い頃によく読みました」

「私も。末長さんはお城とか好きですか？」

「城なら姫路城《ひめじじょう》が一番好きです」

「私、こないだ旅行で姫路に行ってきたばかりなんです。そういえば司馬遼太郎の作品、今度映画化されるみたいですよ」

「それなら知ってます。先週ニュースで見ました。たしかあの作品は……」

ブザーが鳴り、席替えの時間となる。せっかく会話が盛り上がってきたばかりだったから残念に思った。次の女性が最後だった。

「初めまして。僕は末長と申します。よろしくお願いします」

「こちらこそよろしくお願いします。私は……」

再び自己紹介から始める。実は手元に相手の女性のプロフィールが配られていて、それを見れば大抵のことがわかるのだが、仕事や出身地といった通り一遍の質問ばかりしてしまう。最後の女性とはそれほど会話が盛り上がらないまま、持ち時間が終了した。次はフリータイムとなるため、係員がテーブルを移動させていた。簡単な料理が運び込まれている。

マイクを持った司会者が前に出て、参加者に向かって告げた。

「それでは一時間のフリータイムとなります。皆さん、お楽しみください」

このフリータイムというやつが末長は苦手だった。自分から積極的に話しかけたりできないのだ。そもそもそういうことができる人間ならとっくの昔に結婚しているだろう。同じような男が多いので、誰もが尻込みしたように様子を窺っている。

末長はサンドウィッチを食べながらウーロン茶を飲んだ。実はこのレストランでの婚活パーティーは初めてではないので、サンドウィッチが一番旨いことを末長は知っている。勇気を振り絞った男が先陣を切って女性陣に話しかけてくれたお陰で、徐々に男女で話す姿が目立つようになっていた。

「さきほどはどうも」

振り返ると一人の女性が立っていた。歴史小説の話で盛り上がった彼女だった。十九番の裕子さんだ。こいつは嬉しい。末長はウーロン茶のグラスを手に彼女に訊く。

「何をお飲みになっているんですか？」

「ビールです。私、ビール派なんで」

「じゃあ僕もビールにしようかな」

そう言ってドリンクバーの方を見たとき、懐の中でスマートフォンが震えた。何だか嫌な予感がした。時刻は午後十時を過ぎていた。このパーティーは十一時で終了だ。

「もしもし」

「夜分遅くすみません。神崎です」

強行犯係の部下だった。優秀な刑事だが、ともすれば生真面目《きまじめ》に過ぎる部分がある男だ。こうと言ったら曲げない頑固な部分があり、お調子者の黒木とは対照的な刑事だ。

「西池袋で殺しです。被害者は二十代の女性。幼児も一緒ですが、こちらは外傷もなく無事です」

遺体を発見したのは神崎のようだった。ストーカー相談を受けた女性から神崎のもとに連絡があったという。隣の部屋の様子が気になり、神崎を頼ってきたとの話だった。

池袋は繁華街であるため、連日のように酔っ払いによる喧嘩や窃盗被害などの事件が発生する。そのたびに呼ばれていては体がもたず、当番制で宿直の刑事が決められている。宿直には連絡済みのようだが殺人となると話が別だ。行かないわけにいかないだろう。

「わかった。すぐに向かう」

末長は通話を切り、右手に持っていたグラスをテーブルの上に置いた。そして目の前にいる女性に頭を下げる。

「すみません。ちょっと仕事が入ってしまいました。失礼します」

もしかしたらこの女性が運命の人なのかもしれない。そんな思いが頭をかすめたが、もしそうならこんな邪魔は入ったりしないだろう。自分にそう言い聞かせて、末長は会場をあとにした。

※

寝つけない夜だった。若田部篤はベッドの上で寝返りを打った。隣には妻の佳子《よしこ》が眠っている。その向こうには娘の聡子《さとこ》が寝息を立てていた。

娘の聡子は今年で六歳になり、自分のベッドを買ってやったのだが、一人が淋しいのか、やはりこうして両親の寝ているベッドに来てしまうのだ。口には決して出せないが、こんなことになるなら子供用のベッドではなく、俺用のシングルベッドを買うべきだったなと若田部は内心思っている。

枕元のスマートフォンを持ち、若田部はベッドから下りた。寝室を出てキッチンに向かう。

冷蔵庫からパックの牛乳を出し、それをコップに注いで飲んだ。

　若田部は警視庁捜査一課の刑事だ。捜査一課は各係での当番制になっていて、今夜もし事件が発生したら若田部たちの係が担当となることが決まっていた。こういう夜はあまり眠れない。有事の場合に備えてアルコールも飲まないことにしている。

　スマートフォンが震えたので、若田部はやや緊張してから画面を見た。先輩刑事からだった。すぐにスマートフォンを耳に当てる。

「若田部です」

「俺だ。池袋で殺しらしい。十分後に下に集合だ」

「わかりました」

　すぐに若田部は準備にとりかかる。こういう場合に備えて着替えなどは寝室ではなくてリビングにある。三分ほどで身支度を整えた。

　佳子が起きてくる気配はない。おそらく気づいてはいるはずだが、ここ最近は若田部を見送るような真似はしなくなっていた。夫婦仲が悪くなったというより、旦那の行動に無頓着《むとんちゃく》になったという方が正解だろう。娘中心の生活になり、たまに夫婦の会話があったとしても話題は娘のことばかりだ。仕事の話など家庭では絶対にしなくなった。

　まだ時間はある。テーブルの上に置かれたカゴからバナナをとり、それをものの一分で平らげる。まだ時間はあるが、若田部は靴を履いて外に出た。エレベーターで一階に降りる。若田部が住んでいるのは警視庁の官舎だ。結婚を機に移り住んだので、もう八年近く住んでいることになる。

エントランスを出たところに一台の覆面パトカーがすでに停まっている。運転席に一人の男が座っているのが見えた。若田部は助手席に乗って運転席の男に声をかけた。

「おはよう」

「おはようございます」

運転席の男は係で一番の若手だった。以前は若田部が運転手役をしていたのだが、いつしか後輩ができて役を譲った。

後部座席のドアが開き、二人の同僚刑事が続けて乗り込んできた。挨拶を交わしてから覆面パトカーが発進する。パトカーの中の会話はさして普段と変わりがない。巨人が勝ったとか、競馬で負けたとか、そんな他愛もない話をしながら現場へと急行する。

現場に到着したのは深夜零時過ぎだった。西池袋にある二階建て木造アパートが現場となっていた。すでに池袋署の鑑識職員が現場を調べ始めているようだ。

ほどなくしてもう一台の覆面パトカーも到着し、係員が全員現場に集まった。アパートの前に集合する。その中心にいるのは係長だ。

「よし、集まったな。被害者は木原希実、二十五歳の女性。側頭部に鈍器のようなもので殴られた形跡があるようだ。詳しくは司法解剖の結果を待ってからだな。池袋署の係長さんから遺体発見時の説明がある。末長さん、よろしいですか」

係長が声をかけると一人の刑事がこちらに向かってやってきた。四十代くらいの男だった。

刑事にしては凡庸な感じの男だ。男が説明を始める。

「強行犯係の末長です。午後十時前、うちの捜査員のもとにこのアパートに住む女性から連絡がありました。その女性はストーカー相談に訪れた関係でうちの捜査員と面識があったようです。隣の部屋で女の子が泣いている。その通報を受け、私の部下は現場に向かったようです」

若田部の隣にいた同僚が失笑を洩らす。所轄は大変だな。そんなことを言いたげな笑いだった。捜査で知り合った女性から連絡があり、隣の部屋で子供が泣いているという理由でわざわざ現場を確認する。駆けつけた刑事はよほどのお人好しか、もしくは生真面目な男だろう。

「玄関の鍵は閉まっていたようです。中から幼児が開けたため、駆けつけた私の部下は室内に入り、そこで遺体を発見しました」

鍵は犯人が持ち去ったのだろうか。いずれにしても今は初動捜査が肝心だ。主に近隣住人の目撃情報を拾い集めるのが優先事項となる。現場から逃げ去った不審人物が浮上すれば、一気に事件解決に近づいていく。

「ありがとうございました」うちの係長が末長に礼を言ってから係員に向かって言った。「まずは現場を見よう。それから周辺地域の聞き込みと被害者の交友関係の特定作業だ。行くぞ」

「はい」

声を揃えて返事をし、若田部らはアパートの外階段を上った。ポケットから出した白手袋を嵌めていると、背後で係長と末長が話している声が耳に入った。

「遺体を発見した捜査員ですが、彼からもう少し詳しい話を聞いてみたいですね。今はどちらに？」

「神崎は聞き込みに行ってます。あとでこちらに顔を出すように伝えておきますよ」

「そうしてくれると助かります」

神崎。神崎隆一巡査長のことだろう。池袋署の管轄で事件が起きたと知ったときから、半ばこういうこともあるのではないかと頭の隅で思っていた。神崎がいるということは、あの男もおそらく一緒に違いない。

「あ、すみません」

考えごとをしていたせいか、前を歩く先輩刑事の靴を蹴ってしまい、若田部は小声で謝った。


子供の頃から何をやっても二番だった。勉強でも運動でもクラスで一番になったことはほとんどない。クラス対抗のリレーや合唱コンクールでさえ、若田部のクラスは常に二位だった。

警察官を目指したのは伯父《おじ》の影響だ。伯父は神奈川県警に勤めている刑事であり、結婚式や葬式といった冠婚葬祭のときくらいしか顔を合わせなかったが、いつも背筋がぴしっと伸びていて格好よかった。たまにしか会わないことが、余計に憧れの念を強くした。将来は警察官になり、いつか伯父みたいな刑事になろう。そう胸に誓ったのは小学校高学年の頃だった。

都内の私立大学の法学部に進学し、四年生のときに警察官採用試験を受験し、見事に合格。警視庁に入ることが決まった。

大卒の場合、六ヵ月間にわたり警察学校で研修を受けることになっている。座学だけではなく逮捕術などの実践的な授業もあり、全員が入寮して文字通り寝食をともにする生活を送るのだ。

法学部出身ということもあり、大学で学んだことを活かせばかなりの成績を上げることができるのではないか。そう思って猛勉強をしたが、教場でも一番を獲ることはできなかった。神崎隆一。それが若田部がどうしても勝てなかった男の名前だ。

神崎は優秀な男で、さらに人望もあるという、優等生を絵に描いたような男だった。しかし若田部の教場にはある意味神崎より目立つ男がいた。その男こそ黒木賢司《けんじ》だ。

まったくもって警察官らしくない男だった。常にふざけた言動を繰り返し、まるでコメディアンのようでもあった。ただし意外に頭は切れ、たまに周囲を唸らせるようなことを言ったかと思うと、次の瞬間にはギャグを言っているような、何とも摑みどころのない男だった。

優等生の神崎と、おちゃらけた黒木。対照的な二人だったが、これが馬が合ったようで、二人で話している場面をよく見かけた。神崎と黒木。この二人の存在が若田部の教場のシンボル、サッカーでいえばツートップのようなものだった。あの二人に任せておけば大丈夫だ。そんな安心感もあった。

あっという間に警察学校での研修期間は終了し、それぞれが別の配属先に散り散りになった。警察学校は成績の差はあるにせよ、全員が同期という平等の立場だった。しかし配属された先では違う。警察社会というピラミッドの最下層に組み込まれ、日々の業務がスタートして初めて、自分がどれだけ無力か痛感させられるのだ。

若田部が最初に配属されたのは大井署の地域課だった。大井町駅近くの交番に配属され、右も左もわからぬままに働く日々だった。肉体的には疲れ果て、精神的にも摩耗した。

非番の日になると先輩に麻雀に誘われた。休みの日まで先輩にこき使われたくない。ある日、仮病を口実に麻雀を断り、部屋を抜け出した。自宅近辺にいては先輩に遭遇する恐れがある。電車に乗った若田部は一駅先の品川駅に降り立った。

たった一駅違うだけだが、品川駅を行き交う人々はどことなく垢抜けているように見えた。建物も洗練されているような気がした。いざ品川まで足を伸ばしてみたはいいものの、行く場所に心当たりはない。ふらふらと歩き出したところ、いきなり声をかけられた。

「おい、若田部じゃねえか」

振り返るとそこに立っていたのは警察学校時代の同期、黒木だった。そういえば、と若田部は思い出していた。たしか黒木は品川署に配属されていたはずだ。

「そうか。お前、大井だったな。だったらもっと早く俺に挨拶に来るべきだったんじゃないか」

冗談めかして黒木が言う。黒木も私服だった。といっても上下揃ったスーツを着ていた。ノーネクタイだ。私服姿ということは非番なのだろう。黒木も若田部と同じく地域課、つまり交番に勤務しているはずだ。

「ちょうどよかった。ホテルバイキングの割引券を持ってるんだ。どうせ暇だろ。一緒に行こうぜ」

黒木はこちらの意思を確かめることもせず、颯爽《さっそう》と駅の構内を歩き出した。

※

末長はホットコーヒーとサンドウィッチを買った。朝のカフェは八割方席が埋まっている。ほぼ徹夜だった。昨夜発生した西池袋のシングルマザー殺害事件は、案の定池袋署に捜査本部が置かれることになり、その準備に奔走していたのだ。会議室の準備なども終わり、あとは午前十時からの捜査会議を待つのみとなった。ようやく息をつくことができ、末長は署を出て近くにあるカフェに足を運んだのだ。

「係長、こっちです」

トレイを持った末長に声をかけてきた男がいる。顔を向けると一番奥のテーブル席で部下の黒木が手を上げていた。

「いやあ係長。忙しくなりそうですね」

まるで他人事のように黒木は言った。今日も刑事らしくないファッショナブルなスーツに身を包んでいる。刑事らしくないのは格好だけではなく、その行動も目に余るほどに逸脱している。しかし強行犯係でもっとも事件解決に貢献しているのがこの黒木という男だった。

「それで係長、昨日の婚活パーティーはどうでした？」

昨日、パーティーに参加する前、署のトイレで髪型を整えていたところを黒木に見つかってしまい、仕方なく事情を話したのだ。

「途中で抜け出してきた。神崎から電話があったものでな」

「そんなの無視しちゃえばよかったのに」

「そういうわけにはいかんだろ」

「いい子いたんですか？」

いい子、というには年齢が多少行き過ぎた感はあったが、最後から二番目に話した女性は話が合うような気がした。これまで何度も婚活パーティーに参加したが、一切収穫がないまま終わったこともある。末長は手短に昨夜のパーティーの様子を黒木に話した。

「へえ、そいつは残念なことをしましたね。ちなみにその子から名前や連絡先、教えてもらったんですか？」

「残念ながらそんな時間はなかった。十九番という番号と下の名前しか覚えていないんだ」

「出会いってやつは大事ですよ。係長、その婚活パーティーですけど、ネットで応募したんですか？」

「そうだ」

「運営会社の連絡先、教えてもらっていいですか？」

末長はスマートフォンを出し、応募したときの確認メールを黒木に見せた。すると黒木は突然スマートフォンを出し、電話をかけ始めた。

「朝から申し訳ありません。私、池袋警察署の黒木と申します。実はですね、昨夜西池袋で殺人事件があったのはご存じですか？　……そうですか、ご存じありませんか。実はですね、事件の捜査の関係で、昨夜そちらが主催されていたパーティーに参加していた女性の連絡先を知りたいのです」

「おい、黒木。お前……」

末長がそう口を挟もうとしたが、黒木は勝手に話を進めてしまう。

「十九番だったと思います。……そうです。名前と連絡先だけでも教えていただけたら。……はい。よろしくお願いします」

通話を切った黒木がカップを持ってコーヒーを口にした。末長は言った。

「黒木、職権乱用だぞ。さすがにやり過ぎだ」

「俺が勝手にやったことなんで係長はお気になさらずに」

何食わぬ顔をして黒木は言う。自分勝手に生きているようでもあり、実はこの黒木という男、周囲の者たちに気を配っている節がある。だから同じ強行犯係の面々も黒木に対しては妙に甘い。

「あ、係長。着信入ってますよ」

テーブルの上に置いた末長のスマートフォンが震えていた。かけてきた相手は刑事課の課長だった。末長の直属の上司である。おそらく捜査本部に関することだろう。

「はい、末長です」

「係長、さきほど一課から連絡があった」

背筋を伸ばす。何か至らない点でもあったのだろうか。捜査本部を設置するというのは所轄にとっては腕の見せどころ、粗相は許されない仕事の一つだった。警視庁からも管理官などのお偉方もやってくるため、所轄は気を遣いっ放しになる。

「人員配置の件だ」電話の向こうで課長が言う。「お前んとこの神崎と黒木、この二人を捜査本部から外すようにお達しが来た。わかりましたと答えておいたが、あの二人、また何かしでかしたのか？」

当の本人は呑気な顔をしてスポーツ新聞に視線を落としている。末長は答えた。

「特に問題を起こしてはいないと思いますが」

「そうか。だが一課の注文に口を挟むわけにはいかないからな。二人にはお前から伝えておいてくれ」

「わかりました」

通話を切り、今の電話の内容を黒木に伝えた。すると黒木は笑って言う。

「心当たりはないっすよ。でも光栄ですね。俺と神崎の名前が捜査一課にまで知れ渡っているわけですから」

「そういう問題じゃないだろ」

「俺と神崎は大人しく留守を守りますんで、係長はお気になさらずに。あ、さっきの婚活パーティーの件、向こうから連絡があったら係長に伝えますから」

そう言って黒木はスポーツ新聞に視線を落とす。署に戻って今の話を神崎にも伝えなければならない。コーヒーを飲み干し、末長はトレイ片手に立ち上がった。

※

被害者の名前は木原希実、二十五歳の無職の女性だった。愛菜という三歳になる娘がいたが、父親はわからなかった。藤本という同居人がいるようで、それが木原希実の恋人である可能性が高いとされ、その者の行方を追う方針となった。

死因は脳挫傷。凶器はスチームアイロンであり、現場となった部屋の片隅に転がっていた。いずれにしても状況からして極めて場当たり的な犯行と思われた。口論になり、カッとなってその場にあったアイロンで被害者を殴打。死んでしまったことに驚いて逃亡。それが捜査本部の見立てであった。

おそらく藤本という男が鍵を握るものと思われ、彼の身柄を押さえれば、事件解決に向けて大きく前進するはずだった。ところが藤本という男の行方はおろか身元すらまったくつかめなかった。

若田部の係は今回の事件を担当する係であり、聞き込み捜査は他の捜査員に任せ、被害者の人間関係の洗い出しをおこなっていた。捜査本部による本格的な捜査が始まり、若田部は被害者のスマートフォンの履歴から彼女が懇意《こんい》にしていた知人を割り出し、その者に電話をかけ、アポがとれた場合は直接出向いて話を聞くという作業をおこなっていた。

彼女が通っていたとされる美容院が判明し、池袋駅近くにある美容院まで足を運び、たいした話も聞けずに池袋署に戻ったのは午後六時のことだった。

広めの会議室を捜査本部として使用していた。パソコンやプリンターなどが運び込まれ、常駐している捜査員が情報の管理をしている。

捜査会議まで時間もある。若田部はスマートフォンを出した。午後になってから三件、妻からの不在着信が入っていた。娘の聡子が熱を出したとか、どうせそんなところだろう。

会議室から出た。柱の陰に身を隠すようにしてスマートフォンを耳に当てる。五回目のコールで通話は繋がった。

「すまん。捜査中で出られなかった」

若田部はとりあえず謝る。謝っておけば何とかなると経験上知っているからだ。電話の向こうで佳子は押し黙っている。

「どうした？　もしかして聡子に何か……」

「今日、何の日か知ってる?」

ハッと息を呑む。そうか。ようやく思い至った。今日は娘の聡子の授業参観日だった。今年の四月に聡子は小学校に入学し、初めての授業参観だ。必ず観に行くからな。ずっと交わしていた約束だ。

「す、すまん。捜査をしていた関係で、つい……」

「嘘ね。忘れてたんでしょ。聡子、口には出さなかったけどかなり落ち込んでたわよ」

　完全に忘れていた。もし昨夜事件が起きなければこんなことにはならなかっただろう。普段であれば朝の食卓で妻とそういう話になったはずだ。しかしすべてはあとの祭りだ。

「すまんが聡子はいるか？　謝りたいから替わってほしい」

「パパとは話したくないって言ってるわ」

「すまん。本当にすまん。あ、そうだ。明日の結婚記念日には必ず……」

「あなた、すまんって言えば許されると思ってるでしょ。すまん、すまん、すまん。何回すまんって言えば気が済むのよ」

「すまん」

　思わず言葉が先に出た。ぶちりと通話は切れてしまった。柱にもたれて息を吐く。

　仕事が忙しいのを理由に妻に育児を任せっ切りになっているが、今回ばかりは痛恨のミスだ。先週聡子と風呂に入ったとき、授業参観のときに手を挙げて発表したら玩具を買ってやるという約束までしてしまっていた。聡子に機嫌を直してもらうにはかなり苦労するかもしれない。

「尻に敷かれてるみたいだな」

　不意に声をかけられる。そちらに顔を向け、若田部は目を見開いた。

「お前、いつから……」

　黒木だった。黒木が両手をポケットに突っ込んで柱にもたれていた。

「ずっといた。ここは池袋署、俺のテリトリーだ。どこで何をやろうが俺の勝手だからな。それより若田部、女房に頭が上がらないみてえだな」

「放っておけ。人の家庭の事情に口を挟むな」

黒木と顔を合わせるのは十数年振りくらいか。大井署の時代はしょっちゅう一緒に飯を食っていた。

「冷たいこと言うなよ。今朝神崎が言ってたぞ。お前が俺たちを捜査本部から外したとな。別にどうでもいいんだけどな、俺は。ただでさえ池袋は忙しい。やることは山ほどある」

それは若田部も実感していた。昨日からここ池袋署に来ているが、それこそパトカーの出動回数は驚くほど多い。

「まあいい。事件の早期解決を俺も祈ってるよ」

黒木が手をひらひらと振りながら立ち去っていく。若田部は唇《くちびる》を噛み、その姿を見送った。


品川駅で再会した日に電話番号を交換し、それ以来、非番が重なった日には黒木と飯を食うようになった。女性が一緒のことも多かった。いわゆる合コンというやつだ。ただし若田部はそういう席がどうにも苦手で、いつも黒木の引き立て役に回った。黒木は常に如才《じょさい》なく振る舞い、女性からの受けもよかった。

「へえ、若田部も刑事になりたいのか？」

あれは警察官になって二年目のことだった。合コンのあと、中華料理屋に入って締めのラーメンを食べているとき、そんな話になった。

「もしかして黒木もか？」

「まあな。やっぱり警察官になったからには刑事を目指さないわけにいかねえだろ」

意外な思いがした。黒木は常に飄々《ひょうひょう》としていて、ビジョンや目標を持っているタイプには見えなかった。しかし黒木も警察官なのだ。採用試験を受け、警察学校で学んだ同期だ。この男にもこの男なりの事情があるのかもしれない。それを隠すためにキャラクターを演じているのではないか。若田部は漠然とそう思った。

「ところで若田部、どっちが好みだった？」

さきほどまで一緒に飲んでいた女性のことだろう。品川で働くＯＬだと言っていた。

「どっちも興味はない。二人とも黒木のことばかり見てたしな」

「さてはお前、ほかに気になってる女でもいるのか？」

図星《ずぼし》だった。実は以前、虫歯の治療で歯科クリニックに通っていたのだが、そこで働く歯科衛生士のことが気になっていた。ただ治療自体は先月に終わってしまっていたので、すでに会うことはできなくなっており、それが余計に想いを募《つの》らせる結果に繋がっていた。

酔っていたせいもあったのか、若田部はうっかり黒木にそれを打ち明けてしまった。

「そうか。だったら俺に任せておけ。彼女とのデートをセッティングしてやろうじゃないか」

そう言って黒木は追加の瓶ビールを注文した。そのときは酔っていい加減なことを言っているのだろうと思っていた。

それから一ヵ月くらい経ってからだ。その日は非番だったため、若田部は品川に出向いた。黒木とつるむようになり、品川にある飲食店に常連として出入りするようになっていた。駅を出て歩いていると、ガラス張りの喫茶店の窓際の席に座っている男女の姿を偶然見かけた。男の方は黒木で、女性の方は例の歯科衛生士だった。

二人は仲睦《なかむつ》まじい様子だった。恋人同士のようでもある。黒木の話に彼女はにこにこ笑っていた。どんな女なのか。そんな興味もあって黒木は彼女に接近したのだろう。しかし女に手が早い奴のことだ。そこから先は何となく想像がついた。

黒木に裏切られた。そう思った若田部は以来、黒木からの誘いを断った。それでもしつこく連絡が来たので、黒木の携帯番号とメールアドレスを着信拒否の設定にした。それからしばらくして秋の人事異動が発表され、若田部は麻布《あざぶ》署の刑事課に異動することが決定し、大井署を去ることになった。黒木ともそれきりだった。

実はこの話には後日談がある。麻布署に配属となって一年ほど経った頃、街を歩いていて例の歯科衛生士と偶然再会したのだ。向こうも若田部のことを憶えていてくれて、連絡先を交換して食事に行くことになった。

その女性こそ、妻の佳子だ。かつて黒木と付き合っていたことがあるのかもしれないが、若田部は黒木の名前を妻の前では出したことがないし、今後も出すつもりはない。

※

『突然のメール、失礼いたします。私は先日の婚活パーティーでご一緒させていただいた末長と申します。フリータイムが始まった直後、所用のため退席せざるを得ず、貴方様とお話しすることができずに、大変残念に思っておりました。そこで運営側に無理をいい、貴方様のメールアドレスを教えていただいた次第です。ご迷惑であるようなら、受信拒否設定をしていただいても結構です。もしご迷惑でないようでしたら、まずはメールにて仲よくさせていただけると有り難いです』

　黒木から例の女性——婚活パーティーで出会った十九番の裕子という女性のアドレスが送られてきたのは昨日の夜のことだった。ご丁寧に黒木は最初に送る文書まで作ってくれていて、末長はそのメールをコピーして貼りつけるだけでよかった。

　今日の昼過ぎ、末長はメールを送った。末長も西池袋で起きた殺人事件の捜査本部に動員されているが、係長という立場上、本部に常駐して報告された内容を振り分けたり、上に報告するのが今回の仕事だった。

　一時間ほどしてメールが返ってきた。裕子という女性からだ。よろしくお願いしますという内容だったので末長は胸を撫で下ろした。

おそらく彼女も仕事中のはずだった。末長は短いメールを打ち、彼女に送信した。一時間後、手が空いたときにスマートフォンを見ると、彼女からメールが入っていた。そんなことが二、三回続いた。メールの中でお互い職場が池袋であることが判明し、盛り上がった。

「係長、調子はどうっすか？」

黒木が声をかけてきたのは夜の七時過ぎのことだった。黒木は捜査本部に呼ばれておらず、今は西池袋のアニメ制作会社で起きた原画盗難事件を神崎とともに追っているはずだ。

「お前の方こそどうなんだ？　例の原画が盗まれた事件はどうなってる？」

「あれなら解決しましたよ」

黒木がこともなげに言うので、末長は訊いた。

「本当か？　犯人は捕まったのか？」

「ついさきほど。原画も無事です」

内部の者の犯行だったらしい。ただし原画目的の犯行ではなく、恋人がイラストを盗用されたことに対する社長への恨みが犯行の動機だったという。

「今、神崎が容疑者を取り調べしてます。でも係長、俺たちもこう見えて結構忙しいんで、手が空いてる奴に替わってもらってもいいですかね」

「いいだろう。任せる」

黒木と神崎。この二人は強行犯係でもっとも頼りになるコンビに成長しつつあった。今回の原画盗難事件に関しても発生してわずか一日しか経っていない。スピード解決と言えるだろう。ただし刑事として頼りになる一方、余計な仕事を増やすコンビでもある。

「ところで係長、例の女性とはどうなってます？」

「まあな。お陰様でメールでやりとりさせてもらってる」

「見せてくださいよ」

黒木がそう言って手を出してきた。たしかに今回の件では黒木には世話になった。仕方ないので末長はスマートフォンを差し出した。黒木がそれを手にとってメールのやりとりを見ながら言った。

「いい感じじゃないすか。機会があったら一気に誘ってしまった方がいいっすね。あと係長、自分が刑事であることは隠さない方がいい」

「そうなのか？」

「当たり前じゃないですか。いつまでも隠し通せることじゃないでしょうに。あまり背伸びをしないことです。気どって高いフレンチに行ったりしないこと。係長のありのままの姿を見せる方がいいと思うんですよ、俺は」

黒木の言うことは一理あるような気がした。これまで末長は自分が刑事であることを隠そうと躍起になっていたし、もし食事に行くようなことになったら――実際にはそこまで発展したことはないわけだが、おそらく高級レストランを予約したことだろう。ありのままの自分の姿でいい。黒木のアドバイスで気持ちが楽になったような気がした。

「じゃあ係長、健闘を祈ります」

黒木はそう言い残し、軽やかな足どりで廊下の奥に消えていった。

捜査本部が置かれている間、柔道場を仮眠室として使用し、泊まり込むことが可能だ。末長が仕事から解放されたのは午後十一時近くだった。自宅は署まで徒歩で通える距離にあるため、捜査本部が置かれていても末長は自宅に帰ることにしている。

署を出たところでスマートフォンにメールが届いた。裕子からだった。彼女も今仕事が終わったところで、これから帰宅するといった内容のメールだった。黒木の言葉が耳元で甦《よみがえ》る。機会があったら一気に誘ってしまった方がいいっすね。

私も今、仕事が終わりました。軽くご飯でもどうでしょうか。

そうメールを送ると、すぐに返信がきた。終電まであまり時間はないが、それでよろしければお付き合いいたします。西口にあるドラッグストア前で待ち合わせをすることになった。

彼女と落ち合った。パーティーでは白っぽい服を着ていたが、今日は多少地味な服装だった。緊張気味に末長は挨拶する。

「こんばんは。突然すみません」

「いえいえ、お誘いいただきありがとうございます」

「それよりどこに行きましょうか。急なことなので、まったく決めてないんですよ」

またしても黒木の言葉が耳元で聞こえた。あまり背伸びをしないことです。気どって高いフレンチに行ったりしないこと。

「あの、焼き鳥なんてどうですかね。たまに行く店があるんですけど」

「いいですよ。好きです、焼き鳥」

西口公園を抜けたところにある細い路地に向かう。たまに係の部下たちと訪れる店だ。店の前まで来てみたはいいものの、末長は逡巡した。換気扇から煙がもうもうと外に流れている。中はカウンターとテーブル席が一台あるだけの狭い店だ。少しくらい背伸びするべきではないだろうか。

とは言ってもほかに店も思いつかないので、末長は暖簾《のれん》をくぐった。案の定、店は混雑していて店内には煙が立ち込めている。カウンターの中ほどに席が空いており、そこに座る。マスターが声をかけてきた。

「末さん、珍しいね。女性を連れてくるなんて」

「まあな」

苦笑するしかない。裕子も物珍しげな顔で店内を見回している。末長は彼女に訊いた。

「生ビールでいいですか」

「ええ、お願いします」

「好き嫌いはありますか」

「特にありません」

マスターの奥さんがおしぼりを運んできた。平日は夫婦二人だけで回している店だ。おしぼりを受けとりながら末長は奥さんに言う。

「生ビールを二つ。あとは適当に焼いてよ」

「わかりました。空豆でも食べる？」

「おっ、いいねえ。じゃあそれも」

こんな店に連れてきてしまっていいのだろうか。早くも末長は後悔していた。店にいる客の大半はサラリーマンで、酔って大声で会社の愚痴をこぼしている。

生ビールが運ばれてきたので乾杯する。いざ食事に誘ってみたはいいものの、何を話したらいいのかわからない。こんなことになるなら話題の選び方も黒木から教えてもらうべきだった。

「末長さん、この店にはよくいらっしゃるんですか？」

「ええ、事件が、いや問題が解決したときなんか、よく打ち上げで部下と一緒にね」

「いいお店ですね」

本心からそう思っているようで、彼女は店内を見ながら言った。

「昔、父によくこういう感じのお店に連れてきてもらいました。カウンターで父と並んで座ったものです」

「なるほど。ちなみにお父様は……」

「父は亡くなりました。二年前、ガンであっという間に……」

「それは知らぬこととはいえ失礼しました。申し訳ない」

空豆と焼き物が運ばれてきたので、それらを食べながら少しずつお互いのことを話していく。彼女の年齢は三十九歳で、婚姻歴はないとのことだった。今は池袋にあるデパートの洋菓子売り場で働いているらしい。同じ池袋で働いているという共通項もあり、しばらくその話題で盛り上がった。今日は月に一度の研修のため、こんな遅い帰宅になったという。

「末長さん、美味しいラーメン屋さんをご存じですか？」

「ええ、いくつか。でも私より詳しい者が部下にいるので、今度リストを作ってお渡ししますよ」

「嬉しい。ありがとうございます」

　胸のポケットで振動を感じる。スマートフォンに着信が入っていた。画面には部下の名前が表示されている。仕方なく通話ボタンを押し、裕子に背を向ける感じでスマートフォンを耳に当てた。

「もしもし、俺だ」

「係長、すみません。今、通報がありました。池袋グランスターホテルの屋上で男が飛び降りると言って騒いでるらしいです。すぐに駆けつけたいところなんですが、こっちも人がいなくて……」

「わかった。何とかする」

　通話を切り、すぐに末長はほかの部下を呼び出すことに決めた。相手はすぐに電話に出た。

「もしもし神崎です」

「俺だ。末長だ。黒木も一緒か？」

「ええ、黒木も一緒ですが、何か？」

「実はな……」

事情を説明する。神崎たちも食事中のようだったが、すぐに現場に向かうと請け合ってくれた。部下に出動を命じた以上、自分だけ呑気に食事を楽しんでいるわけにはいかない。せめて署に戻って情報収集などの後方支援をおこなうべきだ。

「裕子さん、申し訳ございません。実は私……」

「会話が耳に入ってしまいました。刑事さんなんですね」

「ええ、まあ」

裕子がマスターの奥さんを呼び止め、冷たいウーロン茶を注文した。そして自分の皿に残っている焼き物を末長の皿に置いた。

「お食べください。朝までお仕事になるんでしょう。食べられるうちに食べておいた方がいいと思います」

裕子が奥さんからウーロン茶を受けとり、それを末長の前に置いた。言葉に甘えることにする。ハツやネギマを食べ、それをウーロン茶で流し込んだ。食べ終えてから立ち上がり、財布を出そうとすると裕子がそれを止めた。

「ここは私が払っておきますので、末長さんは早く」

「ですが……」

「いいんです。実は死んだ父は神奈川県警の警察官でした。刑事ではなくて、交番勤務の警察官でしたけど、末長さんのお仕事の内容は多少理解しているつもりです」

彼女の目は真剣だった。末長は出しかけていた財布を懐にしまった。

「ありがとうございます。今度は私に奢らせてください」

「楽しみにしてます。お気をつけて行ってらしてください」

彼女に見送られて店を出る。これから仕事に向かうというのに、なぜか心が浮き立っていた。

※

捜査本部が設置されて三日目、いまだに捜査に進展がなく、若田部の係の捜査員たちの間にも苛立ちの色が見られていた。

「若田部、飯にするぞ」

「はい」

先輩刑事に言われ、立ち食い蕎麦《そば》屋に入った。券売機で食券を買い、先輩の分の水を用意した。蕎麦を食いながら先輩と話す。

「まったく先行きが暗いな。藤本って男の正体すらわからん」

「そうですね」

「でも所轄も大変だよな。昨夜もホテルの屋上で自殺志願者が大騒ぎしたっていうじゃねえか。俺、割と小さな署を渡り歩いてきたから、池袋とかデカ過ぎてちょっと無理かもしれねえもん」

　その自殺志願者は今日の明け方には無事に保護されたらしい。たしかに池袋を管轄にするのは大変だと若田部も思う。先輩が七味を蕎麦に振りながら言った。

「明日、息子の誕生日なんだ。一緒にJリーグの試合を観に行く予定だったが、この分だとキャンセルだな」

「それは大変っすね」

　相槌《あいづち》を打ったところで不意に背筋が凍りついた。食べかけの蕎麦を水で流し込み、「ちょっと外します」と言って蕎麦屋から出た。

　何て馬鹿なことを……。若田部は自分が痛恨のミスを犯してしまったことに気づく。昨日は結婚記念日だった。

　授業参観は一昨日で、それなのに妻には連絡の一つもせず、帰宅さえしなかった。娘の聡子はすっかりへそを曲げてしまったらしい。それに続けて昨日の結婚記念日を失念してしまう。二日連続の失態は、どんなことをしても挽回《ばんかい》できそうにない。

　若田部の同僚の一人に、妻子に出ていかれて離婚裁判中の男がいる。度重なる不在に妻が怒ってしまい、子供を連れて実家に帰ってしまったというのだ。その話を聞いたときは、うちも気をつけようと他人事《ひとごと》のように思ったものだが、こうなってしまっては笑っている場合ではなかった。

すぐに若田部は妻の佳子に電話をかけた。しかしどれだけ待っても繋がらなかった。佳子は今、専業主婦だ。育児が落ち着いたら歯科衛生士の仕事を再開するつもりらしい。やはり怒って電話にも出ないというつもりなのか。

妻に出ていかれた同僚の言葉を思い出す。コンビニの弁当も食い飽きたし、カップ麺にも飽き飽きした。一番面倒なのは洗濯な。一人でワイシャツにアイロンかけてるときの淋しさったらないぞ。

今すぐ官舎に戻って佳子に謝罪をしたかったが、捜査中なので抜け出すわけにもいかなかった。仕方なく店内に戻ろうとするとスマートフォンに着信があった。妻の佳子からだ。

「もしもし？　佳子、本当に……」

「あなた、ありがとね。昨日からとってもリラックスしているわ」

機嫌は損ねていないようだ。むしろいつもより機嫌がよさそうだ。電話の向こうで妻は言った。

「さすがエンパイヤホテルは違うわね。託児所やキッズルームまでついてるの。午前中、そこに聡子を預けてエステをしてもらっちゃった。こんなに贅沢な気分になったのは初めて」

エンパイヤホテル東京。麴町《こうじまち》にある都内有数の高級ホテルだ。つまり佳子は娘の聡子とともにそこにいるということだ。でもいったいどうして……。

「まさか結婚記念日のプレゼントにこんな豪華な宿泊券をもらえるとは思ってもいなかった。あなた、高かったんでしょう？」

つまりエンパイヤホテルの宿泊券をもらい、二人は昨日から泊まっていたということだ。そしてなぜかわからないが、妻はそれを夫からのプレゼントだと勘違いしている。結婚記念日を一緒に過ごせないお詫びだと思っているのだ。

俺は宿泊券など送っていない、とは言えなかった。若田部は適当に話を合わせた。

「そ、そうか。それはよかったよ」

「今日も帰ってこれないんでしょう。大変だろうけど頑張って」

「ああ。じゃあな」

通話を切った。いったいどういうことだろうか。何者かがホテルの宿泊券を妻に送り、佳子はそれを夫からのサプライズだと思っている。そういうことか。

わけがわからぬまま、若田部は立ち食い蕎麦屋の店内に戻った。

その日の夜のことだった。午後十一時、若田部は捜査を終えて池袋署に戻った。普段ならシャワーを浴びて署内にある臨時の仮眠室に向かうだけだったが、若田部は署から抜け出し、タクシーで官舎に戻った。

やはり気になって仕方がなかった。妻に送られたという高級ホテルの宿泊券のことだ。その裏に何らかの悪意がないとは限らない。身に覚えはないが、公務員という仕事をしている以上、賄賂《わいろ》のようなものとも考えられる。それを知らずに妻が使ってしまったのであれば、のちのち厄介なことになるだろう。

官舎に到着する。鍵を開けて中に入ると、室内の電気は消えていた。妻も娘も眠っているようだ。寝室を覗き込むと、ベッドの上で二人が眠っている姿が見えた。

どうしたものだろうか、と思案する。妻を起こすわけにはいかない。そう思ってドアを閉めようとしたとき、ベッドサイドに置かれた妻のスマートフォンが目に入った。なぜそうしようと思ったのか自分でもわからなかったが、若田部は忍び足で寝室に入り、妻のスマートフォンをとってからリビングに戻った。

暗証番号は知っている。娘の聡子の誕生日だ。入力してロックを解除する。まずは発着信履歴を見ると、二時間ほど前に未登録の携帯番号に電話をかけているようだった。

若田部は立ち上がり、家の固定電話から非通知設定でその番号に電話をかけてみた。しばらくして男の声が聞こえた。

「もしもし？」

声を聞いただけで相手の正体はわかった。問い質したい感情を押し殺し、若田部は受話器を置いた。背後で声が聞こえる。

「何してるの？」

寝室のドアから妻の佳子が顔を覗かせている。若田部は咄嗟に手に持っていた妻のスマートフォンを隠そうとしたが、時すでに遅しといった状況だった。寝室から出てきた佳子が言う。

「勝手にスマホを見ないで、そういう約束でしょ」

「す、すまん」

若田部はスマートフォンを佳子に手渡した。彼女が訊いてくる。

「それで、黒木さんとは話したの？」

「いや、すぐに切った」

さきほど電話に出た男は黒木だった。短い言葉だったが、若田部にはすぐにわかった。佳子が黒木に電話をした。つまり二人は今でも繋がりがあるということだ。そして佳子のもとに送られてきたという高級ホテルの宿泊券。おそらくは——。

「ホテルの宿泊券は黒木からお前へのプレゼントってわけだな。それをお前は送り主を勘違いして、俺に礼を言ってきた」

「そうね」と佳子は答えた。「お昼にあなたに電話したとき、ちょっと会話が嚙み合わないって思ったの。それで、もしかしてあの宿泊券、送り主はあなたじゃないのかもしれないって思った。そう考えたとき、心当たりはあの人しかいなかった」

あの人。黒木のことだ。長年二人の間で禁句となっていたあの男。

「で、どうだったんだ？　本当に黒木の仕業だったのか」

「そうよ。さっき電話して確認したから間違いない。黒木さんはこう言ったわ」

バレちまったなら仕方ないな。どうせお前の旦那は捜査で忙しくて結婚記念日なんて憶えちゃいない。だったら俺が旦那の代わりにプレゼントを。そう思っただけだ。

「お、お前は……」若田部は声を絞り出す。口にしてしまったら夫婦の仲が壊れてしまう可能性もあったが、こうなってしまった以上、訊かないわけにはいかなかった。「お前は、黒木と今も続いているっていうことか？」

　そうとしか思えなかった。高級ホテルの宿泊券を旦那に内緒でプレゼントする。しかも妻は黒木の携帯番号を知っているのに、それを電話帳に登録していない。やっていることは不貞行為を働いている男女のそれだ。

　認めて開き直るか、もしくは黙りこくるか、そのどちらかだろうと若田部は予想した。いずれにしても不倫した妻を許すわけにはいかない。これから長い話し合いが始まり、最終的には離婚ということになるだろう。若田部の同僚でも離婚裁判で精神的に参っている者がいるが、まさか自分が当事者になるとは想像もしていなかった。

「あなた、何か勘違いしてない？」

　佳子が言った。その顔には笑みが浮かんでいる。馬鹿にされているようで無性に腹が立つ。

「何を笑ってる。俺のことを馬鹿にしてんのか。あの男と、黒木と付き合いがあるんだろ。俺は知ってるんだ。今まで言わなかったけどな。お前と黒木が昔、まだ二十代前半だった頃、付き合ってたことを知ってるんだぞ」

　品川にある喫茶店でたまたま佳子と黒木が仲よく話している姿を目撃した。それにショックを受け、若田部は黒木と距離を置くようになったのだ。

「なるほどね。そこから勘違いしてるってわけか」

　佳子はそう言って肩をすくめた。そしてリビングにあるソファに座って言った。

「仕方ないわね。最初から話すわ。昔、品川の歯科クリニックで働いてた頃、ある男から声をかけられたことがある。それが黒木さんだった。話は面白いし、顔もまあまあタイプだったから、一度だけ誘いに乗って喫茶店に行ったのよ。でもね、当時は別に恋人がいたから、お茶だけして二度と誘ってこないでって言おうと思ってた。でも黒木さんの用件はそうじゃなかったの」

俺の友人であんたのことを見初《みそ》めた男がいる。悪いけどそいつと二人きりで会ってやってくれないか。そう言って黒木は何度も頭を下げてきた。

「断るしかなかった。だって当時は別に付き合っていた人がいたんだから。でもあの人、結構しつこく食い下がった。それで最終的にある約束をさせられたのよ」

もし今付き合っている彼氏と別れたら、今日俺が話したことを思い出してくれ。そのときには俺の友達を紹介するから。

「それから数ヵ月後、付き合っていた人と別れたの。そのときに思い出したのが黒木さんだった。迷った末、渡されていた名刺に電話をかけた。彼は私のことを憶えていたわ」

「ちょ、ちょっと待て」思わず若田部は口を挟んでいた。言わないわけにはいかなかった。

「あの日、俺たちが会ったのは偶然じゃなかったのか？」

あれは渋谷だった。歩いていて偶然前から歩いてくる彼女に気づき、若田部の方から声をかけたのだ。そのまま喫茶店に向かい、一緒にコーヒーを飲んで連絡先を交換した。

「まあね。そういうことになるかな」

佳子は笑っている。悪戯を見咎められた子供のようでもある。彼女の笑顔以上に、若田部の脳裏には黒木の勝ち誇ったような笑みが浮かんでいた。

　すべてはあの男の仕業だったのだ。佳子と再会したのもそうだし、こうして家庭を持てているのもあの男のお陰ということなのだ。それなのに、俺は――。

「ところであなた、どうするの？」

「どうするって何が？」

「今日は戻るの？」

　時刻は深夜零時を回っている。今さら池袋署に戻らなくてもいいだろう。朝一番で向かえばいいだけだ。

「いや、今夜は戻らん」

「そう。だったら夜食でも作ろうか？　焼きうどんくらいなら作れるけど」

「そ、そうか。じゃあ頼む」

　佳子が立ち上がり、キッチンに向かっていく。しばらくして佳子がやってきて、若田部の目の前のテーブルに一本の缶ビールをぽんと置き、再びキッチンに戻っていった。若田部は手を伸ばして缶ビールをとり、プルタブを開けて一口飲んだ。やけに旨かった。

　やがてキッチンの方から、包丁で野菜を切る小気味いい音が聞こえてきた。その音を聞きながら、若田部はもう一口ビールを飲んだ。

※

昼は出前の弁当を食べた。すぐに弁当を食べ終え、末長は署から出て一番近いコンビニに向かった。そこでホットコーヒーと豆大福を買い、再び署に戻った。捜査本部が置かれている会議室ではなく、強行犯係の自席に向かう。ほかの係員の姿はなかった。

豆大福を食べ、コーヒーを啜る。至福の時間だ。デスクの上で充電していたスマートフォンのランプが点滅していることに気づいた。一件のメールを受信していた。

裕子からだった。彼女からメールが届いただけで嬉しくなり、早速末長はメールを読む。

『一昨日はありがとうございました。その後、どうですか？　今度は末長さんが奢ってください。お誘いお待ちしております』

思わずガッツポーズをしていた。強行犯係は全員が出払っているので、誰にも見咎められることはない。黒木あたりに見られていたら、おそらく馬鹿《ばか》にされていたことだろう。

いつがいいだろうか。そう思って末長は壁にかけられたカレンダーに目を向ける。来週くらいにしておいた方がいいだろうか。そのくらいには事件も解決していることを祈りたい。

メールを打ち始めたときだった。こちらに向かってくる足音が聞こえた。係の誰かが帰ってきたのだろう。そう思って気にも留めなかったが、やがて頭上で声が聞こえた。

「末長係長、少しよろしいですか」

顔を上げると一人の男が立っていた。捜査一課の刑事だ。年齢は三十代くらいで、捜査本部でよく見かける顔だ。捜査一課にいるということは、それなりに優秀な刑事であることを意味している。

「一課の若田部です」

男がそう自己紹介した。年齢も階級もこちらが上だが、一応相手は本庁の刑事だ。末長は頭を下げた。

「末長です。何かご用ですか？」

「そちらにいる黒木と神崎ですが、どうですか？」

質問の意味がわからない。答えあぐねていると若田部が続けた。

「刑事として優れているか、という意味です」

「そりゃあ、まあ」末長は答える。「あの二人は優秀ですよ。タイプは違いますけど、どこに出しても恥ずかしくない刑事であることは私が保証します。でも一課のあなたがなぜ……」

「捜査も膠着《こうちゃく》状態にあるので、何か突破口というか、打開策のようなものが必要と考えました。新しい見方、この場合、新戦力を投入するのも手かもしれないと思ったわけです。上司に相談したところ、ゴーサインをもらいました」

「それはつまり……」

「二人を捜査本部に増員します。係長から伝えてやってください。よろしくお願いします」

一礼してから若田部は立ち去っていく。事件が発生して今日で五日目、まだ犯人を特定できる証拠や目撃証言も出ていない。捜査一課も焦っているのかもしれなかった。

　末長はスマートフォンをとって電話をかけた。すぐに通話が繋がったので、末長は訊いた。

「神崎、今どこだ？」

「渋谷です」

「渋谷で何をしてるんだ？」

　何かの事件の裏づけ捜査をしていると神崎は説明した。あの二人のことだ。変な事件に首を突っ込んでいないとも限らないが、刑事としての道を踏み外すような二人ではないと末長もわかっている。

「すぐに戻ってこい。お前たち二人も捜査本部に組み込まれることが決定した」

「わかりました。三十分で戻ります」

　ふと思い出したことがあった。裕子のことだ。おそらく近日中に再び彼女と食事に行くことになるだろう。黒木の助言がなかったら、こういう展開にはなっていなかったかもしれない。

「それとな、黒木に礼を言っておいてくれ」

「礼ですか？」

「言えばわかる」

　通話を切った。さて、捜査本部に戻るか。末長は紙コップのコーヒーを飲み干した。

第六話　街角

三歳の女の子が人形で遊んでいる。遊んでいるというより、渡された人形をどう扱っていいのかわからないという感じだった。古谷《こたに》美帆《みほ》は別の人形を手にとり、その子の持っている人形の隣に立たせ、「こんにちは」とお辞儀をさせた。が、女の子は何の反応もない。無表情のままだ。

この女の子の名前は木原愛菜という。一昨日から美帆が勤める託児所〈キッズランド〉で預かっている女の子だ。かなり特殊な状況に置かれた女の子であり、ほかの子とは別にして面倒をみている。

四日前、西池袋にあるアパートで女性の遺体が発見された。その部屋には被害者の娘が一緒に暮らしており、その娘は母親が殺された室内で保護されたらしい。つまりその娘は数時間、もしくは数十分の間、母親の遺体と同じ部屋にいたということなのだ。そのニュースを聞いたとき、何て酷い事件なのだろうと美帆は憤《いきどお》ったものだった。しかしまさか、その娘を預かることになるとは想像もしていなかった。

美帆が勤めるキッズランドは南池袋にある。基本的には普通の託児所なのだが、少し変わった事情――たとえば夜間の仕事をしなければならない女性の子供を深夜まで預かったり、行政からの要請で虐待されていた子供を一時的に保護するといった仕事も引き受けている。今、美帆が面倒をみている木原愛菜も、そういった経緯でここにやってきた子の一人だ。

「愛菜ちゃん、おねむかな」

美帆がそう言っても愛菜は反応しない。ただ、その目は徐々にだが閉じてきている。さきほど昼食を食べたばかりなので、そろそろお昼寝してもいい頃だ。ほかの子たちはすでに眠っている。

しばらく黙って様子を見守っていると、愛菜は船を漕ぎ始めた。背中を支え、彼女を寝かせた。タオルケットをかけてあげる。

「様子はどう？」

同僚の保育士が声をかけてくる。彼女はベテランの保育士だ。

「喋ってくれませんね。まだショックが抜け切らないのかも」

愛菜はみずから言葉を発することはない。三歳なのでそれなりに話せると思うのだが、いまだに美帆の前では長い言葉を発することはなかった。

「でも目の前でお母さんが……想像するだけで可哀想ね」

「そうですね」

美帆は立ち上がり、床に散乱した玩具の片づけを始める。今はお昼寝の時間なので静かだが、一時間もすれば子供たちは起きて遊び始めるだろう。

「私、ちょっとクリーニング屋まで行ってくるね」

「いってらっしゃい」

同僚が出ていった。キッズランドはマンションの一階にある。かつてコンビニだったテナントを間借《まが》りしていた。今、お昼寝をしているのは十五人ほどの幼児だ。昼間の保育士は美帆を含めて三人いる。もう一人の若い保育士は昼食を食べ損ねてしまったので、奥の事務室で遅い昼食を食べているようだ。

拾った玩具を箱にしまっていると、入り口のドアが開く音が聞こえた。顔を向けると数人の男が中に入ってきた。先頭の男が美帆を見て言う。

「美帆ちゃん、お疲れさん」

「お疲れ様です」

男の名前は内川広喜《うちかわひろき》といい、このキッズランドの副代表だ。代表である内川の父は現在入院中で、息子が経営のほとんどを任されている。父親と違い、息子の方はスタッフからの評判も芳しくない。

「どうです？　広さ的にはまあまあでしょ。立地も悪くない。ここに店を開けばかなり儲かると思いますよ」

内川が自慢げに胸を張り、後ろにいる男たちに話している。男たちは真剣な顔をして託児所の内部を見回していた。中にはメモをとっている者もいる。

「南池袋は、駅からは多少離れているけど、近くには会社もあるし学校もある。人通りは多いから、商売するにはいいんじゃないかな。興味があるなら連絡くださいよ」

内川がそう説明する。声が大きいのでお昼寝している幼児たちが起きてしまわないか心配だった。やがて見学は終わったらしく、内川に見送られて男たちは去っていった。

「ごめん、美帆ちゃん、仕事中に。あいつら、どうしてもここを見たいって言うからさ」

内川がそう言いながら近づいてくる。年齢は四十を過ぎたばかりだと聞いている。結婚しているらしいが、結婚指輪はつけていない。

「奴ら、弁当屋の本社の人間」訊いてもいないのに内川は説明する。「知ってるだろ。ホロホロ亭。さっきの感じだと結構本気かもしれないな」

ホロホロ亭というのはテレビコマーシャルも流れるほどの大手弁当屋チェーンだ。内川がキッズランドの運営から手を引きたがっているという噂が流れ始めたのは先月のことだ。さきほどの会話を聞く限り、どうやら内川は本気でここを閉めるつもりらしい。

キッズランドを始めたのは内川の父親だった。もともといくつかのマンション経営をする傍ら、子供好きが高じて十年ほど前に託児所の経営に乗り出したのだ。しかし去年の暮れ、脳梗塞で倒れてしまい、一命はとり留めたが、長期間のリハビリが必要になった。そこで息子である副代表の内川広喜が本格的に会社経営に携わるようになったのだ。

経営に乗り出した内川は、しばらくは先代の意向を重視する経営方針を打ち出していたが、ここ最近になって本性を出してきた。キッズランドを売りに出す計画もその一つだ。

「美帆ちゃん、よかったら近いうちに飯でも行かないか」そう言いながら内川が肩に手を置いてくる。それだけで悪寒《おかん》が走った。「いろいろと今後のことを話そう。美帆ちゃん次第でここの未来も決まっちゃうんだからね。こないだも言ったけどさ、美帆ちゃんが俺と付き合ってくれたら、ここも今まで通り残してあげてもいい」

もし俺と付き合ってくれたら、キッズランドを残してもいい。内川はそんな無理難題を言ってくるのだ。この託児所は是が非でも残したいが、そのために内川と付き合うなんて絶対にしたくない。

「またそのうちゆっくり話そう。こないだのことも謝りたいし。じゃあね、美帆ちゃん」

肩をポンポンと叩き、内川は外に出ていった。路上駐車していたアウディに乗り込み、やがて車は走り去った。

あんな男、死んでしまえばいい。心の底から美帆はそう思った。

※

四日前に発生した木原希実というシングルマザーが殺害された事件は、さほど進展が見られなかった。胃の内容物などから死亡推定時刻は午後七時から午後九時までの間とされ、前日の午後九時頃に隣人である矢部結衣の兄がアパートから出てくる男を目撃していた。その者こそ木原希実を殺害した犯人であり、行方をくらましている同居人の藤本ではないかと捜査本部は考え、今も行方を追っている。

「普通に聞き込みしてもつまらんだろ」

神崎は黒木とともに署に置かれた捜査本部に向かった。今まで外されていたのだが、なぜか急に捜査本部に合流せよとの命令が下ったのだ。捜査本部で待っていたのは直属の係長である末長で、命じられたのは地取り捜査、いわゆる聞き込みというやつだ。

「聞き込みだって立派な仕事だ。聞き逃していることがあるかもしれないしな」

「さすが優等生は言うことが違うな。でも神崎、考えてみろ。この捜査本部は膠着してる。新しい視点ってやつが必要だと思うんだ」

「新しい視点？　具体的には？」

「わからん。それを探しにいくとしよう」

黒木の提案で向かった先は託児所だった。被害者の娘、木原愛菜がそこにいるとの話だった。キッズランドという名前の託児所で、南池袋のマンションの一階にあった。

ガラス張りになっていて、子供が描いたらしい絵が貼られている。中に入ると子供たちの声が聞こえてくる。十五人ほどはいるだろうか。近くにいた女性の保育士に声をかけた。

「すみません。少しよろしいですか。池袋警察署の者ですが」

バッジを見せて用件を伝えた。保育士の名前は古谷美帆といった。黒い髪を後ろで束《たば》ねている。清潔感があり、好感を持てる女性だった。

「愛菜ちゃんでしたら、あそこにいます」

下には柔らかいマットが敷かれていて、子供たちは靴を履かずに遊んでいる。マットの片隅に一人の幼女が座っているのが見えた。絵本を読んでいるようだ。

「あまりお話をしてくれません。話しかけても反応がないんです。ああして絵本を読んでることが多いですね」

それは仕方ないことだと神崎は思った。このくらいの年の子にとっては母親というのは唯一《ゆいいつ》無《む》二《に》のかけがえのない存在のはず。それが急にいなくなってしまったときの心細さは計り知れないほど大きいだろう。

「失礼しますね」

黒木が勝手に靴を脱ぎ、マットの上に上がった。そして愛菜のもとに近づいて膝をついた。

「愛菜ちゃん、こんにちは。ちょっとおじさんの話、聞いてくれるかな」

反応はない。愛菜は絵本に視線を落としている。黒木は構わず続けた。

「愛菜ちゃん、パパっているのかな」

反応はなし。黒木はおそらく愛菜の父親を割り出そうと思い、その質問をしたのだろう。もしも行方をくらましている藤本という男が愛菜の実の父親であるなら、パパと呼ばれていた可能性もある。

「じゃあいっくんは？」

愛菜が顔を上げ、黒木の顔を見上げた。しかしそれは一瞬のことで、すぐに視線を絵本に落としてしまう。しかし、明らかに愛菜は反応した。

いっくん。藤本という同居人はそう呼ばれていたという。被害者の木原希実のスマートフォンを調べたところ、彼女が使用していたメッセージアプリから『いっくん』という登録名が見つかり、頻繁にやりとりしていると判明したらしい。これから帰る、今日は遅くなる、どこかでご飯を食べよう。いっくんというのが木原母子の同居人であるのは間違いないというのが捜査本部の見解だ。

黒木が立ち上がり、こちらに戻ってきた。やや声を小さくして言った。

「深刻だな。あのままだと可哀想だ」

「でも俺たちにはどうしようもない」

「そりゃそうだが、力になってあげたいだろ」

もしかすると……。ちょっとしたアイデアを思いつき、それを黒木に告げた。すると黒木はうなずきながら言った。

「悪くねえな。さすが神崎、いいこと思いつくじゃねえか」

美帆という保育士は会話の内容がわからないらしく、きょとんとした顔をしてこちらを見ている。

※

「おはようございます」

午後六時前、数人の女性がキッズランドに入ってくる。彼女たちは夜間の保育士だ。ここでは夜間も子供を預かっているため、夜シフトの保育士も必要なのだ。キャバクラなどの店は風営法により深夜零時に閉まることが多いので、深夜一時が託児所の終了時刻になっている。

「おはよう」

彼女たちと交代する形で美帆ら昼シフト組は仕事を終えることになる。夜シフトの保育士の一人が美帆に声をかけてきた。

「美帆さん、あのあと大丈夫でした？」

三日前のことだ。職場の飲み会が開催された。三ヵ月に一度、スタッフ同士の交流を深めるために開かれる飲み会で、女子会のように毎回盛り上がる。実は三日前にその会が開かれたのだが、どこで聞きつけたのか、副代表の内川が強引に参加したのだ。

「大丈夫だったよ。送ってもらっただけだから」

本当は全然大丈夫ではなかった。あのときのことを思い出すと、今でも美帆は気分が悪くなってくる。

飲み会のあと、内川はスタッフ数人を車で送っていくと言い出し、何人かが半ば強引に内川のアウディに乗せられた。そして一人一人を自宅まで送ってくれたまではよかったのだが、美帆は最後に残された一人になってしまった。今となっては内川の計算だったと思う。しかしそのときは酔っていたのでそこまで気が回らなかったのだ。

内川に自宅の場所を教えるのは気が進まなかったが、車を降りるわけにもいかないので仕方なく自宅のアパートの場所を教えた。カーナビに入力する。そう言って内川は車を路肩に寄せ、停車させた。そしていきなり抱きついてきたのだ。

必死に抵抗したが、内川の力は強かった。両手で顔を摑まれ、キスされた。時間にすれば数秒のことだったと思うが、やけに長く感じられた。力をふり絞って彼を突き放した。すると内川は悪びれる様子もなく言った。美帆ちゃん、俺の気持ちわかってんだろ。

意味がわからず、美帆は助手席から降りて、一目散《いちもくさん》に逃げ出した。その翌日も内川はキッズランドに顔を出したが、昨夜のことなど憶えていないといった感じで振る舞った。できればこの仕事を辞めてしまいたいが、今年で三十歳になる美帆はキッズランドでも中堅の保育士であり、同僚たちにも頼りにされてしまっている。何より子供たちと別れるのが辛い。辞めるわけにはいかなかった。

「何かご用ですか？」

美帆は入り口に一人の女性が立っているのに気づき、声をかけた。ここのスタッフではないし、子供を預けている母親ではなさそうだ。近づいていくと女性はやや緊張した声で言った。

「池袋署の神崎さんに言われて来ました。ここに愛菜ちゃんが、木原愛菜ちゃんがいると教えられて……」

さきほど来た刑事のことだろう。美帆は女性の方に近づいて訊いた。

「愛菜ちゃんならいますけど、どちら様ですか？」

「ええと、私……」

女性が説明する。彼女の名前は矢部結衣といい、デパートの洋菓子売り場で働いているらしい。どうやら愛菜が住んでいたアパートの隣の部屋の住人で、愛菜とも面識があるとのことだった。母親が亡くなった日、一晩愛菜を預かったのが彼女だという。

「そういうことでしたか。どうぞお入りください」

結衣を中に招き入れる。愛菜の姿を探すと、彼女は例によってマットの片隅で飽くことなく絵本を見ている。

「愛菜ちゃん、お客さんだよ」

美帆がそう声をかけても愛菜は反応しない。今度は結衣が言った。

「愛菜ちゃん、来たよ」

ようやく愛菜が顔を上げた。結衣の顔を見るや否や立ち上がり、こちらに向かって歩いてきた。これまでに見られなかった反応だ。歩きながら愛菜はすでに泣き顔になっている。まるでこれまでずっと心の中に押しとどめていたものが一気に噴出したかのようだ。

「愛菜ちゃん、ごめんね。もっと早く来てあげたかったけど」

そう言いながら結衣が腰を落とし、歩いてきた愛菜を抱きとめた。そのまま持ち上げると愛菜は大人しくそれに従う。

「よく懐いていますね」

「自分でも驚いています」結衣はそう言いながら愛菜の頭を撫でた。「私、正直子供とか苦手だったんですけど、愛菜ちゃんはすごく私に懐いてくれて、逆に私も励まされるというか」

愛菜の母親は室内で殺され、その場に愛菜もいたらしい。まだすべてを理解できる年齢ではないが、その体験は想像を絶するほどの不安や緊張を愛菜に強いたはずだった。そんな夜、ずっと一緒にいてくれた女性がこの矢部結衣なのだ。絶大の信頼を置いてしまうのは無理もないことだった。

「しばらくこうしていてもいいですか？」

「ごゆっくり。時間は気にしないで一緒にいてあげてください」

愛菜は結衣の胸に顔をうずめていた。すっかり安心したのか、その泣き声も完全に収まっている。

「愛菜ちゃん、これからどうなってしまうんですか？」

結衣に訊かれた。彼女と二人、肩を並べて歩いている。結衣は駅向こうの西池袋に住んでいるらしい。美帆は椎名町に住んでいるので、池袋駅から西武池袋線に乗る。

「多分親戚が引きとることになるんじゃないかな。一番考えられるのは母親のご両親、つまり愛菜ちゃんにとってお祖父ちゃんとお祖母ちゃんね」

「そうですか。引きとってくれる人が早く見つかればいいですね」

「だといいわね」

実はそう簡単に行きそうにないと結衣は児童相談所の人から聞いていた。亡くなった愛菜の母親は実家とは絶縁状態にあり、父親が誰の子かもわからない孫を引きとることに難色を示しているらしいのだ。母親側の親族が駄目なら、頼るべきは父親になるのだが、今のところは父親の正体も明らかになっていないようだ。

「あの、古谷さん」

結衣が声をかけてくる。美帆は答えた。

「何？」

「私、実は三ヵ月くらい前に彼氏と別れたんです。ずっと同棲してたんですけど」

結衣は富山市からお笑い芸人志望の彼氏と一緒に上京したという。彼の浮気が原因で喧嘩となり、二人は別れることになった。どこにでもある話だと思うが、少し羨ましかったりもする。美帆は三年前に彼氏と別れたきり、ずっと独りだった。

「彼氏にずっと頼り切りだったっていうか、いざ一人暮らしを始めてみたはよかったんですが、特にやりたいこともない日々でした。でも愛菜ちゃんと会って、私気づいたんです。あ、こういうのもいいなって。私、子供が好きなんだなって」

たった一晩、愛菜と一緒に過ごしただけだったが、その体験が日に日に結衣の中で大きく膨らんでいった。そして彼女は漠然と考えるようになったという。子供と触れ合える仕事に就きたい、と。

「どうすれば保育士になれるんですか？　ネットで調べてみたんですけど、保育士って国家資格なんですよね。それを知ったら何だか難しそうで」

「簡単ではないけど」そう前置きして美帆は説明する。「勉強頑張れば試験にも受かると思うよ。でも独学だと厳しいかもしれない。大学に入れとは言わないけど、せめて短大、それが無理なら専門学校で勉強するべきね」

保育士に年齢制限はないため、毎年多くの者が受験する。実は美帆も大学卒業後、専門学校に入り直してから受験した。専門学校には専業主婦や働きながら通っている女性もいたくらいだ。

「短大も専門学校も二年で卒業よ。結衣さん、まだ若いんでしょ。やる気があるなら挑戦してもいいんじゃないかしら」

実際に保育施設などで働いた経験があれば、受験資格を得ることができる。結衣は高卒なので、おそらく二年以上の勤務経験が必要だ。しかし働きながらの受験勉強は大変で、合格率も低いと耳にしたことがある。本気で目指すなら学校に通った方がいいと美帆は考えている。

「ちなみに学費ってどのくらいですか？」

結衣に訊かれたので、美帆は答えた。

「二百万くらいじゃないかな。三百あれば足りると思う」

「そんなに……」

たしかに安くはないが、勉強して資格さえとってしまえば、それは一生通用するのだ。決して高い買い物ではない。

「今、五月だよね。たとえば今年一年はお仕事頑張ってお金を貯めて、来年の春から学校に入るのもありだよね。実家とはうまくいってるの？　頼めば学費を出してくれるかもよ」

「うーん、どうですかね。今度相談してみます」

駅の近くに来ていた。通行人が徐々に増え始めている。交差点で結衣が立ち止まった。

「私、こっちなので」

「またよかったら遊びに来て。愛菜ちゃんも待ってると思うから」

「いろいろありがとうございます。また寄らせてください」

美帆は歩き出した。信号を渡ってから振り返ると、まだ結衣はその場に立っている。こちらの視線に気づいたのか、結衣がぺこりと頭を下げてにっこりと笑う。

何だか不思議な気持ちだった。昨日まではまったく知らなかった女の子なのだ。

池袋には今日も多くの人たちが行き交っている。こんなにたくさんの人がいる中で、矢部結衣という女の子と出会えたことは、もしかしたら何か意味があるのかもしれないと美帆はふと思った。

※

夜の九時、担当地区の聞き込みを終え、神崎は署に戻った。黒木も一緒だった。成果と呼べるものは何もない。空振りというやつだ。

「神崎、軽く飲みにでも行くか？」

「そうだな。その前に係長に報告だ」

署に入ろうとすると中から二名の警察官が飛び出してきた。それを見て黒木が言う。

「おい、随分急いでるみたいだな。何かあったのか？」

一人が立ち止まった。もう一人はパトカーのもとに向かって走っていく。

「あ、お二人ともお疲れ様です。さきほど通報がありまして、東池袋のビルの階段から男性が落ちて怪我をしたそうです」

「そいつは災難だな。事故か？」

「何者かに突き落とされたようです。被害者は四十代の男性で、南池袋にある保育所の経営者みたいですね」

「保育所の名前は？」

「ええと、キッズランドですね」

黒木がこちらを振り返った。被害者の娘、木原愛菜が一時的に保護されている保育所であり、そこを訪ねたのは今日の午後のことだ。神崎の提案により、被害者の隣人である矢部結衣にその旨を伝えた。彼女は愛菜のもとを訪ねてくれただろうか。

「何かの縁だな。行くぞ、神崎」

「待てよ、黒木。先に係長に報告を……」

黒木はその声を無視してパトカーの方に向かって走っていく。報告といっても成果はゼロだ。仕方ない。神崎も黒木を追い、パトカーの後部座席に乗り込んだ。

夜の池袋はいつもと同じく騒々しい。五分ほど要してパトカーは現場に到着した。八階建ての雑居ビルで、テナントのほとんどが飲食関係の店だった。近くの交番から駆けつけた警察官がビルの前で待っている。神崎たちに気づいた警察官がこちらに駆け寄ってくる。

「ご苦労様です」

「状況はどうなってる？」

黒木が訊くと、若い警察官が答えた。

「被害者は病院に搬送されました。意識ははっきりしていましたが、落ちた際に腕や胸をぶつけて痛みを訴えていたようです。二階の店舗から出て、階段を降りようとしたところを突き落とされたらしいですね」

現場に向かう。二階にあった店は〈ブルーラグーン〉という名のキャバクラだった。被害者の名前は内川広喜といい、託児所のほかにいくつかの不動産を所有する実業家のようだった。キャバクラから出てきたところを何者かに突き落とされたとのことだった。

「後ろから突き落とされた。本人がそう証言しています」

「目撃者は？」

「まだそこまでは」

検査の結果が出てからでないと正しい判断は下せないが、被害者は軽傷で済みそうなのが幸いだった。まずは店の従業員から話を聞こうと思い、黒木とともに店の中に入る。近づいてきたボーイに警察手帳を提示した。

「池袋署の者です。さきほどお店の前で発生した転落事故について話を聞きたいのですが、被害者の方をご存じでしたか？」

「ええ、内川さんですよね。常連でしたから」

週に一、二度は訪れる客だったらしい。特にお気に入りのキャバクラ嬢がいたわけでもなく、ふらりと訪れては指名もせずに一時間ほど飲んで帰っていったという。

「金回りは良さそうでしたよ。不動産を所有しているようなことを店の子に言ってたみたいですね」

女性スタッフともトラブルは起こしていないようだった。いったん店から出ると、警察官が一人の男性を連れて駆け寄ってきた。

「この方は一階にある居酒屋の店員です。彼はちょうど被害者が転落した際、下で客を見送っていたようです」

階段から男が転がり落ちてきたので驚き、店員は駆け寄った。大丈夫ですか。そう声をかけていると、ビルのエレベーターのドアが開くのが見えたらしい。中から出てきたのはサングラスをかけた女性だった。

「目を逸らすようにして立ち去りました。今思うと怪しいですよね。倒れてる男性がいる。普通は足を止めるじゃないですか」

現場から足早に立ち去った女性がいた。女性絡みのトラブルということか。まずは被害者から話を聞いた方がよさそうだ。ただでさえ忙しいのに、またしても事件を抱え込んでしまった。しかし発生してしまった以上、放置しておくわけにはいかない。

「刑事さん、ちょっといいですか」

そう言いながら近づいてきたのはさきほど事情を聞いたキャバクラのボーイだった。ボーイは手の平をこちらに見せながら言った。

「これ、うちの店の前に落ちてたようです。店の女の子が拾ったんですが、うちの子たちのものじゃないみたいです」

銀色のイヤリングだった。十字架がデザインされている。現場から立ち去ったとされる謎の女性。彼女が落としていったものだろうか。

深夜零時過ぎ、ようやく被害者である内川広喜から話を聞くことができた。池袋にある総合病院のロビーだった。精密検査も終わり、頭部などには異常がないとのことだった。ただし肋《ろっ》骨《こつ》にひびが入っており、こちらは全治二ヵ月との診断が下されていた。

「まったく災難でしたよ」

内川が顔をしかめて言った。ずんぐりとした色黒の男だった。左の手首にロレックスが巻かれている。一昔前の金持ちといった印象だ。

「お店を出たところを突き落とされたんですね」

「だと思います。いきなりだったので私もよくわからないんですよ」

店は二階にあったため、エレベーターを使わずに階段を下りるのが習慣だったという。本来なら女性スタッフが店の外まで見送りに来るのだが、常連である内川はそれを断って一人で退店したらしい。

「仕事でもプライベートでも結構ですが、最近人に恨みを買った記憶はございますか？」

「さあ」と内川は首を傾げる。「個人的には思い当たる節《ふし》はありませんよ。でも人間って何を考えるかわかりませんから。一方的に私を恨んでる人間がいたとしても不思議はありません」

「ちなみにご結婚はされていますか？」

「ええ、二年前に」

　結婚指輪はしていない。この内川という男が女性トラブルを抱えている可能性は高い気がした。少なくとも女性に対してルーズな性格をしているのは間違いない。そうでなければ既婚であるのにも拘わらず、定期的にキャバクラに足を運んだりしないはずだ。

「奥さんはこちらにはいらっしゃらないんですか？」

「多分寝てると思うので知らせていません。幸い軽傷で済んだので、これからタクシーで帰りますよ」

　この程度の怪我であるなら、急いで捜査をする必要もなさそうだ。さきほど一通り現場検証をしてあるので、被害届を出すようであれば後日対応すればいいだろう。

「何かありましたら連絡させていただきたいので、名刺を頂戴することは可能ですか？」

　神崎がそう言うと内川はポケットから名刺入れを出し、一枚抜いて差し出してきた。肩書は『内川不動産副代表』とあり、名刺の裏には自身が経営するマンションなどの物件名が並んでいる。キッズランドという文字もそこに読めたので、神崎は試しに訊いてみた。

「キッズランドというのは南池袋の託児所じゃないですか。以前聞き込みで立ち寄ったことがあります」

「そうです。うちで経営してる託児所です。父が道楽で始めたようなものですよ」

どこか突き放したような言い方だった。神崎は嘘を交えて訊いてみる。

「実は私の友人が託児所を探しているんですよ。場所的にもキッズランドは近いかもしれません。空きはありますか？」

「空きはあると思いますよ。でもあの託児所、もしかしたら近い将来閉めてしまうかもしれません。人件費がかさんで儲けが少ないんですよね。子供を扱うから気を遣わないといけなくて厄介ですし。ほかのテナントに貸してもいいかなと考えています」

「なるほど。そうなんですね」

もしあの託児所がなくなってしまったら、今の利用者はきっと困惑するだろうし、何より働く保育士も困るはずだ。今日の午後、自分たちの相手をしてくれた黒い髪の保育士のことを思い出した。名前はたしか古谷美帆といったか。

廊下を歩いてくる足音が聞こえた。女性の看護師だった。内川に対して病院側から何かしらの説明があるようだった。「ちょっといいですか」と黒木が最後に内川を呼び止める。

「何でしょうか？」

「こちらに見憶えはありますか？」

黒木が出したハンカチの上には現場に落ちていた十字架をかたどったイヤリングが載っている。それを見て内川は怪訝そうに首を横に振った。

「見たことありませんね。これが現場に？」

「ええ。単なる落とし物かもしれませんね。お手数をおかけしました」

看護師に先導されて内川が立ち去っていった。二人の姿が見えなくなってから黒木が言った。

「すっかり遅くなっちまったな。軽く一杯やって帰るとするか」

黒木と並び、廊下を歩いた。深夜の病院に二人の足音はやけに大きく響き渡った。


「どう思う？　お前の意見を聞かせてくれ」

いつものラーメン屋に足を運んだ。カウンター席に座り、生ビールを一口飲んだところで黒木が訊いてくる。神崎は答えた。

「女癖が悪そうだな、あの内川という男。どこかで恨みを買ったんじゃないか」

「違う、そっちの事件じゃない。シングルマザーの方だ」

木原希実の殺害事件だ。いまだに犯人に繋がる有力な証拠は出てきておらず、同居人の行方も明らかになっていない。同居人の名字は藤本といい、いっくんと呼ばれていたらしい。郁夫《いくお》や郁人《いくと》という名前ではないかと捜査員たちは考えているようだった。運ばれてきたギョーザを箸でとりながら神崎は言った。

「これだけ捜査をしても疑わしい被疑者は浮かんでこない。同居人の藤本という男が怪しいが、事件を根本的に見直す必要がありそうだな」

捜査本部が設置されて今日で五日だ。しかし完全に暗礁に乗り上げてしまった感は否めない。五十人以上の捜査員が動員され、捜査に当たっているというのにだ。

「お前が捜査を指揮する立場だったらどういう手を打つ？」

黒木が生ビールのジョッキ片手に訊いてくる。神崎は思案しながら答えた。

「そうだな。金目のものは無事だったようだから、強盗の線はないと考えていい。となると殺害の動機は怨恨によるものだ。つまり顔見知りによる犯行だ」

木原希実は室内で殺害されたと見られており、犯人は被害者にとって、室内に招いても差し支えのない間柄だったということだ。

「被害者はシングルマザーだった」神崎はビールを一口飲んで続けた。「仕事はしていない様子だった。家計は藤本なる同居人が支えていたんだと思う。三歳の娘を持つシングルマザーの交友関係について考えるべきだ。子供中心の生活だったはず。知り合いはママ友ばかりだったんじゃないか」

「つまりママ友が怪しい。お前はそう言いたいわけか？」

「その可能性もあるが、殺意を抱くほどの憎悪だ。ママ友同士の嫉妬などもあるかもしれないが、そこまで深く立ち入った関係にはならないと思うんだ。藤本という同居人が怪しいのはもちろんだが、俺は彼女のこれまでの歩みについて踏み込んで調べてみるのも手だと考える」

「具体的には？」

「木原希実は二十五歳だった。彼女がこれまでにどういう人生を歩んできたのか、それを調べるんだ。もちろん被害者のプロフィールくらい初動捜査で調べ尽くされている。それらをもっと深く掘り下げるべきだ。たとえばなぜ彼女は池袋に住んでいるのか。そういう部分から調べることが、事件の解決に繋がると俺は考える」

　彼女には彼女の人生があったのだ。それを知るのは大事なことだと神崎は考えていた。二十五歳のシングルマザーが自宅で殺害された。言ってしまえば簡単なことだが、彼女を殺さなければならない理由を持った者がどこかにいるのだ。

「悪くないな。俺と同意見だ」

　黒木はそう言ってからギョーザを食べた。カウンター席は半分ほど埋まっている。昼には行列もできるほどの人気店らしいが、神崎が立ち寄るのは大抵深夜なので並んだりしたことは一度もない。

「はい、ラーメンお待ち」

　注文したラーメンが運ばれてくる。相変わらず旨そうだ。レンゲでスープをすくいながら黒木に訊いた。

「そういえばあいつはどうした？　情報屋の諸星。この店で働くことになったんじゃなかったか？」

　かつて黒木の情報屋として動いていた諸星という若者だ。数年前に足を洗って田舎に帰ったと思ったら、つい数日前に再び上京してきたのだ。特に仕事も決まっていないため、この店でラーメン屋になるための修業をすることになったはずだった。

「あいつだったら昨日から出張だ」

「出張？　支店にでも行ってるのか？」

「違う。俺の使いでな。何かわかったらお前にも教えてやる」

意味ありげな笑みを浮かべてから、黒木はラーメンを食べ始めた。

※

朝、美帆が出勤すると職場ではその話題で持ち切りだった。昨夜、副代表の内川広喜がビルの階段から突き落とされたというのだ。美帆はまったく知らなかったのだが、一番古株の保育士のもとに内川の妻から連絡があったという。

「肋骨にひびが入っただけで、それ以外は大丈夫みたい。もっと大怪我すればよかったのにね」

ベテランの保育士が容赦なく言う。内川の評判は最悪だ。ほとんどの保育士から毛嫌いされていると言ってもいいだろう。ただ、もっとも直接的な被害を受けているのは自分だと美帆はひそかに思っている。四日前の飲み会のあと、帰りの車の中で受けたセクハラ——あれは完全にセクハラの域を超えていると美帆は思っているが、あのときの衝撃は今もまざまざと憶えている。

「誰が犯人なんでしょうね」

「さあね。結構いろんな女の子にちょっかい出してたみたいだから、恨みを買ったんじゃないの。あ、おはようございます」

子供を預けにきた母親に対し、美帆ら保育士は挨拶をして、子供を引きとる。今は五月であり、新規で入ってきた子たちもようやく慣れてきた頃だ。四月には母親との別れが淋しくて愚図ってしまう子も多くいたが、今ではそういう子たちもここに来るのを楽しみにしている様子だった。そういう変化は少し嬉しい。

「美帆ちゃん、ちょっといい？」年配の保育士に呼ばれた。美帆が近づいていくとその保育士は小声で言った。「さっき愛菜ちゃんを預けに来た児相の人が言ってたんだけど、今日の午後、いったん愛菜ちゃんを迎えにくるんだって」

愛菜はここには通いで来ている。夜は児童相談所内にある宿泊施設で寝泊まりしていると聞いている。そこだけでは息が詰まってしまうため、昼間はうちに預けられているということらしい。

「そうなんですか。引きとり手が見つかったってことですかね」

「どうかな。そこまではわからないけど。あ、シュウ君、おはよう。今日もかっこいい髪形してるね」

ここのスケジュールは大抵決まっている。午前中は歌の練習をして、それが終わったら公園に行く。ここから歩いて十分ほどのところに公園があるので、晴れていたらそこで子供たちを遊ばせるのだ。そして帰ってきたらお昼を食べ、午後のお昼寝と続いていく。美帆は外を見た。この天気だと公園で遊ばせてあげることができるだろう。

入り口から二人の男が中に入ってくるのが見えた。闖入者《ちんにゅうしゃ》の出現に子供たちが一斉にそちらに目を向けた。昨日もここに来た、池袋署の刑事だった。

「すみません、朝早くから」

神崎という刑事が言った。もう一人の黒木という刑事はその後ろで子供たちに向かって手を振っている。

「こちらを経営されている内川さんについて皆さんに少しお話を聞かせてもらいたいのですが、よろしいですか？」

やはり昨晩の件か。今日は美帆を含めて三人の保育士が出勤している。昼間は大抵この三人だ。美帆はリモコンを操作し、アニメのＤＶＤを再生した。子供たちの意識がテレビの方に向く。これでしばらく大人しくしてくれそうだ。

「皆さんは昨夜の件について、もうご存じですか？」

神崎に訊かれ、一番年配の保育士が答える。

「ええ。奥さんから連絡があったので。犯人は捕まったんですか？」

「現在捜査中です」

自業自得だと思った。死んでしまえばいいのに。そんな風に思ったこともあったが、多少現実味を帯びてしまったようで少し怖い気もした。

「事件が発生したのは午後八時三十分くらいです。その時間、皆さんは何をされておいででしたか？」

「私たちのアリバイを調べようってことですね」年配の保育士が言う。彼女が二時間モノのサスペンスドラマをよく観ていることは普段からの会話で美帆も知っている。「私は自宅にいました。主人と一緒にテレビを観ていました」

次に答えたのは若い保育士だ。今年の春からここに入ってきた新人だ。

「私も家にいました。ルームメイトと一緒でした」

最後に美帆の番が回ってくる。美帆は正直に答えた。

「私は一人で自宅にいました。それを証明してくれる人はいません」

「わかりました」手帳片手に神崎が応じる。「念のために確認しているだけなので、お気になさらずに。内川さんの怪我も軽傷で済んだのが幸いでした。最後にもう一つ」

神崎がそう言うと、黒木という刑事が前に出た。手には小さなビニール袋を持っている。その中に入っているイヤリングを見て、美帆は言葉を失った。

美帆のイヤリングで間違いなかった。しかも四日前の飲み会のときに失くしたものだ。もしかしたら内川の車の中に落としてしまったのではないかと思っていたが、それほど高価なものではないので失くしたところで後悔はなかった。どうして私のイヤリングを刑事さんが……。

「このイヤリングが現場に落ちていたようです。見憶えはありませんか？」

美帆はほかの二人の様子を窺う。二人ともこの前の飲み会には参加していたので、美帆がつけていたこのイヤリングを憶えている可能性はある。しかし二人とも首を横に振った。

「見たことないですね」

「そうですか。わかりました。何か思い出したことがあったら連絡をください。お忙しいところありがとうございました」

二人の刑事は託児所から出ていった。子供たちは大人しくアニメを観ている。このままアニメを流している間に公園に行く準備を整えてしまおう。そう思って支度を始めたが、やはり気になって仕方がなかった。警察だって捜査をするはずだ。このまま黙っていてもいつかバレてしまうかもしれない。だったら今のうちに――。「ちょっとお願いします」と言い残して美帆は外に飛び出した。

まだ二人は外にいた。誰かを待っているような感じだった。美帆が一瞬だけ身構えると神崎が笑みを浮かべて言った。

「出てきてくださると思ってましたよ」

「えっ？　どうして……」

「私たちは刑事です。観察するのも仕事のうちです。イヤリングを見たときにあなたの顔色が変わったことに気づきました。これはあなたのものですね」

そう言って神崎がイヤリングの入ったビニール袋をこちらに出してきた。それを見て美帆はうなずく。

「実は四日前の夜、職場の飲み会があったんです。働いている保育士と事務員、それから副代表の内川さんも来ました。飲み会が終わったのは十時くらいだったと思うんですが……」

この話を誰かに聞いてもらうことになるとは考えてもいなかったが、話し始めると言葉が堰《せき》を切ったかのように溢れ出した。さすがに強引にキスをされたことは伏せておいたが、車の中で抱きつかれたことは正直に話した。

「なるほど。これで犯人の目星がついた」

美帆の話を聞き終えると黒木という刑事が自信ありげな表情でそう言った。

※

「私の車なんて見てどうしようっていうんですか？」

「捜査の一環としかお答えできません」

神崎たちは南池袋にあるマンションの地下駐車場にいた。内川は在宅していたので、案内してもらうことにしたのだ。内川はこのマンションの最上階に住んでおり、このマンション自体も内川の会社が所有しているという。大層なご身分だ。

内川の車はアウディのＳＵＶだった。ドアのロックを解除してもらうと、黒木が運転席から体を中に入れた。しばらくして黒木が車から体を出して言う。

「ご主人、このドライブレコーダーですけど、つけたのは最近ですか？」

「ええ、そうです。よくわかりましたね」内川は答えた。「煽《あお》り運転とかのニュースを見て、怖くなったのでつけました。それがどうしました？」

「いえ、ちょっとした確認です。ちなみに奥さんは今日はどこに？」

「部屋にいますよ」

「お二人にお話があります。お部屋にお邪魔させてもらっていいですかね」

「ええ、構いませんけど……」

エレベーターで最上階に向かう。案内されたのは広いリビングで、白を基調としたシンプルな内装だった。妻らしき女性に出迎えられた。ゆったりとしたガウンのようなものを着ており、髪はアップにまとめている。どことなく水商売の匂いを感じさせる女性だった。

「妻の明美《あけみ》です。こちらは池袋署の刑事さんたちだ。私たちに話があるらしい」

「私、お茶を淹れますね」

「あ、奥さん、お構いなく」

黒木はそう言って明美の動きを制し、ポケットから出した小型のビニール袋を二人に見せる。中にはイヤリングが入っている。保育士の古谷美帆のものだ。

「このイヤリング、昨夜ご主人が転落した現場で発見されたものです。近くの居酒屋の店員が現場から逃げ去る女性の姿を目撃しているようですが、事件に関与しているかどうか、それはわかりません。内川さん、突き落とされたときの状況を憶えていますか？」

「はっきりとは憶えていません。酔っていたので。階段を降りようとしていたら、いきなり背後から押されたように思います」

「私はまどろっこしいのが嫌いなので、単刀直入に申し上げますと、ご主人を突き落としたのは奥さんです」

黒木の言葉に空気が凍りつく。内川はポカンと口を開けていた。反対に妻の明美は口をキュッと結び、険しい顔をして床に視線を落としている。黒木が説明を続ける。

「ここから先は私の想像も含まれているのでご容赦ください。自分の旦那が浮気をしているのではないか。そういう悩みを抱える主婦の方はたくさんいます。内川さんの奥さんも世の女性と同様の悩みを抱えていたのではないでしょうか」

昨夜の現場となったキャバクラ店にも週に一、二度訪れていたようだし、おそらくほかにも常連となっている店があるはずだ。下心がまったくないとは考えにくい。

「どうにかして旦那さんが浮気をしている証拠を突き止めたい。そう思ったあなたは知恵を働かせた。そして最近車に装着したドライブレコーダーに目をつける。ご主人の車についているドライブレコーダーは性能も高く、音声も記録できるようです。奥さんはたまにドライブレコーダーの録画記録を確認していた。もちろんご主人の目を盗んでね。そしてある音声を耳にした。ご主人がある女性に抱きついたときの音声です。カメラは車の外に向けられているため車内の様子はわかりませんが、残された音声から車内の様子を想像することは可能です」

美帆の証言によると、飲み会の帰りに車で自宅まで送ると言われ、最後の一人になったときに内川は豹変したという。いきなり抱きついてきた。美帆はそう証言したが、もっと酷いことをされたのではないかというのが神崎と黒木の一致した推測だ。あのイヤリングを見せたときの彼女の狼狽がそれを物語っている。

「女性は嫌がり、車から飛び出したと言っていますが、頭に血が昇った奥さんはそうは思わなかった。自分の夫を誘惑する身勝手な女とでも思ったのでしょう。そして奥さんは車内に落ちていたこのイヤリングを発見します。あとはおわかりですね。そうです。ご主人を突き落とし、罪をその女性に着せようとしたんです」

旦那に対する復讐と、身勝手な女に対する嫌がらせ。この二つを同時に成し遂げる計画を明美は思いついたというわけだ。夫を階段の上から突き落とし、その場にイヤリングを残して逃げるという計画だ。稚拙な計画ではあったが、旦那は肋骨にひびが入るという怪我を負い、妻の明美も顔を見られることなく逃走した。

「どうしてだよ、おい」

ずっと黙って話を聞いていた内川が妻に向かって言った。

「お前がやったのか。お前の仕業だったのかよ」

妻の明美の顔は蒼白だった。夫の言葉に顔を上げ、睨みつけて言う。

「ええ、そうよ。私がやったの。浮気をしたあなたが悪いんだからね」

「待てよ。違うんだ。あの子は違うんだよ」

「違うって何よ」

夫婦喧嘩が始まってしまう。神崎は黒木と目を合わせた。やれやれといった感じで黒木が肩をすくめて言った。

「お取り込み中のところすみません。我々はこれで失礼します。夫婦喧嘩は犬も食わぬって言いますよね。ただでさえ池袋は事件が多い土地柄ですから、あなた方の夫婦喧嘩に首を突っ込んでる暇なんてないんですよ。それでは」

黒木が歩き始める。神崎もその背中を追った。背後で内川夫妻が互いを罵り合う声が聞こえてきたが、それを無視して神崎は部屋をあとにした。

黒木の言う通りだ。ほかにも俺たちは事件を抱えているのだから。

「内川って男、スタッフからの評判も悪いらしい。あの託児所も経営が面倒だという理由でほかのテナントに貸し出そうとしていたみたいだしな」

聞き込みの途中、立ち寄った喫茶店だ。黒木は内川の経営する会社の実情について話していた。いつの間に調べたのか、やはりこの男の情報収集能力はずば抜けている。

「まだ完全に代替わりしたわけじゃない。内川の父親は昨年脳梗塞で倒れて現在も入院中だが、リハビリは順調に進んでいるようだ。退院したら現役復帰とはいかないまでも、息子のやり方に口を出すことくらいはするんじゃないか。それがせめてもの救いだな」

キッズランドという託児所には今朝も多くの子供が預けられていた。あの託児所に子供を預け、安心した気持ちで働きに出る母親も多くいるし、そこで働いている保育士もいる。どうにかして存続してもらいたいものだった。

「俺たちは気をとり直して捜査に打ち込もう」

神崎はそう言って手元にある住宅地図に目を落とした。今朝の捜査会議で配られた地図だ。

黒木と組んで現場周辺の聞き込みをするように命じられている。午前中も聞き込みをしたのだが、成果はゼロだった。

「お、こっちだ」

黒木がそう言って手を上げた。喫茶店の入り口に一人の男が立っている。黒木の声に気づいたのか、男がこちらに向かって歩いてくる。情報屋の諸星だった。

「悪かったな。コーヒーでいいだろ」

黒木は店員を呼び止めて諸星の分のコーヒーを注文した。諸星は背負っていたバッグを空いている椅子に置いた。昨夜ラーメンを食べているとき、諸星は出張しているようなことを言っていた。黒木が説明する。

「諸星には茅ヶ崎市《ちがさきし》に行ってもらっていたんだ」

神奈川県《かながわけん》茅ヶ崎市。殺害された木原希実は茅ヶ崎市出身だと捜査本部の資料にも書かれていた。茅ヶ崎市内の普通制高校を卒業後、地元の企業に就職するも一年で退社、その後は転々としていたらしい。バイトなどをしながら都内で暮らしていたと考えられていた。実家の両親とも疎遠になっていたと聞いている。

「今現在、確実にわかっている彼女の経歴の一つが、三年間通っていた高校だ。高校時代の友人を当たってみようと思ってな。そこで諸星の出番ってわけだ」

コーヒーが運ばれてきた。それを一口飲んでから諸星が言う。

「苦労しましたよ。最初に学校を訪ねてみたんですけど、追い返されました。でもＳＮＳでいろいろ調べてたら、木原希実の同級生と思われるグループが見つかったんです。彼女の生年月日は黒木さんから教えてもらってたんで」

　諸星はそのＳＮＳを通じて情報提供を呼びかけた。反応があった何人かに接触していくうちに、ようやく木原希実と高校三年時に同じクラスだったという女性に辿り着いた。茅ヶ崎市内にある建設会社で経理をやっている女性だった。

「それで手に入ったのか？」

　黒木に言われ、諸星が不敵な笑みを浮かべてうなずいた。

「完璧です。見てくださいよ」

　諸星はバッグの中からやや大きめの紙を出し、それをテーブルの上に広げる。男女の顔写真が並んでおり、卒業アルバムのカラーコピーだとわかった。「この子です」と諸星が指さした先にはややギャルっぽい感じの女子生徒が写っていた。なかなかの美形だ。写真の下には『木原希実』と書かれている。

　アルバムにはマジックで矢印のような線の書き込みがされている。矢印の色は赤と黒の二種類だ。

「この矢印は相関図です。赤は好意を示してます。このアルバムをコピーさせてくれた子に書いてもらいました」

「ほかのクラスはないのか？」

「すみません。このクラスだけです。このコピーをもらうだけでも結構苦労したんですから」

それでもないよりはいい。卒業アルバムを見ると、木原希実に三つの赤い矢印が向かっていた。つまりクラス内で木原希実に好意を寄せる者が三人いたというわけだ。木原希実を起点とする矢印は書かれていない。

「実はですね、俺、凄い発見をしてしまったんです。本当に偶然ってあるもんなんですねえ」

諸星がニヤニヤしながら言った。それを見て黒木が突っ込む。

「もったいぶらずに早く言え。俺たちは忙しいんだ」

「木原希実を好きだった三人の男のうち、一人に見憶えがあるんです」

諸星が一人の男子生徒の顔写真を指でさした。線の細い、ジャニーズ系と言えなくもない顔立ちだった。

「五日前でしたっけ。黒木さんに声をかけられた夜です。あの夜、ラーメン食おうと思って街を歩いてたんですけど、この男、東口で歌ってましたよ。いわゆる路上ミュージシャンってやつですね」

第七話　初恋

午後八時、飯田《いいだ》優太《ゆうた》は池袋の路上にいた。池袋駅の東口を出たところだ。待ち合わせをしている人たちで今日も街は溢れ返っている。喫煙所に集まった人たちが吐き出す煙草の煙が風に舞って飯田の鼻先を掠《かす》めていく。

飯田はギターケースを地面に置いた。そして引いてきたキャリーバッグから折り畳み式のマイクスタンドとアンプを出し、所定の場所に設置する。アンプは電池式なので発電機は必要ない。コードを繋いで電源を入れればすぐに使えるように調整済みだ。

ギターケースから出したアコースティックギターのストラップを肩にかけ、最後にギターケースを足元に置く。そして段ボールに書いた自己紹介文——自分の名前やら自主制作ＣＤの紹介などを書いたものを立てかければすべての準備が完了する。

飯田は立ち上がり、まずはアンプの音量を確認するためにギターを弾いてみる。大丈夫だろう。軽く咳払いしてから、飯田は歌い出した。サザンオールスターズの『いとしのエリー』だ。

最初の一曲目がもっとも恥ずかしい。飯田の歌声は耳に入っているはずなのに誰も気にも留めてくれないのだ。多くの人がスマートフォンに視線を落としている。待ち合わせ相手とラインしているに違いない。あと五分で着く、とか、ごめん遅れる、とか。

　ようやく一人、若い女性が足を止めた。遠巻きに飯田の歌声に耳を傾けている。徐々にではあるが、一人二人と観客は増えていく。だからと言ってぎっしりと取り囲まれるようなことは絶対にない。ここは待ち合わせをする男女が集まる場所なので、次の予定までの間、時間潰しに足を止めているだけなのだ。

　一曲歌い終えた。パラパラとした拍手が起こる。飯田はマイクに向かって言った。

「ありがとうございます。こんな感じでたまに歌わせてもらっているので、どうぞよろしく」

　飯田はＭＣ——ライブ中のトークが得意ではなかった。たまに関西出身の路上ミュージシャンなんかはＭＣで笑いをとって観客を惹《ひ》きつけたりするのだが、どうも飯田はそういうのは苦手だった。必要最低限のことしか喋らないようにしている。

「いいじゃん、あなた」一人の女が近づいてきた。水商売っぽい匂いがする女性だった。「超クール。ＣＤあるんでしょ。一枚売ってくれない？」

　女が紙幣を出してきたので、それを受けとった。替わりにキャリーバッグのポケットから一枚のＣＤを出して女性に渡した。「頑張ってね」と女性が去っていくので、それを見送ってから飯田はマイクに向かって言った。

「次の曲、歌います。聴いてください」

　喉の調子は悪くない。いい感じで歌えている。飯田はしばらく歌うことに没頭した。

ここで路上ライブをするのは厳密には違法だ。飯田自身も許可をとっているわけではない。では申請すれば許可をもらえるかというと、それは原則的に有り得ない。大きなイベントとかでない限り、素人ミュージシャンの路上ライブに都や区が許可を与えることは絶対にないのだ。だから結局、無許可でやるしかないという結論に達することになる。

ここ以外にも二ヵ所ほど、飯田は池袋で路上ライブに適した場所を知っている。ある友人から教えてもらった場所だった。ただし無許可である以上、いつ警察から注意を受けてもおかしくはない。近くに交番がないのは確認済みだが、パトロール中の警察官が通りかかる可能性もあるし、一番多いのはタレコミだ。

たとえば今、近くで待ち合わせをしている男がいるとする。いきなり始まった路上ライブの歌声を耳にして、うるさいなと感じる。普通ならばそれで終わりになるはずだが、たまに警察に通報する者がいるのだ。そして駆けつけた警察官に声をかけられる。許可とってるの？　そう聞かれたら一発アウトだ。謝って立ち去るしかないし、たまに警察署まで連れていかれて厳重注意されることもあるらしい。幸運なことに飯田は警察署まで連れていかれたことはない。

ライブをやっている時間はほぼ一時間だ。その間、歌と演奏を気に入ってくれた人はギターケースに小銭を投げ込んでくれることもあるが、その収入はほとんど期待していない。五百円も貯まればいい方で、帰りに牛丼屋で食事をして使い切ってしまうこともある。

ライブを始めて一時間後、飯田は予定通りギターのストラップを肩から外した。「ありがとうございました」と礼を言うと、周囲に集まった人々から拍手をもらった。週末のもう少し遅い時間になると、飲み会から帰ってきた人がかなり集まることもある。平日ならばこんなものだろう。

「ちょっといいですか？」

片づけをしていると声をかけられた。顔を上げると二人の男が立っている。二人ともスーツを着ており、やり手のビジネスマンを思わせる風貌だった。後ろに立っている男の靴に目が行った。高級そうな茶色い革靴だ。もう一方の男は履き心地のよさそうなスニーカーだ。

スニーカーの男が黒い手帳のようなものを出してこちらに見せてきた。

「池袋署の者です。飯田優太さんですね」

「はい、そうですけど」

「ちょっとお話ししたいことがあります。お時間よろしいですか？」

「はあ……」

刑事だろうか。立ち上がろうとすると男が言った。

「片づけを済ませてもらって構いませんよ。それほどお時間はおかけしないので、我々と同行してくださると助かります」

丁寧な言葉遣いだ。てっきり路上ライブのことを咎められると思ったが、どうやら違うらしい。片づけを終えて立ち上がり、ギターケースを背中に担いだ。

「コーヒーでも飲みましょう。こちらへどうぞ」

二人組が歩き出したので、飯田も仕方なくあとに従った。重いキャリーバッグを引いているので、二人は飯田のペースに合わせて歩いてくれている。明治通り沿いにある大手チェーンのカフェに入ることになった。店の前で立ち止まって飯田は言った。

「ちょっと電話をかけさせてもらっていいですか。このあと待ち合わせしてて、遅れるって伝えたいので」

「どうぞご遠慮なく」

スニーカーの刑事はそう言って店内に入っていった。革靴の刑事はすでに店内に入り、レジの前で壁に貼られたメニューを見上げている。二人が肩を並べるのが見えたとき、路肩に停車したタクシーから降りてくる客の姿が視界の隅《すみ》に映った。今ならいけるか——。

キャリーバッグを引き、飯田は停車中のタクシーに駆け寄った。中にキャリーバッグとギターケースを押し込み、自分も一緒に頭から乗り込んだ。シートに倒れながら運転手に言った。

「お願いします。とりあえず真《ま》っ直《す》ぐで」

タクシーが発進する。振り返るとさきほどのカフェから二人組の刑事が出てくるところだった。顔は見えないが、おそらく悔しげな表情をしていることだろう。

飯田は座席にもたれて深い息を吐く。もしかするとあのことが警察にバレてしまったのかもしれない。

※

「神崎、お前何やってんだよ。逃げちまったじゃねえか」

「人のせいにするな。先に勝手に店に入ったのはお前だろ」

立つ瀬がないとはこのことだ。完全に油断していた。重そうなキャリーバッグを持っていたし、まさか逃げるとは考えていなかった。

諸星が手に入れた卒業アルバムから、被害者である木原希実のクラスメイトがここ池袋で路上ライブをしていることが判明した。男の名前は飯田優太といった。

諸星から教えられた場所に向かうと、一人の男が路上ライブをしていた。アコースティックギター一本で歌うスタイルだった。多くの人々の前で歌うだけのことはあり、飯田優太の歌は上手かった。オリジナル曲はほとんどなく、神崎も知っているようなヒットソング中心に選曲されており、中でもサザンオールスターズの曲が多かった。

「戻ろう。注文しちまったしな」

黒木がそう言って店に引き返したので、神崎もカフェの店内に戻る。レジで紙コップを受けとってから奥のテーブル席に座った。コーヒーを一口飲んで懐から例の卒業アルバムのコピーを出し、飯田優太の写真に目を落とす。黒木に訊いた。

「同じ高校のクラスメイトが池袋にいた。一人は自宅アパートで殺され、もう一人は路上でライブをおこなっている。偶然だと思うか？」

「さあな」と黒木は曖昧な返事をする。「でかい街だからな。そんな偶然の一つや二つ転がっていても何ら不思議はない。もし奴が木原希実を殺害した犯人なら、とっくの昔に街を出ているんじゃないか。こんなところで呑気にサザンなんて歌っていられるかよ」

　一理ある。もしも飯田優太が犯人であるなら、殺害現場付近で路上ライブをやる行為自体が理解し難い。黒木の言う通り、身を隠すのが先決だろう。

　スマートフォンが鳴っていた。画面を見ると係長の末長からだった。「もしもし」と電話に出ると、末長の声が聞こえてくる。

「神崎、どこで何をやってる？　捜査会議は終わってしまったぞ」

　午後八時から署の会議室で今日の捜査会議が予定されていた。ちょうどその頃、池袋駅東口の路上でライブを始めようとしていた飯田の姿を発見したのだ。すぐに声をかけようとしたのだが、彼が歌い出してしまったので最後まで歌わせてあげようと気を遣った結果がこれだ。

　路上ライブを観ていた、と説明するわけにはいかない。神崎は適当に誤魔化した。

「聞き込み中でした。黒木も一緒ですが、何か？」

「どうせ二人でわけのわからん事件に首を突っ込んでいるんだろ。いいか、神崎。お前も捜査本部の一員なんだ。足並みを乱すような真似は控えてくれ」

「以後気をつけます」

「とにかくいったん署に戻ってこい。たまには俺の言うことも聞いてくれ」

「わかりました」

　通話を切り、その内容を黒木に伝えた。二人で紙コップ片手に外に出る。時刻は午後九時を過ぎているが、池袋という街にとってはまだまだ浅い時間だった。

「それにしてもさっきの飯田って野郎、随分血相を変えてたな」

黒木が紙コップを口に運びながら言った。神崎も同調する。

「そうだな。あそこまで慌てて逃げ出すのも妙な話だ」

「だが路上ミュージシャンってやつも大変だよな。基本的に奴らは無許可で演奏してるはずだ。いつ警察に注意されても不思議はない」

池袋は路上ライブに結構厳しい措置をとることで知られている。ただしそうは言ってもライブをやる者は少なからずおり、毎晩のようにどこかで誰かの歌声がアンプを通じて聞こえてくる。神崎もたまに街で見かけるが、その都度注意するような真似はしない。ただしもし自分がパトロール中の警官だったら一言声をかけるだろうが。神崎は続けた。

「さっきも見ていたが、ギターケースの中に金を放り込む者なんてほとんどいなかった。ミュージシャン志望の若者が度胸をつけるためにやってるんだろうな」

「でも一人だけＣＤを買った女がいたよな」

たしかにそうだった。若い女だった。ＣＤを買ったのは彼女だけだったので強く印象に残っている。

「不思議だと思わねえか、神崎。ＣＤを買った女はすぐにあの場から立ち去った。奴の歌が気に入ったなら最後まで聴いていてくはずじゃねえか」

「忙しかったんじゃないか」

神崎がそう言うと、黒木が笑って言った。

「その可能性もある。だが俺はそうじゃないと睨んでる。奴が血相を変えて逃げ出した理由もそこにある」

自主制作のCDを買っていった若い女。どうして彼女は飯田優太のCDを購入したのか。もしかして彼女は――。

なるほど。あの飯田優太という若者が警察に捕まりたくなかった理由。神崎もようやくそれに気がついた。

※

飯田の自宅は下北沢《しもきたざわ》にある。家賃五万円の木造アパートの一階だった。駅から結構離れているが、家賃が安いので文句を言うわけにはいかない。当然部屋の壁に防音加工が施されているわけもなく、室内でギターを弾くことはできなかった。ギターや歌の練習をするときは近くの公園に行くことにしていた。特に午前中は近所の老人しかいないので、どれだけギターを弾いても咎められることはなかった。

飯田の父親は転勤族で、ほぼ二年おきに引っ越しを繰り返し、その都度転校を余儀なくされた。ようやく新しい土地にも慣れて、新しい友人ができたと思い始めた途端、別の土地に転校することもしばしばだった。そのため飯田には親友と呼べる存在がいなかった。

飯田が高校に進学する間際、父が茅ヶ崎市内にある工場に勤務することになり、飯田は同市の普通制高校に入学した。ようやく父も茅ヶ崎に腰を落ち着かせることができそうだったため、中古住宅を購入した。慌ただしく引っ越しが終わり、四月の入学式には何とか間に合った。

とは言っても飯田はやはりクラスに馴染めなかった。ずっと転校生だったため、興味本位で話しかけてくれる生徒がどの学校でも必ずいた。しかし高校は違った。積極性に欠ける生徒は周囲から置いてけぼりにされ、飯田もそんな一人だった。

飯田は自然と一人で過ごす時間が多くなり、そういう時間は音楽を聴いて過ごした。ｉＰｏｄを持ち歩き、休み時間や昼休みはいつも音楽を聴いていた。お気に入りはサザンオールスターズだった。茅ヶ崎に来るまではサザンというバンド名を知っている程度だったが、ボーカルの桑田《くわた》佳祐《けいすけ》が茅ヶ崎出身というのをラジオで知り、そこで流れた音楽を聴いたのがきっかけだった。いくつかの曲を聴いてみて、すぐにハマった。素晴らしいバンドだと思ったし、楽曲も豊富だった。ｉＰｏｄにほぼ全曲ダウンロードし、いつも聴いていた。

やがて聴くだけでは飽き足らず、質屋で安物のギターを購入し、一人で練習するようになった。独学なのでなかなか上達しなかったが、少しずつ弾けるようになっていった。放課後は家に帰り、自宅から自転車で五分ほどのところにある相模川《さがみがわ》の河川敷でギターの練習をした。

高校一年の九月のことだった。いつものように河川敷でギターの練習をしていると、いきなり背後から声をかけられた。

「ギター弾けるんだ」

振り返ると女の子が立っていた。チワワを連れている。同じクラスの女子生徒、木原希実だった。

「この近くに住んでんの？」

木原希実はそう訊きながらチワワを抱っこして飯田の隣に座った。普段は制服姿しか見たことがないので私服は新鮮で、ショートパンツから伸びる白い脚が眩しかった。

「うん。橋を渡ったところ」

「ふうん。そうなんだ」

希実は飯田のクラスでも比較的目立つタイプの生徒だった。割とギャルっぽい感じのグループに属していて、その中でも可愛い方だった。教室の隅で音楽を聴いている飯田とは対照的な生徒であり、当然のことながらまともに話すのはその日が初めてだった。

「さっきの曲、何て曲？」

サザンの曲名を教えると、希実は首を傾げた。

「ボーカルの人、茅ヶ崎出身なんだよね。うちのお父さんがファンだよ」

意外に飯田たちの世代はサザンオールスターズの名前は知っていても曲は知らないことが多い。コマーシャルソングを耳にしたことがある程度で、高校生の間で流行っているのは有名ダンスユニットのヒット曲か、もっと若い世代のバンドばかりだ。

「飯田君、弾いてよ。いろいろ弾けるんでしょ」

恥ずかしかったが断ることができず、日頃鍛えた腕前を披露した。希実は喜んで聴いてくれた。誰かに自分の演奏を聴いてもらうのは初めてだった。

「軽音に入ったらいいじゃん」

演奏を終えると希実が軽い口調で言った。軽音楽部が学校の部活動にあるのは知っていたが、飯田にとってはハードルが高かった。希実はこともなげに言う。

「彼氏の知り合いに軽音の人がいるから、その人に今度言っとくよ」

希実には恋人がいた。同じ高校の三年生だった。入学した直後に付き合い始めて周囲を驚かせ、その噂はあまり友人のいない飯田の耳にまで届いていた。希実はそういうタイプの女子生徒なのだが、隣に座っている彼女はイメージとは少し違った。普段学校にいるときのイケてる感じがする彼女と、今隣にいる気さくな感じの彼女。どちらが本当の希実なのだろうと思ったりもした。

それから数日後、昼休みに飯田のもとに男子生徒がやってきた。一学年上の先輩だった。そのまま軽音楽部の部室に連れていかれ、数名の部員が見守る中でギターを弾かされて、すぐに入部することになった。軽音楽部は慢性的な部員不足に悩まされており、秋の学園祭に向けて一人でも多く部員を確保したいようだった。

放課後は部室で練習するようになり、飯田にもようやく自分の居場所のようなものができた気がした。自分が軽音楽部に入部できたのは希実の働きかけがあったからこそで、一度お礼を言いたいと思っていたが、その機会は訪れなかった。やはり学校で会う彼女は飯田とは階層が違うというか、近づき難いオーラがあったからだ。

やがて飯田はバンドを組み、ボーカルを任せられるようにもなった。自分が意外に歌が上手いことに気づき、さらにバンド活動にのめり込んでいった。どうせだったらプロを目指そう。俺たちだったらメジャーデビューできるんじゃないか。そんなことを仲間内で話すようになり、高校を卒業しても進学はせず、バイトをしながらバンドを続けることに決めた。

二年生に進級して希実とは別々のクラスになったが、三年でまた同じクラスになった。飯田もいっぱしのバンドマンになっており、校内でもそれなりに名前が知られる生徒になっていた。しかし希実を前にすると緊張してしまい、どうにもうまく話すことができなかった。飯田は木原希実のことが好きではないのか。そんな根も葉もない噂が流れる始末で、結局卒業するまで希実とまともに話すことすらできなかった。

希実は地元の企業に就職し、飯田はプロのミュージシャンを目指すために東京に引っ越した。以来、希実と顔を合わせることはなかったのだが――。

※

池袋署に戻った神崎は、黒木とともに組織犯罪対策課を訪ねた。その名の通り、暴力団などの反社会的勢力を取り締まるセクションである。ほとんどの捜査員が出払っている中、一人の男がパソコンの画面を見つめていた。男の背中に黒木が声をかける。

「おい、重岡《しげおか》。ちょっといいか？」

重岡がこちらを振り向いて露骨《ろこつ》に嫌そうな顔をした。

「黒木さんか。それに神崎さんまで」

「たまにはお前の顔を見たくなってな」

「またすぐそういう嘘を」

重岡は二十代後半の捜査員だ。ここにいるということは、捜査本部に動員されずに留守番役を言いつけられたのだろう。重岡は組織犯罪対策課でもっとも若い課員だ。柔道四段の猛者《もさ》で、その勲章のように耳が潰れてしまっている。

「ちょっと話をしようじゃないか」

そう言いながら黒木が空いている椅子に座ると、それを見て重岡が溜め息をついた。

「話すことなんてありませんって。黒木さんたちに関わるとろくなことがないんだから」

「お前、〈クリーム〉のエレナちゃんに入れあげてるみたいじゃねえか」

「ど、どうしてそれを……」

どうせキャバクラかガールズバーの女だろう。その世界の情報量において黒木の右に出る者は署内にいない。

「エレナならやめておけ。あいつは歌舞伎町のホストに注《つ》ぎ込んでる。ああいうタイプが好きなら、今度俺が紹介してやってもいい」

「本当っすか？」

「俺が嘘を言うわけないだろ。それよりちょいと見てもらいたいものがある」

早くも重岡は陥落《かんらく》してしまったらしい。内心笑いながら神崎はスマートフォンを出し、一本の動画を再生した。さきほど池袋駅東口で撮った動画だ。例の飯田優太という若者がギター片手に歌っている。黒木が動画を目にして言った。

「この男を知ってるか？　自主制作のＣＤを売ると見せかけて、おそらくドラッグを売ってるんだろうと俺たちは睨んでいる」

神崎たちの目の前で、水商売風の女がＣＤを買ったのを見た。自主制作のＣＤを買い求めるほどのファンなら路上ライブを観ていきそうなものだったが、女はＣＤだけを買い、その場を足早に立ち去った。つまり女の目当てはＣＤそのものというわけだ。

粉状の麻薬は小さな透明のビニール袋に入れられ、パケと呼ばれて取引されることが多い。パケならＣＤケースに忍ばせることが可能なのだ。

「どうだ？　重岡。俺たちの推理は間違っているか。お前たち組対《そたい》がこの情報を摑んでいるかどうか、それを教えてくれ」

飯田優太が麻薬の売買に関わっている可能性がある。今日は逃げられてしまったが、こちらの判断で事情聴取をおこない、疑わしい場合は任意同行をかけることも可能だ。しかし麻薬売買が関わっている以上、組織犯罪対策課の動向を窺っておこうというのが神崎たちの判断だった。

組織犯罪対策課の主な仕事の一つは反社会的勢力の撲滅であり、そこには麻薬絡みの犯罪も含まれる。しかし街で見つけた組織の売人を片っ端から検挙するような真似はしない。麻薬売買のルートを特定し、一網打尽にするのが組織犯罪対策課のやり方だ。つまり売人を見つけても捕まえることなく泳がせて、その交友関係を洗い出し、元締めを見つけるのが彼らの仕事の進め方だ。もし飯田優太も泳がされている対象であれば、神崎たちが迂闊《うかつ》に手を出すわけにはいかない。

「こいつならうちでも把握してます」重岡が説明を始めた。「顔を見せ始めたのはつい最近で、その前は別の男がやってました。でも小物ですね。パクったところでさほど情報を持ってません。ていうかゼロですね。たしかどっかの組の末端構成員が小遣い稼ぎにやってたはずです」

余った麻薬に不純物を混ぜるなどして水増しし、それを組織に内緒で売って自分の懐に入れる。おそらくそんなところだろう。

「その構成員の名前を教えてくれ。このギター野郎のことを知りたいんだ」

「いいっすけど、接触はしないでくださいよ。今、内偵の最中なので」

となると名前を聞いたところで意味はない。できれば自宅を訪ねて飯田優太の所在について訊き出そうと思っていたのだ。

「そいつは残念だ。時間とらせて悪かったな」

黒木がそう言って立ち上がると、重岡が見上げて言った。

「さっきの話、お願いしますよ、黒木さん」

「女を紹介するって話か。あれはなしだな。この程度の情報じゃ」

「そりゃないっすよ」

神崎は思いついたことがあり、口を挟んだ。

「じゃあその構成員に伝えてくれ。飯田が警察に目をつけられているとな」

「なるほど。神崎、冴えてるな」

もし飯田が警察に目をつけられたとしたら、その売人は自分に飛び火することを恐れるはずだ。となると現時点での売り上げや麻薬を回収しようとするだろう。売人の動向を見張っていれば、早ければ明日中にも二人は接触するかもしれないと踏んだのだ。

「わかりました」重岡が言った。「お二人の話に乗りましょう。今夜中にその構成員に情報を流しておきます。これが売人の住所です」

そう言って重岡はパソコンの画面をこちらに向けて見せてきた。名前と住所が表示されている。その構成員は雑司《ぞうし》ヶ谷《や》に住んでいるようだった。

「ありがとな、重岡。この礼は必ずする」

「本当にお願いしますよ、黒木さん」

組織犯罪対策課をあとにする。夜の捜査会議をすっぽかし、路上ライブをする若者を追う。いつにも増して無鉄砲な捜査だという自覚はあったが、それでも飯田という男を追わないわけにはいかなかった。

「お前たち」

後ろから声をかけられた。振り返ると若田部が立っていた。神崎たちの同期であり、今は捜査一課に配属されている。今回の事件を担当する係の捜査員だ。若田部が苦笑して言った。

「噂は本当らしいな。呼んでやったはいいが、捜査会議にも顔を出さないとはどういうことだ？」

「こっちにはこっちのやり方ってもんがあるんだよ」答えたのは黒木だった。「俺たちは俺たちの流儀で行かせてもらう。心配するな。お前の顔に泥を塗るような真似はしねえよ。行こうぜ、神崎」

そう言って黒木は立ち去っていく。神崎は若田部に向かってうなずいてから、黒木の背中を追って廊下を歩いた。

飯田は死んだ木原希実の高校時代の同級生だ。飯田がこの街で路上ライブをやっていたのは偶然なのか、それとも必然なのか。少なくともそれだけは明らかにしておく必要がある。

※

プロとしてデビューする。そう啖呵《たんか》を切って東京に来た飯田だったが、すぐに現実という壁の厚さを思い知った。最初に足を運んだ中野のライブハウスで演奏している同世代の若者たちのパフォーマンスを目の当たりにして、自分たちのレベルを痛感させられた。しかしまだ十八歳と若かった。練習すれば自分たちもああいう風になれるんじゃないかという期待もあった。

いや、期待しかなかった。

仲間たちとともに、阿佐谷《あさがや》のアパートでの共同生活が始まった。それぞれがバイトをしながら、スタジオ代を出し合って練習に明け暮れた。東京に来て半年後に小さなライブハウスで二曲だけやらせてもらえることになり、それが決まったときは四人で狂喜乱舞《きょうきらんぶ》した。

しかし結果は散々なものだった。細かなミスを連発し、観客のノリもいまいちだった。それでもまだ、このときは信じていた。いつか自分たちにスポットライトが当たる日が来るんじゃないかと。

時間だけが残酷に過ぎ去っていった。気がつくと五年という月日が流れていた。その間、四人は何もしていなかったわけではない。バイトに精を出し、練習して、ライブに出た。しかしなかなか芽は出なかった。

バンド崩壊のきっかけは些細《ささい》なことだった。当時、ベースの男とドラムの男は同じ居酒屋でバイトをしており、そこで働く女子大生を二人とも好きになってしまったのだ。練習をしていても気まずい空気が流れることもあった。結局、二人ともその女子大生にはフラれてしまうというお粗末な結果に終わったのだが、一度ギクシャクしてしまった空気はなかなか元には戻らなかった。

「ちょっと話がある」

ドラムの男の呼びかけにより、四人はファミレスに足を運んだ。とっくに共同生活は終わっていて、それぞれが別の部屋を借りていた。ドラムの男が言った。

「悪いけど俺、バンド抜けさせてもらうわ」

多分そんなことだろうと思っていたので、飯田は特に驚かなかった。ほかの二人の反応も同様だった。

「俺たちもう二十三歳だろ。大学行ってたら就職してる年齢じゃんか。このままバンド続けるのも限界かなって思ってる。親とも相談したんだけどさ、実家帰って親父の仕事を手伝おうと思ってんだ」

ドラムの男の実家は茅ヶ崎市内でクリーニング屋を営んでいた。家業を手伝うという話だった。続いて一人ずつ意見を言い合うことになり、ベースの男も、ギターの男も、これ以上はバンドを続ける意思がないことを表明した。ベースの男はバイトをしている居酒屋の正社員に、ギターの男は介護士になるための専門学校に通うという話だった。

こうしてバンドは解散した。飯田だけが次に進むべき道を決めかねていた。特にやりたいこともなく、得意なこともなかった。バンドが解散してしまい、飯田はただのフリーターになってしまった。

路上ライブをやろう。そう思ったのは何かのドキュメンタリー番組で同じような境遇の男が路上で歌う姿を見たからだ。いきなり新宿や渋谷といった大きな街ではなかなか難しいので、東京郊外の私鉄沿線の駅前で歌うことにした。

最初は戸惑いもあったし、不安もあったが、やがてそれにも慣れた。歌うことは楽しかったし、足を止めて聞き入ってくれる人がいると単純に嬉しかった。

声をかけられたのは一ヵ月半ほど前のことだった。演奏を終えて機材の片づけをしていると、頭上から声が聞こえた。立っていたのは以前ライブハウスで何度か顔を合わせたこともある知り合いのバンドマンだった。二人で近くの居酒屋に入ることになった。

男のバンドも解散し、今はフリーのようだった。飯田と同じように路上で歌っているという。

「飯田君、バイトやらない？」

「バイトならやってますけど」

「そうじゃなくて、美味しい話があるんだよ。歌って稼げる、そういうバイト」

場所は池袋で、路上ライブをおこなうだけだった。ただしある特定の言葉で声をかけてきた客に対し、用意されたＣＤを売ればいいというのだ。一枚につき千円がもらえることになっていて、多いときは一時間の路上ライブで五千円くらい稼げることもあるらしい。販売するＣＤがただのＣＤではないことは想像がついた。

特に金には困っていないが、池袋という土地は魅力的だった。若者も多いことだろうし、そこで果たして自分が通用するのか、試してみたいという気持ちもあった。

「頼むよ、飯田君。二ヵ月くらいだと思うんだよ」

男は一身上の都合で実家に帰ることになり、その間のピンチヒッターとして飯田に頼んでいるようだった。飯田は頼みを受け入れることに決めた。すぐに仲介屋――ＣＤを用意する男を紹介され、ライブをやる場所を教えられた。池袋は路上ライブに厳しい土地柄のため、いくつかの場所を転々とするように教えられた。

やはり池袋は人通りが多く、最初は物《もの》怖《お》じしてしまったが、歌い始めると同じだった。たまに若い女の子に「頑張ってください」などと声をかけられることも増え、そういうのは単純に嬉しかった。

池袋で歌うようになって二週間ほど経った頃だ。いつものようにサザンオールスターズを歌っていると、聴衆の中に立っている一人の女性に目が吸い寄せられた。顔を合わせるのはおよそ七年振りだが、忘れることはなかった。

飯田の視線の先に立っていたのは高校時代の同級生、木原希実だった。彼女は幼い女の子と手を繋いでいた。

「お前、何やってんだよ。警察に目をつけられたって話だぞ」

仲介屋から電話がかかってきたのは午前十一時過ぎのことだった。たしかに昨夜、二人組の刑事から声をかけられた。しかしあの二人の目的は麻薬ではなかったような気がする。すでに飯田は自分が売っているCDの中に麻薬が忍ばせてあるのを知っている。罪悪感がないわけではないが、二ヵ月経てば終わりだと割り切っていた。

「刑事に声をかけられましたけど、多分あの二人は……」

「うるせえ。いいから商品と売り上げを持ってこい。いいな」

在庫のCDと売り上げを持ち、飯田は部屋を出た。電車を乗り継いで池袋に向かった。ギターを持たずに池袋に来るのは初めてだった。

待ち合わせはいつもと同じファミレスだった。すでに窓際のボックス席で仲介屋の男が待っていた。飯田が前に座ると仲介屋は不機嫌そうな顔をこちらに向けてきた。

「まったく使えない野郎だな」

「すみません」

　警察に目をつけられてしまったのは事実なのだから謝るしかない。やってきた店員にランチセットを注文した。店員が立ち去ってから仲介屋が訊いてくる。

「どんなお巡りだった？　特徴を教えてくれ」

　それほどはっきりと見たわけではないので詳しく憶えていない。それでも飯田は説明した。

「二人組でした。二人ともスーツを着てました。年齢は三十代くらいだと思います」

「刑事だな、そりゃ」

「二人とも刑事というよりビジネスマンみたいでした。一人はやけに気障《きざ》というか、靴もスーツも金がかかってるような感じでした」

「クロキだな。でも変だな。なぜ生安《せいあん》や組対じゃねえんだよ」

　仲介屋は刑事の素性を知っているらしい。まあ当然だろう。池袋で悪事を働くのであれば、池袋署の刑事の顔を知っていても不思議はない。

「だがサツに目をつけられちまったのは事実だ。ほとぼりが冷めるまで大人しくしておくしかなさそうだな」

　この仲介屋は反社会的勢力、いわゆる暴力団の構成員であることは間違いないのだが、この仕事に関しては割と慎重というか、人の目を盗んでやっている様子が窺えた。多分この男が上の者に内緒で勝手にやっているのではないか。飯田はそう推測していた。だから飯田がミスをしても大袈裟に怒ることはせず、黙って静観する道を選んだのだ。

「全部寄越せ」

　持ってきた紙袋を仲介屋に渡す。中には五十枚ほどのCDが入っている。一枚五千円で売っているものだ。飯田はポケットから封筒を出し、それをテーブルの上に置いた。昨日までの売り上げが入っている。仲介屋は封筒の紙幣を数え、それから飯田の分け前として数枚の紙幣をこちらに寄越してきた。そして紙袋を持って立ち上がる。

「いったん終わりだ。俺とお前は無関係。街ですれ違ってもな。あ、ここはお前の奢りだぞ。お前のせいでこういう羽目になっちまったんだからな」

　仲介屋が立ち去っていった。飲みかけのコーヒーが残されたままだった。昨日刑事に声をかけられたときから薄々気づいてはいたことだったが、これからもう池袋の路上で歌えなくなってしまうのだ。それはつまり、彼女とも会えないことを意味している。

　しばらく待っているとランチセットが運ばれてきた。カップのわかめスープを飲んでいると、二人の男がいきなり視界の中に入ってきた。二人は飯田の目の前に腰を下ろした。昨夜会った例の二人組だ。飲んでいたわかめスープで思わずむせてしまう。

「食事中に申し訳ない。どうしてもあなたに訊きたいことがありまして」

　窓際に座る男がそう言いながら懐に手を差し入れ、そこから一枚の紙を出してテーブルの上で開いた。見憶えがあるものだった。高校のときの卒業アルバムだった。カラーコピーをしたものらしい。飯田がもらった卒業アルバムは茅ヶ崎の実家に置いたままだ。

「この女性に心当たりがありますね」

刑事はそう言ってアルバムの一点を指でさした。そこに写っているのは木原希実のはにかんだ笑みだった。


「飯田君、まだ音楽やってたんだ」

希実はそう言った。路上ライブは終え、すでに機材の片づけも終わっている。歌っている途中、何度も希実と目が合った。そのたびに彼女は笑いながらうなずいてくれた。飯田のことを認識している証拠だった。

「ずっとここで歌ってたの？　私、ここよく通るんだけど」

「池袋で歌い始めたのはつい最近なんだ。知り合いから頼まれてね。一応路上ライブでも縄張り争いがあるみたい」

「縄張り争い。そんなのあるんだ」

希実がそう言って笑う。一緒にいる女の子が不思議そうな顔をして飯田の顔を見上げている。希実が女の子の頭を撫でながら言った。

「この子、愛菜っていうの。私の娘よ。愛菜、このお兄ちゃんね、ママの高校んときの同級生だよ」

愛菜がにっこりと笑う。目元のあたりが希実にそっくりだ。まだ三、四歳だと思われるが、顔の造りがはっきりとしており、将来は母親に似た美人になると今から予想できた。

「あのさ、木原。あ、今は木原じゃないのか？」

子供がいるということは結婚しているのだろう。希実は笑って答えた。

「木原のままだよ。ちょっと事情があってね」

「そっか。木原、ちょっと話さないか。せっかくこうして会ったんだから」

「いいよ。じゃあジュースでも飲もうか」

近くにあった自販機でジュースを買い、手すりに座った。愛菜はしゃがんで近くにいる鳩《はと》を眺めている。

「いつもこの時間に弾いてるの？」

「普段は夜のことが多いかな。今夜はバイトがあるから」

「そうなんだ」

母親になったせいかもしれないが、希実は柔らかい印象に変わっていた。高校生の頃はもっと潑剌《はつらつ》とした感じのイメージだった。

「木原って地元で就職したんじゃなかったっけ？」

「一年で辞めた。退屈だったし、ちょっといろいろあってね」

あまり言いたくない事情があるらしい。飯田は別の質問をした。

「いつから東京に？」

「ずっとだよ。もう五年くらいになるかな」

だったら連絡くらいしてくれてもよかったのに。そう言いかけたが、希実とまともに口を利いたのは河川敷で出くわしたときだけで、あとは学校内ですれ違っても言葉を交わすこともなかったし、そもそも連絡先すら知らない。ただ、あの河川敷で二人きりで話した体験は飯田にとって大きなものだった。高校時代を振り返っても最大級のインパクトかもしれない。その後の飯田の人生を決定づけたという意味においても。

そろそろ音楽をやめるべきではないか。最近になって飯田はそんな風に思い始めていた。だからここでこうして希実に再会できたことが、運命のように思えて仕方がないのだ。本格的に音楽を始めるきっかけを与えてくれたのが彼女であり、そして時が流れ、飯田が音楽を諦めようとしているときに彼女が目の前に現れた。これを運命と言わずして何と言えばいいのだろうか。

「飯田君、あの頃とちっとも変わってないね。何だか羨ましい」

「そっちだって変わってないって」

「私は駄目よ。もうすっかり年とっちゃって」

そう言って希実は笑った。高校の頃の弾けるようなエネルギーはなかったが、今でも希実は十分に可愛かった。鳩を見ている愛菜もまた、愛くるしい笑顔を浮かべている。

「私、そろそろ行かないと。夕飯の買い物に来た途中だったのよ」

そう言って希実が立ち上がる。その左手の薬指にシルバーの指輪が光っているのが見えた。

単なるアクセサリーとしてつけているだけで意味はないのかもしれない。だが飯田は何となく察しがついた。彼女にはそういう人がいるのだろう。

「ずっと池袋でライブやるの？」

「あと一ヵ月くらいかな。場所はときどき変えるけど、ほぼ毎日」

「だったらまた会えるね、絶対」

あれは高校三年の秋のことだった。体育の授業中、つけていたコンタクトレンズが外れてしまい、体育教師の許可をとって教室に戻ったことがあった。そのとき教室にいたのが希実だった。しかも希実は一人ではなく、別の生徒と寄り添っていた。飯田が教室に入ってきたのに気づいたのか、二人はすぐに離れた。気まずい空気が流れる中、飯田は眼鏡を手に教室をあとにした。あのときの光景は目を疑うものであり、夢だったのではないかと今でも思うほどだった。なぜか飯田の脳裏にそのときの光景がよぎった。

「じゃあね、飯田君。愛菜、行くわよ」

娘の手を引き、希実は立ち去っていく。彼女の連絡先を聞いていないことに気づいたときには、二人の姿は池袋の雑踏に消えてしまったあとだった。まだ一ヵ月ある。また会えるだろうと思う反面、もう二度と会えないような気がして、やはり連絡先を聞いておくべきだったと後悔した。

ギターケースを背中に背負い、機材の入ったキャリーバッグを引いて飯田は歩き出した。

※

「まあ神崎、落ち着けよ。こいつの昼飯が冷めちまったら可哀想だろ」

隣で黒木がそう言った。たしかに一理ある。飯田の目の前にはほとんど手つかずの昼食が置かれている。「俺たちも何か食べよう」と黒木がメニューを広げ、ボタンを押して店員を呼んだ。黒木がカレーライスとコーヒーを注文したので、神崎も同じものにした。

「昨日は名乗る時間もありませんでしたが」皮肉めかして神崎は言った。「私は池袋署の神崎です。こちらは黒木。あなたの路上ライブに関してとやかく言うつもりはありませんので、その点はご心配なく」

飯田は落ち着かない様子で目を泳がせている。無理もない。刑事二人に見守られた状態で落ち着いて食事ができるわけがない。それでも飯田という若者はナイフとフォークを持って食事を始めた。路上ライブをするだけあってそれなりの度胸はあるということか。

黒木が当たり障りのない質問を始めた。

「いつから音楽やってんだ？」

「高校からです」

「やっぱりプロを目指してるのか？」

「いや、最近はもう……。若いうちはそうでしたけど」

「今でも十分若いじゃねえか。お前、歌上手いぜ。俺が言うんだから間違いない」

「俺は中の上ってところです。もっと上手い奴ゴロゴロいますよ」

さきほどアルバムを見せたとき、飯田の表情が一瞬だけ固まった。おそらくこの男は木原希実のことを知っているはずだ。この男の持つ情報次第ではあるが、すっかり停滞してしまった捜査に新たな風を吹き込むことができるかもしれない。

「お待たせいたしました」

店員がカレーライスを運んできたので、それを受けとって食べ始めた。カレーの味は可もなく不可もなくといった感じだった。五分ほどで食べ終えてしまう。飯を早く食べるのは刑事の特技の一つでもある。飯田が食べ終えるのを待ち、店員を呼んで空いた食器を下げてもらった。

「さきほど見せた写真の女性について話を聞かせてください」神崎はそう切り出した。「彼女はあなたの高校時代の同級生でした。もちろん彼女のことはご存じですね」

「ええ。一応は」

「最近彼女に会いましたか？」

「会いました。十日くらい前だったと思います」

たまたまだったという。池袋で路上ライブをしていると、観衆の中に彼女の姿を見つけた。木原希実は娘を連れており、買い物の途中だと言っていたらしい。ライブを終え、少しだけ話してその日は別れた。

「彼女、何か気になるようなことを言っていませんでしたか。たとえば誰かに付きまとわれているとか、恋人と喧嘩をしたとか」

「……特には。本当に二、三分話しただけなんで」

「どんな些細なことでも結構です。亡くなった木原希実さんを恨んでいた人物に心当たりはないですか？」

「えっ？　亡くなった？」

　飯田がそう言って絶句した。口をあんぐりを開け、こちらを見ている。しかしその目の焦点は合っていない。どこか全然違う場所を見ているようでもあった。そういうことか。この男は知らなかったのか。

　神崎は声のトーンを落として説明した。

「ご存じなかったようですね。木原希実さんはお亡くなりになりました。六日前の夜のことです。他殺の疑いもあることから、我々が捜査をしています」

　飯田がコップを摑み、水を飲み干した。何とか心を落ち着かせようとする様子が伝わってくる。黒木が店員を呼び止め、空いたコップに水を注いでもらった。飯田が大きく息を吐いて言った。

「……知りませんでした。ニュースとかあまり、見ないので」

「一応確認させてください。六日前の夜です。午後七時から九時の間、何をされておいででしたか？」

飯田はスマートフォンを出した。カレンダーで自分のスケジュールを確認しているようだ。やがて顔を上げて飯田が言った。

「バイトしてました。下北沢にある居酒屋です」

一応店の名前だけ教えてもらい、手帳にメモをした。電話で確認する程度で大丈夫だろう。この青年が嘘をついているようには見えなかった。さきほどからずっと観察しているが、彼自身が麻薬をやっているようには見えない。小遣い稼ぎの感覚で麻薬入りCDを売っていたというわけか。だとしても麻薬の売買は許される行為ではない。

すでに売っていた薬物も仲介屋に返してしまったあとなので、彼の自宅を家宅捜索しても何も出てこないはずだ。尿検査も陰性ならば不起訴処分となるだろうが、お灸《きゅう》をすえる意味でも署に連れていって組織犯罪対策課に引き渡すつもりだった。

「ところで」神崎は飯田に訊いた。「木原希実さんの娘さん、愛菜ちゃんという名前なんですが、彼女の父親についてご存じありませんか？　もしくは木原希実さんが付き合っていた男性について、知っていることがあったら教えてください」

「さあ……本当に何も知らないんです。こないだ会ったのも高校卒業以来なんですよ。名字変わってないからバツイチなんだろうなって思いました」

嘘を言っているようには見えない。本当にこの男は路上ライブの最中に偶然彼女と再会しただけなのか。落胆を押し殺して神崎は言う。

「そうですか。彼女は西池袋のアパートに暮らしていました。娘の愛菜さん、それと恋人らしき男性が一緒だったと思われますが、その同居人が行方をくらましています。名字は藤本、彼女は『いっくん』と呼んでいたようです。藤本、もしくはいっくんと呼ばれている男性に心当たりはありませんか？」

飯田の反応はなかった。何も知らないわけではなく、どう反応したらいいのかわからないという感じだった。神崎は再度訊いた。

「何かご存じありませんか？」

「多分それ、藤本樹《いつき》だと思います。高校んときの同級生でした。あ、それには載ってないですよ。藤本は三年のときは隣のクラスだったんで」

ようやく辿り着いた。亡くなった木原希実の同居人だ。彼女の死の真相を知っているかもしれない男だ。高校時代の同級生と同棲していたということか。やっと同居人の素性が判明し、神崎は一筋の光明を見た気がした。すると飯田が怪訝そうな顔つきで言った。

「でも刑事さん、勘違いしてると思いますよ」

「勘違い、というと？」

「藤本は男じゃなくて、女です」

藤本樹は女性。その意味するところがわからず、思わず神崎は隣に座る黒木を見た。

面白くなってきたな。そんなことを言いたげに黒木は小さく笑っている。

第八話　真実

　的場《まとば》哲弥《てつや》は鰆《さわら》のソテーを口にした。かかっているソースは特製のバーニャカウダソースだ。悪くない。鰆の淡泊《たんぱく》な脂にバーニャカウダソースがよく合っている。本番では付け合わせとして季節野菜のソテーが加わるため、彩《いろど》りに溢れた楽しい皿になることだろう。

「食べてみてくれ。意見を聞かせてほしい」

　的場は鰆のソテーをほかのコックにも食べてもらうことにする。三人のコックはそれぞれフォークを持って皿に手を伸ばしてきた。実食して感想を口にする。

「旨いっすね。最高ですよ」

「やっぱり鰆にしてよかったですね」

　コース料理の前菜やパスタ、メインの肉料理は決まっていたが、魚料理を何にするか、それだけが決まっていなかった。そして昨日、出入りしている業者から島根《しまね》の漁港で水揚げされた鰆を勧められたのだ。

　鰆というのは文字通り春が旬とされているが、それは関西地方においてのことだ。関東では寒鰆と呼ばれる脂がのった真冬の鰆を旬とし、好んで食べる傾向にある。五月の鰆は割と淡泊な味わいだが、調理次第では素材の旨味を十分に味わえるのではないか。そう的場は判断したのだ。

〈リストランテ・マトバ〉。それが明日オープンとなる予定の的場の店だ。場所は南池袋にある八階建てのビルの二階だ。以前は英会話スクールだったテナントで、客の最大収容人数は五十人だ。

　明日はオープンを記念したパーティーが午後五時からおこなわれ、実質的な営業スタートは明後日の夜からだ。すでに向こう一週間は予約で全席が埋まっているとのことだった。いずれはランチの営業も始める予定だが、落ち着くまでは夜の営業に集中するつもりだった。

「お前たち、そろそろ帰った方がいいぞ」

　スーツ姿の男が厨房を覗き込んで言った。男の名前は添《そえ》木《ぎ》晃《あきら》。この店のオーナーだ。年齢は的場より三つ年上の三十歳。この店のほかにも数軒の飲食店を経営している実業家だ。どの店も創作料理を謳《うた》った大衆的な居酒屋だった。

「じゃあお先に失礼します」

「お疲れ様でした、シェフ」

　コックたちが厨房から出ていった。すでに夜の十一時を回っている。明日は立食形式のパーティーのため、前菜と軽めのメイン料理を出すだけだが、明後日からは本格的なコース料理を提供しなければならない。調理の手順や厨房内での動き方など、すべてが初めての経験になる。ほかのコックも的場と同世代であり、コックとしての経験は比較的浅い。リハーサルにかける時間はいくらあっても足りないくらいだった。

添木に声をかけられたのは半年前のことだった。的場は品川区旗《はた》の台《だい》で小さな店を経営していて、その店に添木が訪れたのだ。客として来店した添木は帰り際に的場にこう言った。私と一緒にもっと大きな店を開かないか、と。

旗の台の店はもともとバーだった店を改装したため、客は八人入れば満席となり、だからこそ気楽にやれた店だった。メニューは昼も夜も五千円以内のコースのみで、サラダとパスタと肉料理の計三品を、季節の食材で趣向を凝らして作った。狭い店内はいつもほぼ満席で、地域の常連客で賑わった。

転機が訪れたのは三年前の秋だった。何と世界的に有名なレストランガイドに掲載されることになったのだ。とは言っても星付きの称号を与えられたわけではなく、コストパフォーマンスに優れた名店としてとり上げられたのだ。

反響は凄まじかった。ガイドブックが発売されるや否や、一ヵ月先まで予約が埋まる事態になった。多くの客を捌くためにはそのための下準備が必要であり、常に働き尽くめだった。それまでは週末だけバイトを雇っていたが、平日も雇わなければ回らないほどの忙しさになった。

忙しいのが嫌いなわけではない。売り上げが伸びるのはむしろ喜ばしいことだ。ただ、もっと料理を研究する時間や、市場に出向いて食材を見たりする時間が欲しかった。しかし一度火がついてしまった人気はとどまることなく、忙しさに翻弄される毎日が続いた。添木が声をかけてきたのは、ちょうどそんなタイミングだった。

少し考える時間が欲しい。誘われたときには即答は避けたが、すでに心は決まっていた。星付きレストランのオーナーになるのが添木の夢であり、そのために彼が見込んだシェフが的場だった。彼のもとなら自由な発想で、あらゆる食材を使って料理の道を追究できそうな気がした。

誘われてから三日後、今度は的場が添木の事務所を訪ね、詳しい話を聞いた。すでに店を出す場所も決めてあり、池袋の豊島区役所の近くのテナントのようだった。

池袋は行政主導のもと、最先端の文化都市として生まれ変わりつつあり、新たな挑戦の場として相応《ふさわ》しい。添木はそう力説した。しかしその言葉は的場の耳をすり抜けていった。的場はまったく別のことを考えていたからだ。

池袋には彼女が住んでいるかもしれなかった。四年前に別れた高校の後輩、木原希実だ。彼女が住んでいるであろう街で、新しい店を開く。どこかしら運命めいたものを感じずにはいられなかった。場合によっては街ですれ違うこともあるかもしれない。そう思うと期待で胸が膨らんだ。

「いよいよだな、的場」

添木に肩を叩かれた。この半年間、二人で準備に奔走してきた。明日オープンを迎える。そう考えると感慨深いものが込み上げるが、同時に大きなプレッシャーも感じた。

「明日のパーティー頼むぞ。的場シェフのお披露目の場でもあるんだからな」

「わかってますけど、俺、パーティーとか苦手ですからね」

「明日だけだ。挨拶文は用意したんだろうな」

「あ、いけね」

明日のパーティーでスピーチするよう添木から言われていたのだ。準備で忙しくて失念していた。

「そんなことだろうと思ったよ。これを参考にしろ」

添木がクリアファイルを渡してきた。中にスピーチの例文が入っている。

「ありがとうございます。助かります」

「いいって。じゃあ明日は頼むぞ」

添木は店から出ていった。誰もいない店内を見回す。明日、ここに多くの人たちが訪れる。そして明後日からは本格的に営業が始まるのだ。そう考えるだけでいやがうえにも興奮と緊張が高まった。

※

池袋署の会議室には重い空気が流れている。神崎は黒木とともに捜査会議に出席していた。捜査員たちが次々と立ち上がって今日一日の成果を報告していくのだが、今までのところめぼしい報告は上がっていない。そのせいもあってか空気もどんよりと重かった。

「次」

司会をしている末長係長の声に神崎は立ち上がった。背筋を伸ばして報告を始める。

「神崎です。一つ興味深い情報を摑みました。被害者と一緒に住んでいた同居人についてです。名字は藤本、いっくんと呼ばれていた同居人ですが、藤本樹という名前であることが判明しました」

どよめきが起きる。ずっと素性がわからなかった同居人に関する新事実なのだ。神崎が続けた言葉にどよめきはさらに増した。

「藤本樹ですが、性別は女性です」

飯田優太という路上ミュージシャンから得た情報だ。飯田は木原希実とは高校時代の同級生であり、同じ学年に藤本樹という女子生徒がいたことを憶えていた。三年時は違うクラスだったため、神崎たちが手に入れた卒業アルバムの写真には載っていなかったのだ。

「静粛に。神崎、今の話、間違いないのか」

末長に念を押され、神崎は答えた。

「木原希実、藤本樹両名の同級生から話を聞きました。二人は茅ヶ崎市出身ですので、そこから足どりを追えるかもしれません」

二人とも現場となったアパートの所在地番に住民票を置いておらず、それが同居人の素性を割り出せない要因にもなっていた。おそらく前の住所のままになっていると思われた。

「それともう一つ」神崎は補足した。「これは裏をとっているわけではありませんが、被害者と同居人である藤本樹は恋人同士であった可能性があります」

　またしても捜査員からどよめきが洩れる。

　今日の昼、ファミレスで飯田優太に事情を訊き出したときのことだ。飯田が何か言いたそうな顔つきをしていたので、黒木が「お前、言いたいことがあったら全部喋っちまった方がいいぞ」と水を向けると、彼が語り出したのである。

　飯田が高校三年のときだった。体育の授業中、飯田はコンタクトレンズが外れてしまったため教室に戻った。彼が教室に入ると窓際のカーテンの前で二つの影が重なり合っていたという。キスしていたようにも見えたらしい。一人は同じクラスの木原希実、もう一人は隣のクラスの藤本樹だった。

　俺、目を疑いましたよ。女同士が抱き合っていたんですからね。しかもキスまで……。見なかったことにしたっていうか、信じられなかったというか、この話は誰にもしたことがありません。あれは夢だったんじゃないかって思ってるくらいですから。

「それは本当だろうな」

　前方の幹部席に座る男が訊いてくる。本庁から来ている管理官だ。神崎は答えた。

「確証はありませんが、その可能性は高いかと」

「では娘の父親は誰だ？」

「わかりません。しかし彼女の周囲に男の影はないようですね」

　彼女はバイセクシャルではないかと神崎は疑っていた。以前、付き合っていた男性がいたと考えていい。その男性との間に生まれた子供が愛菜なのではないか。

「いずれにしても」末長係長が総括するように言った。「同居人の素性が明らかになったことは大きいだろうな。藤本樹の行方を追う。その捜査方針は変わることはない。それでは次の報告をお願いします」

　捜査員からの報告は続いた。あまり気になる報告はなかったが、最後に報告をした捜査員が木原母子の目撃情報を拾ってきた。場所は南池袋、豊島区役所近くにあるカフェの店員によるものだ。今月に入って二度ほど来店したため憶えていたという話だった。

「現場からも離れていることですし、たまたま近くに買い物に来たついでに寄っただけかもしれません。明日以降も引き続き周辺地域を聞き込みしてみます」

　買い物といっても西池袋に住む木原希実が小さい子供を連れて、線路を越えてまで南池袋に足を運ぶ理由がわからなかった。飯田が演奏していたのは池袋東口、南池袋側なので、そちらに行ったときに飯田の路上ライブと遭遇したものと考えられた。おそらく南池袋には何かある。木原希実が娘を連れて足を運ぶ理由が。

　以上で報告は終わりだった。藤本樹についての詳細を調べるという捜査方針が確認され、会議は解散となった。同僚刑事たちが神崎の肩をポンポンと叩いてから会議室を出ていく。褒めてくれるのは有り難いが、半分以上は黒木の功績だ。

「さて、藤本樹の行方を追うとするか」

　会議室を出たところで黒木が言ったので、神崎は訊いた。

「当てでもあるのか？」

「ねえよ。だが池袋に潜んでる可能性はゼロじゃない。そうなったら俺たちに勝ち目がある」

「だな」

池袋を知り尽くしているのは所轄の刑事である神崎たちだ。素性を隠して潜伏できる場所は限られており、そういう場所にはいくつか心当たりがあった。エレベーターを待っていると背後から声をかけられた。

「さすがだな、神崎」

振り返るとそこに立っていたのは若田部だった。神崎たちの同期であり、今では警視庁捜査一課に配属されている出世頭でもある。捜査本部が発足した初日、敢《あ》えて神崎たちを捜査本部から外すような根回しをした。黒木とは浅からぬ因縁があるようで、そのことを根に持ってのことらしいが、詳しいことは神崎も知らない。

「俺だけじゃない。半分は黒木の手柄だ」

若田部は黒木を見た。黒木はスマートフォンに目を落としている。エレベーターが到着してドアが開く。乗り込もうとすると若田部が短く言った。

「黒木、ありがとな」

「礼を言われるようなことをした覚えはねえよ。言っただろ。お前の顔に泥を塗るような真似はしねえって」

黒木がエレベーターに乗り込んでいく。神崎は若田部に向かってうなずいてからあとに続いた。ドアが閉まり、エレベーターが下降していく。おそらく黒木と若田部の間に和解めいたことがあったようだが、黒木に訊いたところで絶対に答えてはくれないだろう。

　一階に到着する。署から出ると黒木が言った。

「捜査の前にラーメンでも食いにいくか」

　異存はなかった。神崎は黒木と肩を並べて歩き出した。

※

　翌日、的場は午前九時にリストランテ・マトバの店舗に出勤した。すでに関係者からのお祝いの花が届けられ、店の入り口に並べられている。

　裏のロッカーで着替えて厨房に向かう。ほかのコックはすでに調理にとりかかっていた。今夜のパーティーは立食形式なので本格的な料理は出さず、軽食程度のものを出す予定だ。的場は冷蔵庫の中身をチェックし、明日のための準備を開始する。

　旗の台の店ではサラダとパスタと肉料理の三品だけ作ればよかったが、この店では違う。九千円のコースは七品、一万二千円のコースは九品を予定している。どれも食材にこだわり、趣向を凝らした自信作だ。しかし実際に客に提供して初めて店への評価は下される。明日のオープンが楽しみである反面、怖い部分もあった。

　的場が料理に初めて出会ったのは故郷である茅ヶ崎市だった。高校生の頃、イタリア料理店でバイトを始めたのがきっかけだった。

　そこは北イタリア出身のジャンという男が日本人である奥さんと二人で経営するこぢんまりとした店で、その店でホールのバイトをしながら、たまに店の主人のジャンに料理を教えてもらった。初めて作ったパスタをジャンに褒められ、的場は単純に嬉しかった。学校の成績もいいとは言えず、どちらかというと落ちこぼれの部類だった。当然、付き合う連中もガラの悪い奴らばかりで、それなりの悪さもした。しかし週に三日のバイトだけは決して休まず、店の空いた時間を使ってジャンから料理を教わった。

　木原希実と出会ったのは高校三年のときだった。一年に可愛い子が入学した。そういう噂を聞きつけて仲間とともに一年生のいる教室に向かい、そこで木原希実の姿を見た。噂通り、彼女は可愛かった。それから半月後、校舎の裏に彼女を呼び出して告白した。これは的場の意思によるものではなく、仲間との賭けに負けた罰ゲーム的なものだったが、あろうことか彼女の返事はオーケーだった。こうして木原希実と付き合い始めたのだが、たまに一緒に下校するだけで、的場が卒業するまで手さえ繋いだことがなかった。二歳下の木原希実はとらえどころのない性格で、気紛《きまぐ》れな猫を連想させた。

　的場は高校卒業後、ジャンの紹介でイタリアのミラノにある有名レストランに修業に行くことになった。そのため木原希実とも別れることになったのだが、彼女にははっきりと別れを告げた記憶はなかった。そもそも本当に付き合っていたかどうかも怪しいものだった。手を繋いだことさえなかったのだから。

最初の一年はイタリア語の習得に苦しんだが、言葉を覚えてしまってからの修業は順調だった。的場が働くレストランは有名サッカー選手がオーナーをしている現地でも老舗の店で、コックも大勢いた。同年代の若者と寝食をともにし、修業に明け暮れた。たまに賄いで作る肉じゃがや親子丼がシェフたちの間でも好評だった。

およそ三年間の修業を終え、帰国したのは二十二歳になる年だった。都内で開業するために物件を探し、旗の台に掘り出し物のテナントを見つけ、そこに店をオープンすることに決めた。準備に追われるある日の夜、店の近くに借りたアパートでウィスキーを飲みながら、いまだに憶えていたその番号を買ったばかりのスマートフォンに入力してみた。どうせ相手は番号を変えているだろう。そう思ったが、意外なことに通話は繋がった。木原希実の声が聞こえてきた。

タイミングも良かったらしい。当時、木原希実は彼氏と——今になって思い返してみれば彼氏ではなく、彼女だったのだが——喧嘩をした直後だったようで、すぐに希実は的場の部屋にやってきて、その夜は彼女は泊まっていった。

週に一度から二度の割合で彼女が部屋を訪れるようになった。的場としては希実と付き合っているつもりだったが、彼女がどう思っているのかわからなかった。それを確認した途端、彼女がするりとどこかに行ってしまいそうで怖かったのだ。

そんな関係が一年も続いた頃だ。的場が店の営業を終えて帰宅すると、アパートの前で一人の女性が待っていた。黒っぽい服装に身を包んだその女性は藤本樹だった。高校の頃に希実と一緒にいたのを何度か見かけたことがあるので名前は知っていたが、まともに話したことはなかった。大事な話があると言われ、近くのファミレスに向かった。

今後一切希実に関わらないでほしい。藤本樹はそう言って頭を下げてから続けた。あの子はこっち側の人間なんだ。無理してストレートになろうとしているけど、心は嘘をつけないんだ。

その話を聞き、的場は腑に落ちた。薄いベールに包まれていた木原希実という女性のすべてがようやくわかったような気がしたのだ。

藤本樹は語った。希実は子供の頃から生まれ持った性に苦しんでいたという。男性を好きになれず、意識してしまうのは同性ばかりだった。自分が異性愛者であることを証明するため、敢えて男性と付き合ったりもした。そんな彼女の実験台にされたのが的場だったのだ。

もう希実とは会わない。樹とそう約束した。それからしばらく樹と世間話をした。樹は池袋に住んでいて、おそらくそこに希実と二人で住むことになるようだった。樹は無名の劇団員であり、仕事がないときは飲食店でバイトをすることもあるとの話だった。ファミレスで二時間ほど話してから彼女とは別れた。もう二度と会うこともないだろう。そう思った。その日を境にして希実から電話がかかってくることもなくなったし、彼女が部屋を訪ねてくることもなかった。

皮肉なことに希実と会わなくなった翌年、的場の店がガイドブックに掲載され、的場自身も急激に忙しくなった。添木が池袋に新たな店をオープンさせようとしていることを知り、彼女がまだ池袋に住んでいる保証などないが、これも何かの縁かもしれないと思ったのだった。

午後三時、ようやくオープン記念パーティーの準備が整った。中央にまとめられたテーブルの上には白いクロスが掛けられ、あとはそこに料理を並べるだけになっていた。

「的場、何とか間に合ったな」

そう言いながら添木が近づいてくる。たしかにパーティーの準備は終わったが、本番は明日からだと的場は考えている。できればパーティーなど出ないでオープン本番のメニューについて細かい調整をおこないたいところだったが、この店のメインシェフは的場であるため、パーティーで顔を売るのも仕事の一環だと割り切っていた。

「これから面接がある。ホールのバイトを追加しようと思ってるんだ。経験者らしいから、面接次第で今日から働いてもらおうと思ってる。お前もよかったら一緒にどうだ？」

ホールで接客するスタッフは五人雇ったと聞いていた。それでも多いに越したことはないと添木が判断したのだろう。

「面接は添木さんにお任せしますよ。俺は一度自宅に戻ってシャワーを浴びてきます」

「わかった。遅刻するなよ」

ロッカーで私服に着替えて店から出た。的場はここから徒歩十分のところのマンションに住んでいる。普段は歩くのだが、今日は時間もないのでタクシーを拾った。

今日のパーティーの招待客は店の内装を手がけた業者や仕入れ先の社長、あとは添木の人脈である実業家やマスコミなどが中心になるはずだった。あくまでも的場は雇われシェフに過ぎないのだが、メニューに関してはすべて一任されているため、責任感はあった。店の名前に的場の名前が入っているのは添木の発案だ。的場はまだそれほど有名なシェフではないが、いずれその名前に人が集まってくるというのが添木の予想だった。

マンションに到着した。部屋に入った的場は真っ先にシャワーを浴びた。出てきたときは午後四時になろうとしていた。準備も万端だし、それほど急ぐ必要もなかろう。そう思って的場はパソコンを起動させた。

最近は忙しく、ここには眠るために帰ってくるという感じだった。一昨日、イタリアでの修業時代の友人からお祝いのメールが入っており、その返信をしていなかった。立ち上げたパソコンのメール機能を使い、友人への返信メールを作成した。日本に来ることがあったら是非立ち寄ってほしい。そんな内容だ。

先月、女性週刊誌の取材を受けた。旬の人物をとり上げるコーナーだった。もちろん編集部が的場に取材を申し込んできたのは添木の力が働いているからだ。それでも反響は大きく、茅ヶ崎市に住む両親も驚いていた。

メールの送信を終え、インターネットに接続する。ここ一週間ほどはメニューを考えるのに忙しく、落ち着いてネットを見る暇すらない。以前は飲食店の口コミサイトを覗いたりしていたものだった。やはり自分の店の評判は気になるものだし、それと同じように他店の評判も気になってしまうのだ。

その記事はたまたま目に入った。池袋という単語に反応したのだ。ニュースサイトの記事で、一週間前に池袋で起きた殺人事件の記事だった。いまだに事件解決に繋がる目撃証言などはなく、警察が情報提供を呼びかけているという内容だ。問題は被害者の名前だった。木原希実（25）と書かれていたのだ。

木原希実。希実で間違いなかった。名前も年齢も一致する。あの希実が、殺されたのか……。

パソコンの前で的場は固まっていた。どれだけそうしていたかわからない。希実が死んだという事実をなかなか受け入れることができなかった。しかも記事によると希実には娘がいたらしく、遺体の発見現場で保護されたとも書かれていた。

もっと詳しいことを知りたいと思い、記事を検索した。事件発生翌日のネット記事に一番詳しい情報が載っていた。遺体が発見されたのは西池袋にある彼女の自宅アパートで、死因は脳挫傷だった。凶器は現場に残されたアイロンらしい。三歳になる娘が現場で保護されていた。どれだけ記事を読んでも夫に関する記述はないため、希実はシングルマザーではないかと推測された。

気になるのは三歳になる娘だ。希実と別れたのは四年前だ。もしそのとき希実のお腹の中に子が宿っていたとしたら、その父親は自分である可能性が高い。いや、きっとそうだという確信に近いものがあった。おそらく彼女は自分以外に男性は知らない。そう思った。

どこかで振動音が聞こえ、テーブルの上でスマートフォンが震えていることに気づいた。添木から着信が入っている。的場は電話に出た。

「俺だ。まだ自宅か？　そろそろ来てくれないか」

「わかりました。向かいます」

通話を切った。希実が死んだ。しかも三歳になる娘を残して。それにしても、なぜ希実が……。的場は何とか立ち上がったが、膝に力が入らなかった。

※

池袋には三十軒近いネットカフェがある。インターネットを完備し、漫画本がところ狭しと置かれ、完全個室で時間を潰せる場所だ。中にはシャワー室が設置され、宿泊できる店舗もある。ホテルよりも安価で泊まることが可能なため、出張でもホテルではなくネットカフェを使用するサラリーマンもいるらしい。

姿を消した藤本樹はネットカフェに潜伏しているのではないか。黒木とも意見が一致し、神崎たちは昨夜から池袋にあるネットカフェを回っていた。今日も朝から聞き込みに回っているのだが、まだ決定的な情報は入手できずにいた。時刻は午後四時三十分になろうとしている。次がラストの一軒だ。一ヵ月前にオープンしたばかりなので以前使用したリストから洩れていたのだ。

「その角を右だ」

「ちょっと待ってくれ、神崎」

黒木がそう言って立ち止まり、スマートフォンを耳に当てた。しばらく何やら話していた黒木だったが、一分ほどで通話を終えて言った。

「係長からだ。藤本樹についてわかったことがある。彼女は劇団員をしながらバイトをしていたそうだ。だが三ヵ月ほど前にな……」

彼女が所属する劇団が潰れてしまい、その負債を劇団の幹部数人が負うことになった。しかし幹部だけではとても返済できる金額ではなかったため、所属していた劇団員にもその皺《しわ》寄《よ》せが来たという。一人当たり五十万円程度のものだったが、藤本樹は消費者金融から金を借りて負債に当てたことが判明したという。

「月々返済しているみたいだが、まだまだ完済にはほど遠いみたいだな。俺も大学の頃に演劇やってたから、若い劇団員の苦労はよくわかる。五十万円ってのは大金だ」

「そうか。大変だな」

目当ての雑居ビルに辿り着いた。狭いエレベーターを三階で降りると目の前に受付があり、男の店員が立っていた。バッジを見せてから神崎は店員に訊いた。

「この一週間ほど連続して宿泊している客はいませんか？」

「一週間ですか。いるとは思いますけどね。うちは二十四時間を超えたら一度精算してもらう仕組みなんですよ」

「ネットを利用するには会員にならないと無理ですよね」

「ええ、その通りです」

ネットカフェの端末を利用したサイバー犯罪が増加したことから、今ではインターネットを使用する場合は受付で免許証などの身分証明書を提示することが義務付けられていた。会員登録の際に免許証のコピーをとったり番号を控える店も多いと聞く。

「藤本樹という女性を捜しています。こちらの店にそういう名前の女性が会員登録されていないか、それを確認させてください。生年月日は……」

すでに藤本樹の生年月日なども明らかになっていた。住民票上の現住所は豊島区内の別の住所だったが、そちらのアパートは二年前に退去しているという話だった。

「いましたよ」数分後、パソコンの画面を見ながら男が言った。「惜しかったですね、刑事さん。ここ一週間ほど滞在していたみたいですが、二時間ほど前に精算して出ていってますよ」

詳しい話を聞くと、彼女が最初に店を訪れたのは木原希実が殺害された日の深夜だった。それから連日滞在し、今日の午後二時にこの店から出ていったらしい。

「どういう女性でした？」

「あまり憶えてないですね」

「防犯カメラの映像を確認させてください」

店員に案内され、受付の奥にある狭い事務所に入る。パソコンの画面で今日の午後のレジ前の様子を映した映像を確認させてもらった。しばらく見ていると受付の前に一人の女性客が立つのが見えた。髪はかなり短く、顔は美人ともいえる顔立ちだ。金を支払い、女性は画面の外に消えていった。この女性が藤本樹だろう。その服装もどこか中性的だった。

「彼女が使用していたブースにあるパソコンを見せてください」

神崎が言うと、店員がやや困ったように言った。

「電源を落とすとログは消えるようになってます。それに今、別のお客さんが入ってるので」

「サーバー上には残っているはずです。事件の捜査なのでご協力をお願いしたい」

「ちょっと本部に確認させてください」

店員が電話をかけ始めた。本部の了承を得たらしく、それから十分後、神崎たちはあるブースのパソコンの前にいた。店内は薄暗い。店員はパソコンの扱いに長けているようで、小気味よくキーボードを叩いている。

「あまりネットは使ってなかったみたいですね」

それは神崎も予想していたことだった。今はスマートフォンがあれば大抵のことは済ませられるからだ。店員の話だとパソコン完備のブースを使うのはゲームかネット配信の映画を観るための客が多いという。

「履歴書をダウンロードした形跡がありますね。うちはプリンターもあるので、印刷もできるんですよ」

職探しか。一緒に住んでいた恋人を殺害して、藤本樹は部屋を飛び出した。そしてネットカフェで過ごしつつ、職を探す。いまいちその心理状態が理解できない。

「このページを頻繁に見ていたみたいですね。ログが何度も残ってます」

某出版社のページだった。イタリア料理の若手シェフのインタビュー記事だった。女性週刊誌に掲載された記事の電子版らしい。毎号、各分野の旬な人物をとり上げているようだ。神崎はインタビュー記事にざっと目を通す。

的場哲弥。それが若手シェフの名前だ。イタリアでの修業経験があるようで、以前は旗の台で小さなイタリア料理店を経営しており、その店が有名ガイドブックで紹介されたことにより注目されたという。このたび池袋に店を出すことが決まったらしく、このインタビュー記事も新店舗のＰＲ的な趣きがあった。

「神崎、見ろ」

黒木がスマートフォンをこちらに見せた。大手求人サイトのページのようだ。リストランテ・マトバという店名が見える。若干名のホールスタッフを募集しているらしい。藤本樹はこの店で働くつもりだろうか。だが、なぜ……。

神崎は再びパソコンの画面に目を向けた。的場哲弥のプロフィールを確認する。神奈川県茅ヶ崎市出身とあり、年齢は二十七歳だった。藤本樹、木原希実より二つ年上だ。神崎は咄嗟にスマートフォンで電話をかけていた。

「もしもし？」

不安げな声が聞こえてくる。こうして電話に出られるということは取り調べは終わったということだろう。飯田優太の身柄は昨日組織犯罪対策課に預けてきた。

「池袋署の神崎です。教えていただきたいことがあります。的場哲弥という名前に心当たりはありませんか？」

「的場、哲弥……まあ、知ってますけど」

「どういう方ですか？」

「高校の二学年上の先輩です。木原と付き合っていたって噂でした。あくまでも噂で、俺も確認したことはありませんけどね」

「やはりそうでしたか」

的場の出身地が茅ヶ崎市であると知ったときから、神崎は漠然とそうではないかと思っていた。木原希実の娘、愛菜の父親は的場哲弥の可能性がある。二人の付き合いは高校卒業後も続いていたと考えてもよさそうだ。

「こっちも見つけたぞ」

そう言って黒木が再びスマートフォンの画面を見せてきた。そこには地図が載っている。新しくオープンする的場の店は南池袋にあるようだった。

「そうか。木原希実はここに……」

「だろうな」

昨夜の捜査会議での報告だ。豊島区役所近くのカフェの店員が、今月に入って二度、来店した木原母子の姿を目撃していた。そのカフェは的場の新店舗と目と鼻の先の場所にあるのだった。

「ちょうど今日だな」黒木がスマートフォンの画面を見ながら言う。「オープン記念パーティーがおこなわれているらしい。俺たちは招待状は受けとっていないが、どうする？」

「行くしかないだろう」

「だよな」

神崎は黒木とともにブースから出た。時刻は午後五時を回っている。

※

若田部篤は池袋署の捜査本部にいた。今、捜査本部では一人の女性の行方を全力で追っていた。殺された木原希実の同居人、藤本樹という女性だ。同居しているのは男である——捜査員の誰もがそんな先入観を抱いていて、女性であるとは考えてもいなかった。この情報を捜査本部にもたらしたのは警察学校時代の同期、神崎と黒木だったのだ。

「劇団員の仲間から話を聞いてきました。写真も手に入りました」

「コピーして捜査員に配れ。外に出ている捜査員には随時データで送れ」

「わかりました」

名前さえわかってしまえば情報は次々と入ってくる。すでに住民情報も入手済みだったし、彼女は劇団員をしていたらしく、その仲間たちへの接触も始まっていた。彼女が同性愛者であることは親しい友人も知っていたらしい。

「彼女が一年前まで働いていた勤務先が判明した模様。新宿にあるワインバーで働いていたようです」

「わかった。手の空いてる者に向かわせろ」

「了解」

そんなやりとりを聞きながら、若田部は会議室を見回した。一人の捜査員の姿が目に入った。池袋署刑事課強行犯係の係長、末長だ。彼はスマートフォンを困ったように見ている。

「どうしました？」

近づいて声をかける。末長は顔を上げてこちらを見た。

「ああ、若田部さん。さっきまで神崎たちと電話でやりとりしていたんですが、急に繋がらなくなってしまったんですよ。まったくあいつら、何をしてるんだか。顔写真が入手できたことを教えてやりたいんですが」

「電波が届かないところに入ったんじゃないですか」

「それならそれでいいんですけどね」

人の好さそうな男だ。嫌いなタイプではないが、とても捜査一課で通用しないだろう。ただしこういう男の下では自由に働けそうな気がする。今の黒木と神崎がそうであるように。

膠着状態にあった捜査を打破したのは神崎と黒木の功績だった。お前の同期、なかなかやるな。若田部の先輩刑事もそんな風に言っていた。普段なら嫉妬するはずだが、なぜか嬉しい気持ちになった。

「あ、かかってきました」

そう言って末長がスマートフォンを耳に当てた。そのまま話し始める。

「おい、黒木。どこをほっつき歩いているんだ。被疑者の顔写真が手に入ったぞ。……見たからいい？　何言ってんだよ」

どこかですでに彼女の顔を確認したということか。だとしたらなぜそれを早く報告しない？

「今どこだ？　……何だと？　レストラン？　オープン記念パーティー？　何言ってるんだ」

いったい何を話しているのかわからない。それがもどかしかった。

「えっ？　幹部？　俺じゃ駄目なのか。お偉いさんはいないよ。……一課の若田部さんなら目の前にいるぞ。……わかった。今代わろう」

末長がスマートフォンを寄越してきた。「黒木が代わってほしいと言ってます」

受けとったスマートフォンを耳に当てる。若田部は黒木に向かって言った。

「黒木、お前、どこで被疑者の顔を見たんだ？」

「どこだっていいだろ」黒木はいつもと変わらず飄々と言う。「それに彼女はまだ被疑者じゃない。単なる同居人だ。それを忘れるな」

痴情のもつれで藤本樹が木原希実を殺害した。それが現時点における捜査本部の見立てであり、藤本樹が逃亡を図っていることがそれを後押ししている。

「黒木、藤本樹は犯人じゃないのか？」

「さあな。それより若田部、至急確認してもらいたいことがある。一分一秒を急ぐ仕事だ。やってくれるな」

「待て、黒木。俺にだってできないことが……」

「いや、お前は必ずやってくれるはずだ。天下りした警視庁ＯＢについての情報を知りたい」

どうして今、警視庁ＯＢの情報が必要なのか。黒木の言わんとしていることがわからず、若田部は首を傾げるだけだった。

※

「的場シェフ、ちょっとこっちに来てくれないか。是非紹介したい人がいるんだよ」

添木に呼ばれ、的場はそちらに向かって歩き出した。すでにパーティーは始まっている。オーナーである添木の音頭で乾杯となり、今はあちらこちらで招待客が談笑していた。

「こちらは週刊ウーマンズアイの編集長さんだ。こないだの記事を掲載してくれたのも編集長のお陰なんだよ。やはり女性の口コミというのは効果的だからね。来月のグルメ記事でもうちの店をとり上げてくれるらしい」

「それは有り難いですね。よろしくお願いします」

的場は頭を下げた。女性週刊誌の編集長という男は満足げな笑みを浮かべてシャンパングラスを傾けている。招待客が飲んでいるのはソムリエが厳選したイタリアのスパークリングワイン、プロセッコだ。

中央のテーブルには各種料理が並べられている。軽くつまめる前菜タイプのものが多いが、どの料理も手を抜いてはいない。招待客の中には明日以降に予約を入れている者も多いことから、コース料理と被らないように気をつけている。

「シェフ、この揚げパン、とても美味しいですね。やはりイタリアのものなんですか」

一人の男性から声をかけられた。さきほど添木から紹介されたグルメ誌のライターだった。的場は答える。

「さようでございます。イタリアのボローニャという地域に伝わる伝統料理を私なりにアレンジしたものでございます。修業時代にボローニャ生まれの仲間がいたものですから」

「なるほど。初めて食べました」

パーティーは盛況だった。誰もがシャンパングラス片手に料理とトークを楽しんでいる。ほぼ全員の招待客に挨拶を終えたはずだ。的場はいったん厨房に戻った。

「どうだ？　問題はないか？」

「ええ、順調です」

的場以外のコックは厨房で調理をしている。すでにほとんどの料理は並べられており、あとは頃合いを見計らってメインの肉料理を出すだけだ。メインは牛肉のタリアータ、いわゆるイタリア風ローストビーフのようなもので、バルサミコ酢を使ったソースはどんなワインとも比較的相性がいい。

「引き続きよろしく頼むぞ」

「お任せください」

再び会場に戻った。手に持っていたグラスのスパークリングワインを飲み干し、通りかかった従業員に向かって声をかける。

「ちょっと君、このグラスを……」

立ち止まった女性従業員がこちらを向いた。その顔を見て的場は言葉を失った。

黒い髪は後ろで束ねられており、ほかの従業員と同じく白いワイシャツに黒のジレ、下は長めのサロンエプロンを巻きつけている。切れ長の目が印象的だった。彼女の名前は藤本樹。木原希実のパートナーだ。

「君は……なぜここに……」

そう言いながら的場は添木が言っていたことを思い出していた。急遽ホールスタッフの面接をおこなうことになったと。面接の結果次第で今日から働いてもらうと言っていた。おそらく彼女は今日から雇われた新人のスタッフなのだ。

あのときに会って以来だ。四年前、急に的場のもとを訪れた彼女は、木原希実が同性愛者であるという事実を的場に告げ、二度と希実と会わないでほしいと懇願してきたのだ。その言いつけを守り、あれから的場は希実と連絡をとったことはない。しかし――。

「おい、希実はどうして、あんな目に……」

ついさきほどネットで知った痛ましいニュースを思い出す。実はパーティーの最中もそのことがずっと頭から離れなかった。三歳の娘を残し、死んでしまった木原希実。いまだに的場は彼女の死を現実として受け止めることができずにいる。

「スパークリングワインのおかわりが欲しいんだが」

近くにいた招待客が藤本樹にそう声をかけてきた。樹は自然な笑みを浮かべて招待客にシャンパングラスを渡し、同時に空いたグラスを受けとってトレイの上に置く。そして的場を見上げて言った。

「一緒に来てください」

口元に笑みが浮かんでいるが、目だけは笑っていなかった。藤本樹はトレイを近くのテーブルの上に置き、招待客の間を縫うように歩いていく。「待ってくれ」と的場は慌てて樹の背中を追った。

店から出ると樹はエレベーターの前で待っていた。やがてエレベーターのドアが開くと、樹は無言のまま中に乗り込んでいく。仕方なく的場もあとに続いた。受付をしている男が怪訝そうな顔をしてこちらを見ていた。

止まったのは最上階の八階だった。さらに樹は非常階段のドアを開け、上へと上っていった。屋上に到着する。高いフェンスに囲われているだけで何もない。灰皿が置かれていることから、このビルで働く者たちの喫煙場所になっているのかもしれなかった。フェンスの向こうに池袋のネオンが見える。風が少し冷たかった。

「いいお店ですね。ご活躍されているようで何よりです」

樹が言った。どこか皮肉のようだった。希実が死んで間もないというのに、悠長に店をオープンさせた的場を咎めているような口振りでもある。

「俺の店のことなんてどうでもいい。希実が死んだっていうのは本当なのか？」

樹は答えなかった。無表情でこちらを見ているだけだった。

「オープン前で忙しくて、ニュースもまともに見ていなかった。本当にさっき知ったんだよ、事件のことを。おい、教えてくれ。希実の娘というのは、俺の……」

そこで的場は言葉を飲み込んだ。樹が懐に手を差し入れるのが見えたからだ。すっと出された彼女の手には銀色に光るものが握られている。果物ナイフだった。

「あなたが、あなたが希実を殺したんでしょ」

樹はそう言ってナイフの柄を両手で持ち、その切っ先を的場の方に向けてきた。

※

そのビルは南池袋のグリーン大通り沿いにあった。あまり目立った看板が出ておらず、そのあたりに味とサービスで勝負しようという気概が感じられた。

神崎はビルの内部に入る。黒木の姿はない。ここに来る途中、黒木は「ちょっと調べたいことがある」と言い、別行動をとることになっていた。おそらく黒木には黒木なりの考えがあるのだろうと思い、神崎は黒木の気紛れを許し、単身このビルに駆けつけたのだ。

店は二階のようだった。ビルの案内表示によると飲食関係の店は的場の店だけで、ほかは一般企業がテナントとして入っていた。エレベーターを二階で降りると、短い廊下の奥に曇りガラスの自動ドアが見えた。短い廊下には開店を祝う花がぎっしりと並べられている。受付とおぼしき男が近づいてきたので、神崎はバッジを見せて身分を明かした。

「池袋署の神崎と申します。オーナーとお話しさせていただきたいのですが」

店員は一瞬だけ怪訝そうな表情を浮かべたが、すぐに笑顔に戻して言った。

「神崎様でございますね。少々お待ちくださいませ」

店員が自動ドアから中に入っていくので、神崎もあとから中に入った。意外に天井が高く、開放感のある造りになっていた。四十人ほどの男女が会食を楽しんでいるようだ。中央に置かれたテーブルの上には色鮮やかな料理が並んでいる。

「スパークリングワインはいかがでしょうか？」

シャンパングラスを載せたトレイを手にウェイターが近づいてきたので、「結構です」と断った。さきほどの店員が一人の男性を連れてやってきた。三十歳くらいのスマートな印象の男性だった。

「オーナーの添木と申します。私にお話があるとか」

男がそう言うのを耳にして、神崎は自分が思い違いをしていたことを知る。的場がオーナーだとばかり思っていたのだ。つまり出資者はこの添木という男で、的場は雇われているシェフということだろう。たしかに添木という男はやり手の実業家のように見えなくもない。

「池袋署の神崎です。ある事件の捜査をしておりまして、こちらのシェフである的場哲弥さんからお話を聞かせていただきたいのです。的場さんはどちらに？」

「彼だったらさっきまでそのあたりにいたんだが……。ちょっといいかね」添木という男は近くにいたウェイターに声をかける。「こちらは池袋署の刑事さんだ。的場シェフに話があるらしい。一緒に捜してやってくれないか」

「かしこまりました。おそらく厨房にいると思います」

ウェイターに案内され、着飾った男女たちの間を通って奥の厨房に向かった。オープンキッチンというのだろうか、客席との間に腰の高さまでの間仕切りがあるだけで、客席側からでも中を見られる造りだった。厨房の中に的場の姿はないようだった。

「変ですね」

ウェイターはもう一度ホール全体に目を向けてから、外に向かって歩き出した。トイレを確認するつもりのようだ。するとさきほどの受付の店員が声をかけてきたので事情を説明した。受付の店員が言った。

「的場シェフでしたらエレベーターで上に行きました。新人のホールスタッフと一緒です。なぜかエレベーターが八階で止まったので、おかしいなと思ってたんです」

「八階ですか。ありがとうございます。あとは私一人で大丈夫ですのでご心配なく」

神崎はエレベーターに乗り、最上階の八階で下りた。廊下の突き当たりに非常階段のドアがあるのが見えたので、そちらに向かって足を進めた。旅行会社や貿易会社のオフィスがあるようだが、中は見えなかった。八階全体が静まり返っている。

非常階段を上り、屋上へ向かう。屋上には先客がいた。スーツを着た男が一人と、従業員の格好をした女性が一人だ。スーツの男は的場哲弥で間違いなかった。さきほどネットのインタビュー記事で写真を見ていたから判別がつく。女性の方は藤本樹だと思われたが、ネットカフェの防犯カメラに映っていた容姿よりだいぶ変わっていた。もっとも違うのはその髪型だ。ウィッグだと思われるが、黒いロングヘアだった。しかし重要なのは髪型ではない。彼女の手に握られているナイフだった。藤本樹は両手で持ったナイフを的場に向けていた。

　屋上に上がってきた神崎の存在に二人も気づいたようだった。的場の顔には不安の色が、藤本樹の顔には切迫した雰囲気が見てとれた。

　神崎は懐から警察手帳を出し、バッジを見せながら言った。

「池袋署の神崎です。藤本樹さんですね。ナイフを置いてください」

「来ないでっ。来たらどうなっても知らないわよっ」

　樹は叫ぶように言った。かなり興奮している様子が伝わってくる。神崎は両手を上げ、攻撃の意思がないことを示してから言った。

「私は木原希実さんが殺害された事件を捜査しております。藤本さん、あなたは恋人である木原さんが殺されたのを知り、その犯人が的場さんだと思った。そうですね？」

　樹は答えなかった。口を真一文字に結び、的場に対してナイフを向けている。

「どうしてあなたは的場さんが犯人だと思ったんですか？　その根拠を教えてください」

　神崎の問いに対し、樹は早口でまくし立てるように答えた。

「そんなの決まってるじゃない。この人がやったに決まってるのよ。希実はここ最近、様子がおかしかった。どこかぼうっと考えごとをしていることが多かった。問い詰めても白状しなかったけど、あの子が隠している雑誌を見つけたの」

週刊ウーマンズアイという女性週刊誌だった。ページが折られたところにインタビュー記事が掲載されていて、そこにとり上げられていたのはイタリア料理のシェフである的場哲弥、愛菜の父親だった。希実は愛菜を小児科に連れていったとき、待合室でたまたまその雑誌を手にとったという。

「今さら父親に連絡をとってどうするのか。私がそう訊くと希実は答えた。養育費くらい出してもらうのもいいんじゃないかってね。たしかに私たちの生活は楽じゃない。でもあの男から金を借りるのはどこか悔しかった」

藤本樹は長年所属していた劇団の負債を抱えていた。木原希実には三歳の子がいて、いまだに働きに出ることはできない。三人が経済的に困窮していたのは想像がつく。

「的場と会って話し合いたい。娘がいることがわかれば、彼も協力してくれるかもしれない。希実はそう言ったけど、私は反対した。そして言い争いになって私は部屋を飛び出したの。それが事件が起きる前の日のことだった。もしあのとき、私が……」

そう言ったきり、樹はむせぶように口を片手で覆った。いけるかもしれない。神崎はそう思って身構える。強引に確保することも可能だが、彼女自身を傷つけてしまう可能性もあると考え、神崎はやはり思い留まる。

「的場さん」神崎は強硬策は諦め、的場に向かって声をかけた。「藤本さんはあなたが木原希実さんを殺害した犯人だと考えているようです。一週間前の夜、午後七時から九時の間ですが、あなたはどちらにいらっしゃいました？」

アリバイの確認だ。的場が犯人ではないことを論理的に証明できれば、彼女の暴走を止められるかもしれないと思ったのだ。的場は言った。

「お恥ずかしい話ですが、希実が亡くなったのを知ったのはついさきほどのことです。店のオープン準備で忙しかったものですから。思い出してみたんですが、その日も店の厨房で料理のレシピを考えていたはずです。別のコックに確認してもらえばわかります」

嘘を言っているようには見えない。神崎は提案する。

「藤本さん、的場さんはこうおっしゃっています。どうでしょうか？　ほかのコックの皆さんを呼んで彼のアリバイを証言してもらってみては。的場さんの疑いが晴れれば、そのナイフを私に渡すことを約束してください」

「駄目。ほかの人を呼んだら許さない。この人が殺したの。そうに決まってるんだから」

再び樹はナイフを両手で握った。恋人を殺された無念を晴らしたい。その一心が彼女を突き動かしているのだろう。

どうにかならないものか。神崎は唇を噛み締め、二人の姿を交互に見た。

※

「添木さん、いいお店をオープンさせましたね。二号店もすぐなんじゃないですか」

話しかけてきたのは美食家として知られる経営コンサルタントだった。添木晃は謙遜気味に答える。

「まだまだとてもそこまでは考えられません。たしか来週にご予約を入れておいででしたね。ご来店をお待ちしております」

添木は会場を見回した。すでに一時間以上が経過し、会場内も和やかな雰囲気になっている。これまでのところ満点の出来と言っていいが、刑事の来訪だけが唯一のハプニングだった。池袋署の神崎といったか。的場に話があるとのことだったが、その内容が気になった。やはりあのことだろうか。

会場の中央に置かれたテーブルには料理が置かれている。テーブルの前に一人の男が立っており、料理を食べている姿が見えた。見たことのない男だった。招待客の連れかもしれない。挨拶だけでもしておこうと思い、添木は男のもとに向かった。

「お楽しみいただいてますか？」

「お楽しみいただいてますよ」と男は答えた。「料理も悪くないね。このブルスケッタも旨いし、さっき食った生ハムのサラダも美味だった。サラダに入ってたブドウはシャインマスカットだろ。あれは反則だ」

「ありがとうございます」

男の素性はわからない。着ているスーツは高級そうだが、醸し出す空気はどこか剣呑な感じがする。水商売の匂いとでも言えばいいのだろうか。

「失礼ですが、お名刺を頂戴してもよろしいですか」

「悪いが名刺は持ってないんだ」

男はそう言ってグラスのスパークリングワインを飲み干し、通りかかったウェイターから新しいグラスを受けとった。そして懐に手を入れ、中から黒い手帳を出してこちらに見せてくる。金色のバッジが光っていた。

「俺は池袋署の黒木だ。あんた、オーナーの添木さんだろ。ちょっと話がある」

そう言って黒木という刑事は人のあまりいない壁際に向かって歩いていった。無視するわけにもいかず、添木もそちらに足を向けた。近づいてきた添木を見て、黒木が言った。

「まずはアリバイを聞かせてくれ。一週間前の夜、西池袋のアパートで二十五歳の女性が何者かに殺害された。死亡推定時刻は午後七時から九時までの間だ。あんた、その時間は何をしてた？」

「ちょっと待ってください。急に何を言い出すんですか、あなたは」

「亡くなった女性は木原希実という名前だ。三歳の娘がいるシングルマザーだ」

「誰ですか、それ。刑事さん、何か勘違いされているんじゃないですか。あ、そうだ。さきほど別の刑事さんがいらっしゃいました。うちの的場に用があるとかで」

現場に証拠は残してきていない自信がある。毛髪でも落ちてしまったのなら仕方がないが、それ以外の指紋などには細心の注意を払ったつもりだ。アリバイを訊かれるのは苦しいが、アリバイが成立しないだけで逮捕されることは絶対にないと添木は考えている。

スパークリングワインを一口飲んでから黒木が話し出した。

「この店のシェフ、的場哲弥にはかつて付き合っていた恋人がいた。四年前、二人は事情があって別々の道を歩くことになったが、すでにその頃、恋人のお腹の中には二人の子種が宿っていた。木原希実は的場にそれを告げることなく一人で、いや正確にはもう一人のパートナーと一緒に育てる決意をした。そして時が流れ、的場はこの店のシェフに就任し、店のＰＲのために女性週刊誌のインタビューを受ける。その記事がたまたま彼女の目に留まったんだ」

添木は唇を噛む。まさかあのインタビュー記事がこういう事態を招くことになろうとは思ってもいなかった。ただしあの時点ではそこまで頭が回らなかった。的場が過去に付き合っていた女が、あの記事を見て的場を訪ねてくる。そんなことを予想できるわけがない。

「彼女の中で金の無心という目論見《もくろみ》がなかったわけではないだろう。ただしそれ以前に、単純に娘を父親に会わせたいという気持ちが大きかったんだと俺は睨んでる。あのインタビューは俺も読んだが、的場は自分が独身であると語っていたからな」

今は仕事を一番に優先させたいので、特定の女性とは付き合ってはいません。インタビューの中で的場はそう言っていた。

「おそらく彼女は悩んだはずだ。この店の近くの喫茶店で二度も目撃されている。訪ねようかどうか、葛藤があったんだろう。そして木原希実はようやく決意する。そして店を訪れたはいいが、生憎的場は不在だった。代わりに出てきたのが、店のオーナーであるあんただった」

「出鱈目《でたらめ》は言わないでくれ。どこに根拠があるんだ」

「根拠なんてない。勘だよ、勘。この店を守りたい。的場に余計な心配をかけたくない。そう一番願うのは店のオーナーであるあんたしかいないんだ」

　黒木が語っているのはほぼ真実だった。あの日、ちょうど的場たちコックは全員で豊洲《とよす》市場に出向いていたため、店にはいなかった。ビルの一階で困ったように立ち尽くしている女性を添木が見かけた。幼い娘も一緒だった。どうかしましたか？　そう声をかけ、簡単な事情を聞いてから店に案内したのだった。

「このビルを警備している会社を知ってるか？」

　突然、黒木に訊かれて添木はうろたえた。

「警備してる会社？　何の話だ？」

「このビルの警備は大手の警備会社に委託されている。そういう大手警備会社には退職した警察官が雇用されていることが多い。俺の同期が捜査一課にいるんだが、そいつが問い合わせしてくれた。このビルの警備会社にも元警視庁のＯＢが顧問として雇われている。まあ天下りってやつだな。本来であれば煩わしい手続きが必要なんだが、ＯＢってのは物わかりが早くて助かる。お、届いたようだな」

黒木が懐からスマートフォンを出し、その画面をしばらく見つめた。満足そうにうなずいて、画面をこちらに見せてくる。

このビルの一階にある防犯カメラの映像だった。木原母子が立っていて、困ったように案内表示を見上げている。すると画面の脇から現れた男が彼女たちに近づいていった。間違いない、それは添木自身だった。しばらく話したあと、三人でエレベーターに乗り込んだ。

「彼女が亡くなる三日前の映像だ。あんたが木原希実と面識があることは間違いのない事実だ。詳しい話を聞かせてもらうぜ」

どうしてこのタイミングで……オープン記念パーティーという華やかな席上で……。目の前が真っ暗になり、思わず添木は膝をついていた。

※

「あ、金が欲しいんだな。事情を聞いた私はすぐにそう察しました」

男の話に藤本樹は耳を傾けている。手にはナイフを握ったままだ。あまりに力を込めているせいか、さきほどから樹の手の感覚がなくなっていた。

樹の前には的場哲弥が立っていた。それと神崎という刑事も。今から五分ほど前、いきなり階段室のドアが開いて、さらに二人の男が屋上に上がってきたのだ。一人は池袋署の刑事らしく、名前を黒木と名乗った。もう一人は店のオーナーである添木だった。

添木はこの店のほかにもいくつかの飲食店を経営している、いわゆる実業家というやつだ。貧乏な劇団員くずれの樹とは住んでいる世界が違う。顔を合わせたのは今日が初めてだが、正直あまり好きにはなれない男だった。

「彼女ははっきりとは口にしませんでしたが、もしかして的場とよりを戻したがっているんじゃないかと私は勝手に邪推したんです」

それは絶対にない。樹はそう断言できる。しかし彼女が、いや私たちが経済的に苦しい立場にあることは事実であり、希実が的場に近づこうとした動機の一部が経済的な支援であることは間違いなかった。しかし養育費を払ってもらおうとか、月々いくらもらおうとか、そこまで具体的なことを希実は考えていなかったはずだ。

希実は母親だった。母親である以上、娘を実の父親に会わせてあげたいと思うのは親心だろう。子供を産んだことのない樹にはわかりづらい心境でもある。

「今、的場は大事な時期です。どうでもいいことに気を回している暇があったら、料理の研究に時間を費やしてもらいたかった」

希実はどうでもいいことなんかでは決してない。希実は希実なりに覚悟を決めて、的場の店に向かったのだから。

「私は五十万を持って彼女のもとを訪ねました。娘はちょうど眠っていました。この金で手を引いてほしい。今後一切、的場の前に姿を現さないでほしい。そう言って封筒を渡そうとしたのですが、彼女は受けとってくれませんでした。それどころか急に怒り出してしまい……」

馬鹿にしないでっ。私はこの子を父親に会わせたいだけなの。どうしてそれをわかってくれないのよ。

「彼女が摑みかかってきたので、私はそれを振り払いました。彼女は落ちていたアイロンを拾い、私に殴りかかってきたんです。それをよけて、私は……。気がつくと彼女が倒れてました」

　息をしていなかった。すぐに添木は自分がしでかしてしまったことの重大さに気づいたが、同時に冷静だった。自分が触れた箇所の指紋を丁寧に拭きとった。

「騒ぎを聞いて子供が目を覚ましました。しばらく愚図《ぐず》っていたようでしたけど、しばらくすると大人しくなりました。また眠ったみたいでした」

　添木はドアの外に誰もいないことを確認してから外に出て、外から鍵を閉めた。タクシーも拾わず、足早に現場から立ち去った。持ち去った家の鍵は翌日駅のゴミ箱に捨てた。

「私と彼女の間には接点はありませんでした。あるとすれば的場の方ですが、いっこうに警察が訪ねてくる気配もなかったので、このまま逃げ切れると安心していたんです。そして今日という日を迎えたんです」

　希実が的場と会おうとしている。それを知って彼女と口論になったのは事件が起こる前日のことだった。翌日の深夜、自宅に帰ってみるとアパートの前に救急車が停まっていた。樹たちが住む部屋に刑事らしき男たちが出入りしているのが見えた。樹は野次馬の陰に隠れるようにして、様子を窺った。やがて自分たちの部屋から担架が運ばれてきた。白いシーツに覆われていたが、シーツからはみ出している左手の指輪は希実のもので間違いなかった。思わず悲鳴を上げそうになったが、両手で口を押さえて何とかこらえた。

　おそらく的場の仕業だ。瞬間的に樹はそう思った。あの男が現れたりしなければ、こんなことにはならなかったのだ。

　愛菜のことは気がかりだったが、樹はそのまま身を隠す選択をした。本来であれば警察に名乗り出るのが正解だと頭ではわかっていた。しかし樹には警察に対する強い不信感があった。以前、希実と手を繋いで街を歩いていたところ、パトロール中の警察官に職務質問を受けた。あのときの警察官の舐めるような視線とプライバシーを侵害するような質問が忘れられず、それ以来、どうしても警察というのを信用できなくなってしまったのだ。

　樹は踵を返し、アパートの前から立ち去った。最後まで愛菜のことが気がかりだったが、おそらく警察や児童相談所の人が何とかしてくれるだろうという淡い期待もあった。

　希実をあんな目に遭わせた的場に復讐を遂げる。それをしなければ気が持たないと思った。ネットカフェに潜伏し、時を待った。的場がオープンさせる店を突き止め、そこに従業員として潜り込むことにした。

「本当に……本当に申し訳ありませんでした」

　添木が頭を下げた。完全に自分の罪を認めている。こうも素直に認めるということは、何か証拠のようなものを握られているということか。樹は添木の姿を見ながら、希実のことを思い出す。

樹が自分の隠れた性に気づいたのは中学生のときだった。男子生徒には興味はなく、好きになるのは女子生徒ばかりだった。ただし周囲にカミングアウトするわけにもいかず、悶々と過ごす日々だった。

高校生になった樹はインターネットの掲示板で自分と同じ指向を持った女性たちと知り合い、恋愛相談をした。ネット上のことなので、どんなことでも語り合うことができたし、嘘をつくのも簡単だった。そこで出会った一人の女の子と仲よくなり、チャットを交わしてよく遊んだ。話しているうちに同じ茅ヶ崎市内に住んでいることが判明し、さらに同じ高校の、しかも同じ学年であることがわかった。それが木原希実だった。運命めいたものを感じずにはいられなかった。

ただし希実は当時、まだ自分が同性愛者であることに戸惑っている節があり、実際に二学年上の先輩と付き合ったりもしていた。それでもお互いの本当の気持ちに気づいてからは、いつも一緒に過ごした。休み時間も、昼休みも、放課後も。はたから見れば仲のいい二人組だったに違いない。

決して順風満帆だったわけではない。うまくいかなかった時期もある。一番大きな喧嘩をしたのは五年前、二人が二十歳の頃だった。当時、樹は劇団員としての活動にのめり込んでいて、希実は希実で派遣社員として働き始めた時期だった。お互い忙しくて自分のことしか考えておらず、些細なことで口論となったのだ。そして不満が一気に噴出した。

一年間、連絡をとらなかった。でも私にはやっぱり希実が必要だ。そう思った樹は希実に連絡をとった。しかし彼女の口から告げられたのは意外な事実だった。今、付き合っている恋人《おとこ》がいる、と。

　ショックだった。しかし長い話し合いの末、やはりもう一度やり直そうという結論に達し、樹は旗の台にある的場のアパートを訪ね、希実のことは忘れてほしいと説得した。そして再び、池袋のアパートで希実と暮らし始めた。

　希実が妊娠していることを知ったときは驚いたが、絶対に産みたいという彼女の意思を否定することはできなかった。生まれた子供は愛菜と名づけた。二人暮らしから三人暮らしになった。母親になっても希実が樹のパートナーであることには変わりはなかった。どんなことがあっても三人一緒に暮らしていこう。そう誓い合っていた。それなのに、彼女は——。

「ナイフを下ろしてください」

　神崎にそう言われたが、手が固まってしまったように動かない。すると神崎が近づいてきて、樹の手の指を一本ずつ、ナイフから剝がしてくれた。神崎が言う。

「愛菜ちゃんですが、数日前にお祖父ちゃんお祖母ちゃん、つまり木原希実さんのご両親と面会したようですが、まったく心を開こうとしないようです。あちらのご両親もお孫さんとは初対面ですし、いろいろ迷っている部分もあるみたいですね。今はここから徒歩でも行ける場所にある託児所に預かってもらっています」

　キッズランドという名前の託児所のようだった。夜の仕事をする女性の子供も預かる託児所で、深夜までやっているらしい。

「愛菜ちゃんは今でも夜中に目を覚まし、『ママ』と呼ぶことがあるようです。そしてたまにこうも呼ぶそうです。『いっくん』と」

私のことだ。視界が涙で霞んだ。あの子は今でも、私のことを待ってくれているのだ。大事なときに傍にいてあげられなかった私のことを。

「藤本さん、あなたには復讐よりも大切なことがあるんじゃないですか？」

涙が溢れて仕方がない。樹はあの日のことを思い出していた。希実が愛菜を出産した、あの日だ。

樹は劇団の公演中だったため出産には立ち会うことができず、公演を終えてすぐに産婦人科医院に直行した。初めて保育器の中で眠っている愛菜の顔を見て、こんなに小さいんだ、と生命の尊さを知った。そのまま病室に向かい、ベッドに横たわる希実と対面した。出産を終えたためか、希実は疲れ果てている様子だった。これから三人で暮らしていこうね。そう伝えようとしたが言葉なんて要らなかった。希実の手をギュッと握った。それだけでよかった。

忘れてはいけない。あの子はこの世でたった一人の、希実の娘だ。

「これをお使いください」

神崎がハンカチを差し出してきた。「ありがとうございます」と樹はそれを受けとって目元の涙を拭いた。こんなに泣いてばかりいたら希実に笑われてしまう。樹は顔を上げ、神崎に向かって言った。

「刑事さん、お願いがあります。私を愛菜のもとに連れていってくれませんか？」

神崎はうなずいた。するとずっと黙って話を聞いていた的場が口を挟んでくる。その表情は真剣なものだった。

「私も同行させてください。お願いします」

「パーティーの方はよろしいんですね」

「大丈夫です。実の娘に会いたいんです」

「わかりました。ご案内します」

そう言って神崎が歩き始めたので、樹はその背中を追って歩き始める。後ろを振り返ると的場と目が合った。的場がうなずいた。その顔つきを見て、彼も父親として思うところがあるのだろうと察した。

非常階段を降りる。街の灯《あかり》が見えた。もう希実は見ることができない、池袋の街の灯だ。

樹は決意する。二度と愛菜を置いてどこかに行ったりなんかしない。あの子の母親になれるのは、全世界で私だけなのだから。

※

「楽しみだな、神崎。実は俺、今日は昼飯を抜いてきたんだぜ」

隣を歩く黒木が嬉しそうに言う。午後七時、その日の仕事を終えた神崎は黒木とともに南池袋に向かって歩いていた。リストランテ・マトバに行くためだ。

事件から二ヵ月が経過していた。逮捕されたオーナーの添木晃は木原希実殺害の罪を全面的に認めていた。そして店のオーナーが逮捕されたことにより、的場がシェフを務める新店舗のオープンにも待ったがかけられる形となってしまったらしい。

しかし救いの手を差し伸べた者がいた。添木に代わってオーナーを引き受けようという実業家が現れたというのだ。それだけ的場が業界内で高い評価を得ている証だった。テナントの契約変更などに時間を要した関係で、一ヵ月遅れての営業開始となった。連日盛況だと耳にしている。口コミサイトでの評価も上々だった。

「いらっしゃいませ」

すでにほとんどの席が埋まっており、楽しげに食事を楽しむ声が聞こえてくる。

奥の席に案内される。ちょうど厨房が一望できる席になっており、中で働くコックたちの姿が見えた。的場が若いコックたちに指示を出しているのが見えた。神崎たちに気づいたのか、的場が会釈をしてきたので、神崎も小さく頭を下げた。

「いらっしゃいませ。その節はお世話になりました」

長いサロンを巻いた女性の店員が近づいてきた。藤本樹だった。樹が続けて言った。

「のちほど的場がご挨拶に伺うと思います。今日は先日のお礼ということで、サービスさせていただきますので」

「大変有り難い申し出ですが、お代は支払います。コース料理は二種類あるようでしたね。高い方のコースを二人前、お願いします」

神崎がそう言うと黒木が口を挟んでくる。

「かしこまったことをぬかすな。奢ってくれるって言ってんだから、それでいいだろうが」

「そういうわけにはいかない。俺たちはこう見えても公務員だ」

二人のやりとりを聞いていた樹が小さな笑みを浮かべるのが見えた。彼女は劇団員をしながら飲食関係のバイトをしていたこともあり、接客の筋がいいと的場に認められたようだった。一流店を目指す以上、接客にも気を遣わなければならないというわけだ。すらりとした樹の容姿は見映えがし、この店に相応しいように神崎には思えた。

「愛菜ちゃんはお元気ですか？」

現在、愛菜は樹とともに暮らしている。当然のことながら二人は血が繋がっていないため、樹が愛菜を養子にするのはかなり難しいことらしいが、シングルマザーを応援するＮＰＯ団体等の力を借り、今後も行政に働きかけていくつもりのようだ。

「ええ、お陰様で」樹が答えた。「キッズランドには本当にお世話になってます。特に美帆先生のことが大好きで、始終付きまとっているみたいです。あ、すみません。お飲み物は何になさいますか？」

「まずはビールをください。黒木もビールでいいよな」

「ああ。最初はビールだな」

「かしこまりました。少々お待ちください」

樹が恭《うやうや》しく一礼してから立ち去っていった。店内にはクラシック音楽が邪魔にならない程度の音量で流れている。ナプキンを広げて膝の上に置いたところで黒木が言った。

「おい、神崎。あれを見ろ」

黒木が指さしたのは窓際の席だった。一組の男女が座っている。男性の方は強行犯係の係長、末長だった。女性の方には見憶えはないが、三十代後半くらいの女性だ。独身の末長が最近婚活しているのは神崎も知っていた。

「係長、意外にやるな。デートでこの店を使うなんてなかなかのセンスだ。あの事件があったから知ったんだろうが。おい、ちょっといいか」

黒木は通りかかったウェイターを呼び止めて言った。

「悪いけど俺たちはあちらの席に合流させてもらう。料理は全部あちらに運んでくれ」

「おい、黒木。今はプライベートだ。係長の邪魔をするのはやめろ」

「神崎、考えてみろよ。どうせ係長のことだ。三十分も経てば話題がなくなるのは目に見えてる。そこを何とか盛り上げてやるのが俺たち部下の務めってもんだろ」

黒木はそう言い残し、末長たちが座るテーブル席に向かって悠然と歩いていった。まったくいつもながら身勝手な男だ。神崎は苦笑しつつ、膝の上のナプキンを手にとって立ち上がった。

本書は書き下ろしです。

横関 大
Dai Yokozeki

1975年静岡県生まれ。2010年『再会』にて第56回江戸川乱歩賞を受賞しデビュー。著書に2019年に連続ドラマ化された『ルパンの娘』『ルパンの帰還』『ホームズの娘』の「ルパンの娘」シリーズ、『チェインギャングは忘れない』『スマイルメイカー』『誘拐屋のエチケット』などがある。本書は「K2 池袋署刑事課 神崎・黒木」シリーズ第二弾。予想外の展開と濃いキャラ、透明感のある文章とミステリーの融合に中毒者続出中。

帰《かえ》ってきたK2《ケイツー》 池袋《いけぶくろ》署《しょ》刑事課《けいじか》 神崎《かんざき》・黒木《くろき》

二〇二〇年九月 一 日 第一刷発行
二〇二〇年九月二十八日 第二刷発行

著者……………横関《よこぜき》 大《だい》
発行者…………渡瀬昌彦
発行所…………株式会社講談社
〒一一二-八〇〇一 東京都文京区音羽二-一二-二一
電話 出版 〇三-五三九五-三五〇五
販売 〇三-五三九五-五八一七
業務 〇三-五三九五-三六一五
本文データ制作……講談社デジタル製作
印刷所…………豊国印刷株式会社
製本所…………株式会社国宝社

定価はカバーに表示してあります。

落丁本・乱丁本は購入書店名を明記のうえ、小社業務宛にお送りください。送料小社負担にてお取り替えいたします。なお、この本についてのお問い合わせは、文芸第二出版部宛にお願いいたします。本書のコピー、スキャン、デジタル化等の無断複製は著作権法上での例外を除き禁じられています。本書を代行業者等の第三者に依頼してスキャンやデジタル化することは、たとえ個人や家庭内の利用でも著作権法違反です。

©Dai Yokozeki 2020, Printed in Japan
ISBN978-4-06-520373-6
N.D.C.913 328p 19cm

K2 池袋署刑事課 神崎・黒木

講談社文庫 定価：本体680円+税

池袋が大変だ。猿が逃げ、警察官が人を投げ、他の女と浮気をしそうになると犯人が現れる。謎が謎を呼ぶ事件のそばには、いつも神崎と黒木がいる。頁をめくるたび現れる興奮と感動。最終話で、神崎は究極の二択に直面する。擁護か、決別か。黒木が相棒にすらひた隠し守ろうとしていたものとは――江戸川乱歩賞作家による黄金コンビの狂想曲！

ルパンの娘

泥棒一家の娘・三雲華は、警察一家の長男・桜庭和馬と素性を隠して交際していた。ある日、華の祖父・巌が顔を潰された遺体で見つかり、華は独自に犯人を捜す。和馬は華に婚約指輪を贈るが、殺人事件を捜査する中で華が伝説のスリ師・巌の孫だと知り悩む。事件の真相と二人の恋の行方は？　著者会心の長編ミステリー！

講談社文庫　定価：本体８４０円＋税

ルパンの帰還

警視庁捜査一課で活躍する桜庭和馬。部下に配属された、別嬪の新人刑事は京都の老舗探偵事務所に生まれた北条美雲、23歳。ドジで愛嬌のある天才肌。バディを組んだ二人が直面したのは、和馬の妻子が巻き込まれたバスジャック事件だった。連続ドラマ化で話題沸騰の人気シリーズ新展開！

講談社文庫　定価：本体740円＋税

ホームズの娘

運命的な出会いののち、急速に恋心が育つ若き女性刑事・北条美雲。それは「禁断の恋」だった!?
一方で、和馬と華に不気味な挑戦状を送る、もう一人の「Lの一族」。三雲家を恨んで敵に回す、その理由とは――連続テレビドラマ化で話題沸騰の「ルパンの娘」シリーズ、超ハイスピードの第3作！

講談社文庫　定価：本体740円＋税

チェインギャングは忘れない

５人の受刑者が脱走した日、彼女は、記憶喪失の青年と出逢った。毎年クリスマスに女性を襲う連続殺人鬼「サンタクロース」。犯人を逮捕できないまま、次の犯行日を３日後に控えたある日、一台の護送車が襲われた。脱走したのは別の事件で逮捕されていた５名の受刑者。その直後、シングルマザーのトラック運転手・早苗は一人の青年と出逢う。記憶喪失だという彼の正体は。

講談社文庫　定価：本体７００円＋税

グッバイ・ヒーロー

立て籠もり現場にピザを届けることになったバンドのリーダー、伊庭亮太。だがそこにいたのは、腰の低いおっさんだった。託されたメッセージ。奇しくも今夜は大切なライブの日。だけど困っている人がいたら助けなければならない。おっさんと亮太の長い一日が始まる。次々くり出される意外な展開が止まらない！

講談社文庫　定価：本体６６０円＋税

再会

小学校卒業の直前、悲しい記憶とともに拳銃をタイムカプセルに封じ込めた幼なじみ4人組。23年後、各々の道を歩んでいた彼らはある殺人事件をきっかけに再会する。わかっていることは一つだけ。4人の中に、拳銃を掘り出した人間がいる。繋がった過去と現在の事件の真相とは。第56回江戸川乱歩賞受賞作。

講談社文庫　定価：本体６４８円＋税

沈黙のエール

修業中のパティシエ、里菜。7日後にフランス留学を控えた彼女の元を一人の少年が訪れる。遠い親戚だという彼が現れた夜、父が殺され、実家の洋菓子店が火事になった。警察は素行不良の里菜の兄に疑いを向けるが、そのとき第二の殺人が起きる。すべての始まりは10年前。大切だからこそ生まれる家族の秘密。

講談社文庫　定価：本体７６０円＋税

スマイルメイカー

家出少年が、濡れ衣を着せられた「犯罪者」が、バツイチの女性弁護士が、街中でタクシーを止める。お人好しドライバーたちは誰も拒まない。やがて少年は失踪し、タクシーが消える。どんな逆境にも諦めず、ひたむきに生きる人々にもたらされる結末は？　乱歩賞作家が贈る、感動と興奮の傑作長編ミステリー！

講談社文庫　定価：本体７００円＋税

仮面の君に告ぐ

講談社　定価：本体１５５０円＋税

涌井和沙は、目を覚ますと病院のベッドにいた。沸き起こる違和感に鏡をのぞいた和沙は驚愕する。映っていたのは赤の他人。パニックになる中、追い打ちをかけるように新たな事実が判明する。涌井和沙は1年前、何者かに殺害されたというのだ！　衝撃のラストに思わず震える再読必至のミステリー！

誘拐屋のエチケット

講談社　定価：本体１５００円＋税

腕利きの誘拐屋・田村健一は、ある日、新人誘拐屋の根本翼とコンビを組むことになる。あまりにもお節介な翼は、自らが誘拐した人物の人生相談に乗ってしまう。淡々と仕事を全うしたい田村の抵抗もむなしく、いつしか二人は関係のないトラブルに巻き込まれていく。だがすべての事件は、田村の過去につながっていた。